Gunthild Schnocks
Bewegt und beflügelt

Bibliografische Information der Deutschen Nationalbibliothek: Die Deutsche Nationalbibliothek verzeichnet diese Publikation in der Deutschen Nationalbibliografie; detaillierte bibliografische Daten sind im Internet über dnb.dnb.de abrufbar.

TWENTYSIX – Der Self-Publishing-Verlag
Eine Kooperation zwischen der Verlagsgruppe
Random House und BoD – Books on Demand

© 2020 Gunthild Schnocks

Lektorat: Amelie Soyka
Coverillustration: Thorwald Spangenberg
Layout und Satz: Herrn Meyers Buchmacherei

Herstellung und Verlag:
BoD – Books on Demand, Norderstedt

ISBN: 9783-7407-7125-6

Gunthild Schnocks

Bewegt und beflügelt

Drei Generationen, drei musische Frauen

Roman

Dieses Buch widme ich meinen Freunden
Brigitte Gramlich und Peter Biesenbach.

Der Auftrag

Wäre da nicht dieser dicke, braune Umschlag in ihrem Briefkasten gelandet, hätte Tonia wahrscheinlich nie damit angefangen, schöne, lustige, traurige Geschichten ihrer Familie zu erzählen. Aber nun lag das Päckchen da, wie ein Geschenk. Ein ganz und gar unerwartetes Geschenk aus der Vergangenheit, mit fünfzigjähriger Verspätung. Es handelte sich um den handgeschriebenen Lebensbericht ihrer Großmutter Veronika sowie einige ihrer Tagebücher und stammte aus dem Nachlass von Tonias jüngst verstorbenem Onkel. Dank einem persönlich an sie gerichteten Schreiben waren die abgegriffenen blauen Hefte schließlich bei ihr angekommen und Tonia machte sich erwartungsvoll ans Entziffern der altmodischen Handschrift:

*Meine liebe Tonia,
dies ist sicher interessant für Dich. Du hast Dich schon immer für meine alten Geschichten interessiert. Ich lege diesen Bericht und die Tagebücher in mein Erinnerungsbuch, dann wird all das den Weg zu Dir finden.
Es grüßt Dich mit Liebe
Deine Oma*

Tonia blätterte in einigen Heften und stieß zwischen den Seiten auf einen vergilbten Zeitungsartikel aus der Zeit nach dem Ersten Weltkrieg, verfasst von einer gewissen Genia Schwarzwald aus Wien. Neben die Überschrift: *Schöpferische Erziehung* hatte Tonias Großmutter in ihrer steilen Handschrift notiert: *Das wusste ich schon lange!*

Wie spannend! Tonia nahm sich gleich den Artikel vor. Er behandelte das Thema, wie man die Beziehungen zwischen den Generationen, zwischen Kindern und Erwachsenen, Lehrern und Schülern gedeihlich und vor allem dem gesellschaftlichen Fortschritt dienend gestalten sollte. Der forsche Schreibstil sollte wohl damals an den Konventionen rütteln.

Jeder Mensch, der mit Erziehung von Kindern zu tun hat, weiß, wie genial, liebenswert und liebenswürdig diese Wesen sind. Umso erstaunlicher ist die Verknöcherung und Unbeweglichkeit der Erwachsenen […] Der Prozess, der da vor sich geht, wird Erziehung genannt. Und ist der Spiritus zum

Teufel gegangen, so heißt das zurückbleibende Phlegma ›Reife‹.

Oho, eine Rebellin, dachte Tonia, die provokante Texte liebte, und googelte sofort den Namen Eugenie, genannt »Genia« Schwarzwald. Was für eine Entdeckung! Diese war bereits im Jahr 1900 in Zürich zur Dr. phil. promoviert worden. In Wien gründete sie die berühmten Schwarzwaldschulen, an denen auch Mädchen Abitur machen konnten. Grundideen ihrer Pädagogik waren Gewaltfreiheit, Förderung der Fantasie und Gestaltungskraft und die freie Entfaltung eines jeden Kindes. An ihren Instituten unterrichteten zeitweise berühmte Maler, Komponisten, Schriftstellerinnen und Schriftsteller.

Tonia war voller Anerkennung und Bewunderung für ihre Großmutter, die sich schon zu Beginn des letzten Jahrhunderts mit so fortschrittlichen Erziehungsidealen beschäftigt hatte, und vertiefte sich weiter in den Artikel.

Alle Erwachsenen werden ungenialisch. Was ist da zu machen? Man muss ein Kind bleiben. Wer aber bleibt immer ein Kind? Der schöpferische Geist, der Künstler ...

Das alles muss ja eine Bewandtnis haben, dachte Tonia. Die Hefte mit Veronikas Lebensgeschichte, der an sie gerichtete Brief und dieser hundertjährige vergilbte Zeitungsartikel. Schon entstanden in ihrem

Kopf Bilder und Geschichten. Da tauchte ihre Großmutter auf mit ihrem Skizzenblock, ihre Mutter mit der Geige, ihre Schwester mit ihrem Streichquartett, ihren Chören und sie selbst mit ihrer Flöte und ihren Heften voller selbst gedichteter Verse. War das nicht ein Wink des Schicksals oder gar ein Auftrag? Tonia sah bereits einen Pfad vor sich, wie sie über Mitglieder ihrer Familie berichten und was sie in den Mittelpunkt stellen wollte. Es war ganz eindeutig das Künstlerische, das Musische, das sich in mehreren Generationen durchgesetzt hatte, gelebt und gefördert wurde, und zwar vor allem durch die Frauen.

Wenn Tonia an ihre Großmutter dachte, sah sie eine kleine aufrechte Frau vor sich, ihren weißen Haarknoten, ihre krummen Finger, ihre abgearbeiteten Hände. Für sie war diese Oma immer ein Fels an Verlässlichkeit und Zuversicht gewesen. Auch ein Quell echter Offenbarungen aus alter Zeit, von Szenen und Fakten, die sich die Enkelin sonst nur aus Romanen hätte zusammenreimen können: Was aß man damals? Was trug man unter den langen Röcken? Ihr ständiges Flehen »Oma, gezähl mir eine Erschichte!« war schon ein geflügeltes Wort, als Tonia noch klein war.

Oma Vroni erzählte geduldig, was immer das Kind hören wollte. Über ihre künstlerischen Ambitionen, die sie als junge Frau so erfüllt und bewegt hatten, sprach sie jedoch nie.

Nun lagen Veronikas Erinnerungen vor Tonia. Die Künstlerin trat in den Vordergrund – und ihre

Enkelin empfand einmal mehr Rührung und Ehrfurcht vor diesem mutig erkämpften Leben. Den Auftrag, mehr darüber in Erfahrung zu bringen und schriftlich festzuhalten, nahm sie mit Freude an.

Als Tonias Schreibpläne so weit gediehen waren, wurde sie von einer umfangreichen Briefsammlung überrascht. Es war der Briefwechsel ihrer Eltern aus der Zeit vor, während und nach dem Zweiten Weltkrieg, bis in die Fünfzigerjahre hinein. Tonias Bruder Harry hatte diese verblassten, in deutscher Schrift verfassten und oft nur auf Papierfetzen notierten Briefe in lesbare Texte übertragen und damit seinen Geschwistern zugänglich gemacht.

Da öffnete sich ein neuer Raum für Tonias Schreibpläne. Natürlich waren die Frauen ihrer Familie nicht einfach nur künstlerisch begabte, sondern auch geschichtliche Wesen. Sie erlebten Kriege, Flucht, Hunger ebenso wie die großen gesellschaftlichen Bewegungen und Fortschritte. Ihrer Zeit konnten sie nicht entkommen, aber es gab doch eine Konstante. Das waren die musischen Begabungen und Interessen, denen auch in schwierigsten Umständen Gewicht gegeben wurde, die ihr Leben bereicherten und die sie an die nächste Generation weitergeben wollten.

Von drei Generationen musisch begabter Frauen, von Veronika, Astrid und Tonia erzählt dieses Buch. Veronikas Geschichte beginnt im vorletzten Jahrhundert. Da war es noch ungewöhnlich, dass Frauen einen Beruf anstrebten und unabhängig sein wollten. Tonias Großmutter bewies, dass es dennoch möglich war.

Veronika

Die kleinen Däninnen

Amalia Olsen, Tonias Urgroßmutter, unternahm im Jahr 1878 eine beschwerliche Reise per Eisenbahn von Holzminden nach Vordingborg in Dänemark. Mit ihr reiste das im selben Jahr geborene Baby Veronika, Vroni, wie sie später in der Familie genannt wurde, und deren zwei Jahre ältere Schwester Inga. Die stille Pfarrerstochter Amalia hatte vor drei Jahren den großen blonden Dänen Hans Olsen geheiratet, doch erst jetzt ließen ihre besorgten Verwandten die lungenschwache Frau in die Ferne ziehen. Wohl mit Recht. Veronika beschrieb die dortige Situation in ihrem Lebensbericht so:

Ich glaube, es ging nicht gerade reich her bei uns damals. Mein Vater hatte ein Geschäft gehabt, das hatte er aufgegeben und viel Geld, das meine Mutter von zu Hause hatte, dabei verloren.

Später hatte Hans Olsen versucht, im Hotelgewerbe Fuß zu fassen. Er pachtete das Hotel Waldemar in Vordingborg auf Seeland. Aus dieser Zeit stammen Vronis erste Erinnerungen. Die spannendsten und schönsten betreffen die Pferde des benachbarten Fuhrbetriebs.

Am liebsten ging ich mit Pferden um und nutzte jede Gelegenheit, die Pferde des benachbarten Gastwirts, der sie auf unserem Hof eingestellt hatte, in den Stall zu reiten.

Die Kinder waren sich anscheinend oft selbst überlassen und sie lebten gefährlich. Auf dem Weg durch die Hotelküche zu ihrem Zimmer wurde die kleine Vroni einmal von einer großen Bratpfanne am Ohr getroffen. Viele Jahre war sie von einem schwarzen Strich quer über das Ohrläppchen gezeichnet. Einmal schlichen sich die Schwestern spät abends in den Saal. Da beobachteten sie, wie ihr Vater mit den Hotelgästen lustige Lieder sang, wobei die Gäste aber nur den Refrain lieferten. Dazwischen tönte Hans Olsens tragender Bariton. Am Flügel saß lächelnd seine Frau Amalia.

Mehr heitere Erinnerungen an ihre Eltern tauchen in Veronikas Lebensbericht nicht mehr auf. Ihre Mutter hatte 1881 Tochter Ilsa geboren und 1882 die kleine Ragnhild. Nachdem 1884 noch Sohn Paul das Licht der Welt erblickt hatte, versagte ihre Lebenskraft.

An meine Mutter weiß ich mich kaum zu erinnern, schrieb Veronika später in ihr blaues Heft. *Aber ich sehe sie noch deutlich vor mir, wie sie im Sarge lag und unser Vater uns zu ihr führte. Woran sie gestorben war, wusste so richtig niemand.*

Aus Holzminden reiste nun die strenge Tante Ida an, die unverheiratete Schwester der Verstorbenen und eine hochgeachtete Lehrerin der Bürgerschule. Gleich ließ sie die drei älteren Halbwaisen, die ihr etwas verwahrlost vorkamen, ihre Autorität spüren. Sie ging so weit, die lebhafte Vroni aus irgendeinem Grund in die Ecke zu stellen. Dieser Vorfall hatte sich dem Kind tief eingeprägt, sonst hätte Veronika ihn nicht nach so vielen Jahren ausdrücklich in ihrem Erinnerungsbuch erwähnt. Es war ihre erste Begegnung mit einem anderen Lebensprinzip, in dem Strenge, Gehorsam und Unterordnung angesagt waren. Das alles ausgeführt von einer in Fischbein eingeschnürten Dame mit streng zurückgekämmtem Haar unter einer schwarzen Spitzenhaube. Zu so einer Person würde sie von nun an lieber Abstand halten.

Vroni atmete auf, als Ida abreiste und kurz entschlossen die kleine Ilsa und das Baby Paul samt seiner Amme nach Holzminden mitnahm. In Vordingborg begann nun eine Zeit mit verschiedenen und immer schnell wechselnden »Tanten«, von denen besonders die »Schlange Tekla« ungute Erinnerungen hinterließ. Die machte nämlich Vronis Vater schöne Augen und war nur nett zu den Kindern, wenn der Angebetete in der Nähe war. Der Vater selbst bekam in Veronikas Bericht auch keine guten Noten: *Seit meine Mutter tot war, sahen wir unseren Vater selten. Mittags aß er nicht mit uns. Wir hatten große Angst vor ihm und vermieden es, ihn zu treffen.* Gleichzeitig beobachtete Vroni, dass ihr Vater verschiedenen interessanten Beschäftigungen nachging:

Mein Vater sammelte Werkzeug aus der Steinzeit. Er ging hinter dem Pflug her und wurde oft fündig. Er ließ eine große Vitrine bauen und stellte alles im Hotel aus. Er konnte von allem etwas. Er zeichnete gut. Er war musikalisch, doch spielte er kein Instrument. Er sang gut. Er nahm sich aber gleichzeitig wenig Zeit für sein Hotel.

Tonia schmunzelt, als sie diese Zeilen liest. War der blonde dänische Hüne etwa der erste Musische in der Familiengeschichte? Von allen Künsten ein bisschen, aber nichts richtig. Später war in ihren Kreisen oft vom Hupfen, Tupfen und Zupfen die Rede, das musische Menschen hingebungsvoll betreiben, ohne jemals beifallsheischend oder getragen von perfektionierter Könnerschaft in die Öffentlichkeit zu drängen.

Mit seinen Töchtern verfolgte Hans Olsen allerdings den Plan, sie auf ein höheres bürgerliches Niveau zu heben. Mindestens das seiner verstorbenen Gattin Amalia, die aus einem gutbürgerlichen Haushalt stammte. Er finanzierte die Klavierstunden von Inga und Vroni und hielt sie zum Üben an.

Da die Musikstunden aber nicht mit Liebe angeboten wurden, sondern einfach als Forderung im Raum standen, blieben die Mädchen wohl genau deshalb hinter ihrer Begabung zurück. Manchmal kamen Briefe aus Holzminden, in denen Ilsas wunderbare Fortschritte auf dem Klavier gelobt wurden. Dann dachte Vroni: Dort weit, weit hinter dem Masnedsund wohnt meine jüngere Schwester und spielt tausendmal besser als ich.

Schulunterricht erhielten die Kinder in einer kleinen Privatschule durch drei verschlafene Schwestern Ström, von denen das »Fröken Holga« eine besondere Begabung besaß, schreckliche Langeweile zu verbreiten. Dann endlich, Vroni war ungefähr zehn Jahre alt, geschah doch etwas Gutes und Neues in ihrem Leben. Tante Cecilie zog ein und veränderte alles zum Positiven. Als ehemalige Lehrerin konnte sie bei den Schulaufgaben helfen, sie gestattete Spiele und Begegnungen mit anderen Kindern und sogar das Baden im Sund. *Tante Cecilie war sehr geduldig mit uns,* schrieb Veronika in ihrem Lebensbericht. *Sie schimpfte nie und doch wurden wir bei ihr nachdenklicher und gesitteter als vorher.* Hier verankerte Vroni anscheinend eine für sie wichtige Lebenserfahrung, von der die nachfolgenden Generationen noch profitieren sollten: In Tonias Erinnerung gibt es keine Situation, in der ihre Großmutter jemals geschimpft oder getobt hätte.

Die Sommerferien verbrachte Tante Cecilie mit ihren drei Pfleglingen Inga, Vroni und Ragnhild auf einem Pfarrhof, wo sie früher einmal als Erzieherin gearbeitet hatte. Dieser unvergesslichen Zeit widmete Veronika später mehrere Seiten. Ihre ganze Lebenslust, ihre Bewegungsfreude, ihre Tierliebe, ihre Freundschaft mit einem der Pfarrerssöhne blühten auf und blieben als traumhaftes Erlebnis im Gedächtnis.

Es waren sechs Kinder da und meine scharfen Augen hatten auch gleich eines in meinem Alter erblickt, das wohl zu mir passen könnte. Also Johannes Nyborg und Vroni Olsen wurden unzertrennliche Schlingel. Nyborgs hatten mehrere Pferde, die ritten wir jeden Tag auf die Weide ... Und später schrieb sie: *Es war zu herrlich gewesen. Das war auch gut, denn das nächste Jahr sollte viele Aufregungen und Leid bringen. Tante Cecilie wollte uns verlassen. Wir haben furchtbar geweint. Sie blieb dann doch und das aus reiner christlicher Nächstenliebe.*

Was sich bereits angekündigt hatte, wurde nun wahr: Hans Olsen war aufgrund von Schulden genötigt, das Hotel Waldemar aufzugeben. Tante Cecilie und ihre drei Schützlinge zogen in eine kleine Wohnung, in der sogar noch Räume untervermietet wurden. Danach war von Hans Olsen nichts mehr zu hören oder zu sehen. *Tante Cecilie hat nach Holzminden geschrieben, an unsere Großmutter,* berichtet Veronika aus dieser Zeit. *Ich glaube, dass unser Vater nicht genug Geld schickte, vielleicht gar keins.*

Vor Weihnachten 1890 wurden die drei Olsen-Mädchen zum Fotografen geführt, um zum Fest ein Bild nach Holzminden zu schicken. Die kleine Ragnhild zeigte sich auf diesem Foto mit ihren schönen, langen, ausnahmsweise offen getragenen Haaren. Acht Tage später erkrankte sie an Diphterie und starb kurz darauf. *Ich kann nicht die Trauer beschreiben, die wir empfanden,* schrieb Veronika. *Nie habe ich so innig an einem Menschen gehangen wie an ihr.* Nach der Beerdigung der geliebten kleinen Schwester wurde Inga und Vroni allmählich klar, dass ihr Leben so nicht weitergehen würde.

Tante Cecilie konnte natürlich nicht ihre Ersparnisse für uns verbrauchen. Also sahen sich unsere Verwandten in Holzminden genötigt, uns kommen zu lassen. Damit war meine Kindheit zu Ende.

Es ging also nach Deutschland. Für immer.

Erschöpft und nach langer Fahrt landeten die Reisenden im Holzminder Pfarrhaus und in einer zwiespältigen Situation:

Wir saßen auf dem Sofa und um den Tisch herum und waren ganz fremd. Die Unterhaltung war natürlich auch nicht flüssig, denn Tante Cecilie sprach nur mangelhaft deutsch und wir konnten nur einen einzigen deutschen Satz geläufig sagen: »Du bist verrückt, mein Kind.«

Das brachte zwar Schwester Ilsa zum Herausprusten, aber sonst blieb die Situation stocksteif und befremdlich. Tonia kann das Bedrückende dieser ersten Begegnung noch über hundert Jahre später aus den Zeilen ihrer Großmutter herauslesen.

Leicht machten es die Holzmindener den beiden Neuankömmlingen wirklich nicht. Den Haushalt regierte Tante Charlotte, kurz Lotte, die Schwester ihrer Großmutter, der Pfarrerswitwe. Beide waren um die achtzig Jahre alt. Dann gehörte noch Ida dazu, vierzig Jahre alt, und die Geschwister Ilsa und Paul, die natürlich ältere Rechte hatten als die jungen Däninnen – wenngleich sie später geboren waren.

Es wurde so viel in unserer Gegenwart genörgelt, über unsere Erziehung, unsere Kleidung und über unseren Vater, schrieb Veronika. *Bald verstanden wir zwar alles recht gut, nur das Deutschsprechen fiel uns schwer. Außerdem hatten wir in der dänischen Schule gelernt, dass die Deutschen unsere Feinde wären. Deshalb wollte ich die Sprache eigentlich nie lernen.*

In Tante Idas Schule gab es neue Anfeindungen: *Ihr habt bloß einen König. Wir haben einen Kaiser. Und euer König ist außerdem blöde,* bemerkte zum Beispiel Vronis Banknachbarin. Tante Ida selbst war das größte Problem. Sie erzog preußischer als die Preußen, vehement und besten Gewissens. Ihre Ungeduld und leider auch ihre Ohrfeigen trafen fast immer die störrische Vroni. Nicht genug damit. Sie versuchte auch, den freien Geist des jungen Mädchens und dessen Selbstbewusstsein zu brechen.

»Du kannst Kindermädchen werden, weiter nichts!«, eröffnete ihr Tante Ida einen Tag nach der Konfirmation und setzte bald darauf ihre Nichte in den Zug nach Wolfenbüttel, wo sie ein entsprechendes Seminar besuchen sollte. Dieses wurde von Fräulein Anna Vorwerk geleitet, einer renommierten Schulgründerin, die mit ihren verschiedenen Einrichtungen der Frauenbildung im Wolfenbütteler Schloss residierte. Hier gelang es Vroni anscheinend schnell, ihre seelischen Kräfte zu mobilisieren und allen zu zeigen, was in ihr steckte.

Ganz erstaunt war ich, als mich Fräulein Vorwerk nach ein paar Wochen fragte, warum ich nicht auch das Examen für Lehrerinnen machen wollte, notierte sie dazu. *Ich war sehr stolz, dass sie mir das zutraute.*

Und im Jahr 1896 legte sie allen Unkenrufen zum Trotz ihr Lehrerinnenexamen ab. Sie würde nun unabhängig ihr eigenes Leben gestalten können.

Ganz ohne preußische Zucht waren auch die harten Ausbildungsjahre nicht verlaufen, aber Veronika dokumentierte, dass sie sich mit souveränem Mutterwitz über manche Zumutungen hinwegsetzte: *Wir nähten Hemden mit der Hand und zählten Stich für Stich die Fäden. Was für ein Unsinn!*, teilte sie der

Nachwelt mit. Und sie berichtete über das so komisch wirkende Strammstehen der Frauenriege im Turnunterricht in weiten schwarzen Pumphosen. Beim Turnen hatte Vroni die Nase vorn, denn sie war die Jüngste und Gelenkigste ihres Kurses.

Manche Frauen in Wolfenbüttel waren schon dreißig Jahre alt. Erst wenn sich die Hoffnung auf Heirat verflüchtigt hatte, wählten viele den Lehrberuf, beschrieb sie diese Zeit *vor* der Jahrhundertwende.

Nun hätte es losgehen können mit dem Unterrichten, aber die junge Vroni hatte noch nicht ganz das Alter, um eine staatliche Stelle ausfüllen zu dürfen. Da erreichte sie das Angebot einer Erzieherinnenstelle in der Schweiz und sie sagte spontan zu. Sie würde die vier Kinder einer Familie Dumur betreuen und gleichzeitig Gelegenheit haben, die französische Sprache zu erlernen. Sie würde sich also auf eine weite, abenteuerliche Reise begeben und freute sich darauf, nun wirklich die Erziehung von Kindern zu übernehmen.

Die Reise nach Lausanne

Leicht war es sicher nicht für die achtzehnjährige Veronika, ganz allein ins Ausland zu fahren, ohne Sprachkenntnisse und vor der noch gar nicht übersehbaren Aufgabe, vier kleine Kinder zu erziehen. Aber Abenteuerlust und Wagemut halfen ihr, sich dieser Herausforderung zu stellen. In ihrem Tagebuch schildert sie auf jeden Fall die freudige Bereitschaft, sich auf alles einzulassen, was ihr an Neuem begegnet. Noch bevor ihr Zug Lausanne erreicht hatte, fühlte sie sich vom Leben reich beschenkt:

Als wir aus dem Tunnel herauskamen, da lag die herrlichste, sonnige Alpenwelt vor uns. Ich war ganz beseligt über die wunderbare Landschaft. Leider hatte ich keinen, dem ich vor Freude um den Hals fallen konnte. Und so musste ich mich für mich selbst freuen, wie ich es ab jetzt oft tat. Das muss man erst lernen, Freud und Leid mit sich allein zu erleben.

Am Bahnhof Lausanne erwartete sie niemand. Da nahm Vroni beherzt eine Droschke zum Haus ihrer Arbeitgeber und erlebte gleich die nächste Überraschung. Bei den Dumurs sprach man ausschließlich Schwyzerdütsch, von Französisch keine Spur. Gutes Deutsch sollten die Kinder anscheinend erst vom deutschen Fräulein lernen.

Vroni brauchte ungefähr vierzehn Tage, um sich ins Schwyzerdütsche hineinzuhören. Einblicke ins Familiensystem gewann sie schneller. Herr Dumur, ein früherer Oberst und jetzt leitend bei der Jura-Simplon-Bahn, scheuchte morgens um sechs Uhr alle ihm untergebenen Hausbewohner mit dem Weckruf »Hömpegi! Hömpego!« aus den Betten. Vroni hat nie herausbekommen, was das heißt. »Freile«, rief dann der Nachwuchs aus allen Richtungen und wollte versorgt werden. Um acht Uhr war bereits der Ausgang mit den vier Kindern angesagt: dem fünfjährigen Pierre, genannt Bäderle, dem vierjährigen Jean, der zweijährigen Claire und dem Baby Luisle.

Die gnädige Frau, »Madam«, wie sie genannt werden wollte, zog sich dann mit ihren Romanen zurück. Sie hatte gehört, dass Kinder in besseren Kreisen dem Personal übergeben werden. Vroni bewegte sich nun mit ihrer Schar den Berg hinunter, am liebsten an den Lac, den tiefblauen Genfer See.

Die kleinen Beine ihrer Schutzbefohlenen hielt sie mit Liedern und Geschichten in Gang. Dann folgten sie ihr, wohin sie wollte. Manchmal kam sie sich vor wie jener Rattenfänger von Hameln, der Kinder mit Klängen einfangen und betören konnte.

Bald hatten sie sich so an mich gewöhnt, dass sie mich suchten, wenn ich nur einen Augenblick fort war. Es war rührend, wie die Kinder an mir hingen. Die Mutter war gar nicht eifersüchtig, dafür war sie viel zu bequem und dumm. Sie las immer Romane und war zufrieden, wenn wir sie dabei in Ruhe ließen.

Am Lac gab es weiße Möwen, die Vroni seit ihrer Kindheit in Dänemark nicht mehr gesehen hatte. In der Ferne sah man die zackigen Berge des Berner Oberlandes. *Heute war ich traurig vor Entzücken,* notierte sie in ihr Tagebuch. Viel Zeit zum Nachdenken und Traurigsein gab es aber nicht. Abends saß sie nicht bei den Herrschaften, sondern mit Näh- und Stopfarbeiten auf einem Treppenabsatz. Um sechs Uhr ging es dann wieder los mit Hömpegi, Hömpego.

In Vronis Zimmerchen wohnten zahlreiche Mäuse. Der Ausblick auf den Lac von dort war jedoch der schönste im ganzen Haus und entschädigte für manches. Aber wollte und sollte sie nicht eigentlich Französisch lernen? Sie würde sich wohl bald eine neue Stelle suchen müssen. Nach einigen Monaten bei den Dumurs wurde ihr außerdem klar, dass die

Trennung von den Kindern täglich schwerer werden würde, je länger sie bliebe.

Aber nun stand erst einmal eine achtwöchige Sommerfrische mit allen Dumurs bevor. Man wohnte hoch oben in den Bergen bei einfachen Bauern. Vronis Schwyzerdütsch wurde täglich besser. Manchmal hatte sie das Gefühl, dazuzugehören. Sie half beim Dreschen und saß beim Frühstück mit den Bauern auf einem Käselaib. Eines Nachts klopfte ein Dorfbursche an das Fenster ihrer Kammer. Vroni war jedoch vorgewarnt. Wenn man öffnet, ist man mit allem Weiteren einverstanden.

Rückblickend gehörte jedoch auch diese Begebenheit zum Zauber dieses Sommers. *Nie kann ich diese Zeit vergessen, so herrlich war es dort*, schrieb sie in ihr Tagebuch. Und später, nach zwei Weltkriegen:

Was wäre mir alles erspart geblieben, wenn ich in den Schweizer Bergen verweilt hätte. Ich bin heute noch froh, dass ich damals so eine ausgiebige Sommerfrische gehabt habe, die übrigens die einzige in meinem Leben geblieben ist.

Am Ende dieser Ferien begab sich Vroni in ein gefährliches Abenteuer.

Ich bin ganz allein tief ins Gebirge gewandert auf wildromantischen Wegen und über Gebirgsbäche balanciert auf schmalen Brettern. Dann standen Leitern an einer Felswand und es reizte mich na-

türlich zu sehen, wie es da oben weiterging ... Manchmal dachte ich, wenn du hier abifällst, findet dich niemand ...

Tonia ist von dieser Schilderung sehr berührt, denn es erinnert sie an ein eigenes und ähnliches Erlebnis in den Bergen. Sie war einem langweiligen Kurbetrieb entflohen und auf einen hohen Kamm gekraxelt, alle Vernunft hinter sich lassend. Immer weiter, immer höher. Irgendwann hatte es auch ihr gedämmert, dass sie vielleicht nie jemand finden würde, wenn sie abstürzt. In der Erinnerung aber blieben Gefühle von Stolz, Freiheit und Unabhängigkeit. Die teilt sie jetzt mit ihrer Großmutter.

Wieder in Lausanne, trennte sich Vroni von Familie Dumur und schweren Herzens von den Kindern. Sie hatte eine Stelle im Hotel Beausite gefunden. Hier betreute sie den Sohn des Hoteldirektors und seiner Frau. Lohn wurde nicht gezahlt, aber sie konnte Französisch lernen. Manchmal besuchte sie mit dem kleinen René an der Hand die Dumurs. Dann jubelten die Kinder und wollten sie nicht mehr loslassen. Seit sie weg war, hatten vier Erzieherinnen die Stelle innegehabt und schnell wieder aufgegeben. Vroni hatte ein mulmiges Gefühl. War es nicht ein Unrecht, dass sie die Kinder überhaupt verlassen hatte?

War es nicht überhaupt ein Unrecht, Kinder zu haben und sie nicht innig zu lieben, zu formen, zu bilden? Spaß und Freude mit ihnen zu teilen?

Vroni beschäftigte sich jetzt häufig mit solchen

Gedanken. Als Erzieherin würde sie Kinder ja immer nur phasenweise begleiten können, immer zum Personal gehören, das man anstellen oder entlassen könnte. Leidvolle Erfahrungen, auch aus ihrer eigenen Kindheit, ließen sie nachdenklich werden. Dennoch freute sie sich, als ein Brief von Tante Ida aus Holzminden ankam. Die Tante hatte eine feste Stelle für sie gefunden: Unterrichten in einer Privatschule.

Vroni wäre gerne noch in Lausanne geblieben. Sie konnte sich jetzt gut in der französischen Sprache ausdrücken. Manchmal dachte sie sogar schon in Französisch. Nur die Grammatik war bisher auf der Strecke geblieben. Aber ihre Zukunft lag wohl doch in Deutschland.

François, der flotte Oberkellner des Hotels Beausite, hatte ihre Rückfahrtroute ausgearbeitet und ließ die hübsche, ernsthafte junge Frau nur ungern ziehen. Er schrieb ihr sogar noch ein paarmal nach Holzminden und erzählte vom kleinen René.

Adieu du schöne Schweiz! Vroni hatte eine Ahnung, dass sie niemals zurückkommen würde.

Frischer Wind im Pfarrhaus

Als Veronika in Holzminden aus dem Zug stieg, wurde sie von ihren Schwestern Inga und Ilsa begrüßt. »Bonjour Mademoiselle«, riefen sie der Schweiz-Heimkehrerin zu und umarmten sie so fröhlich und begeistert, dass Vroni erstaunt hin- und herguckte. Irgendetwas war geschehen. Die stille Inga strahlte vor Glück, die geheimnisvolle Ilsa schaute sie verschwörerisch an. Dann nahm sie Ingas Hand und hielt sie Vroni vor die Augen. Ein Ring. Ein Verlobungsring.

»Er heißt Friedrich.«

»Er ist Architekt.«

»Er hält Tante Ida im Schach. Und erst mal Tante Lotte ...«

»Er freut sich auf dich, weil du so gut zeichnest.«

Die Schwestern platzten fast vor Mitteilungsbedürfnis.

Dann zogen sie durch die engen Straßen der kleinen Weserstadt heim ins alte Pfarrhaus in der Glockengasse. Hier ging es gleich weiter mit freudigen Überraschungen. Auf der Treppe vor der Haustür stand die ganze Hausgemeinschaft: die Großmutter und ihre Schwester Charlotte, Tante Ida und Bruder Paul. Alsbald ging die Tür auf und ein lachender junger Mann mit Fotoapparat trat heraus. Das war er! Friedrich, der frische Wind, der anscheinend die oft so nörgeligen Alten spielend zu lenken verstand.

Er wandte sich Vroni zu. Sein Blick drückte Freundschaft und Interesse aus.

»Du musst mir nachher deine Entwürfe zeigen«, sagte er.

Vroni freute sich, dass sich jemand für ihre Kohlezeichnungen interessierte, die sie seit Jahren in ihrem Skizzenbuch verewigte.

Doch zunächst arrangierte Friedrich die Personen vor der Haustür mit Sachverstand, sodass jeder gut getroffen werden konnte, verschwand kurz unter einem schwarzen Tuch und knipste ein Familienfoto. Alle hatten sich gerne seinen Anordnungen gefügt.

Vroni konnte die neue Dynamik kaum glauben. Als wenn man nur auf einen solchen Steuermann gewartet hätte! Ein Verbündeter für ihre Jugend, für ihre Lebenslust? Sie wünschte es sich so sehr!

Friedrich hatte schnell begriffen, dass er der lang vermisste Mann im Haus war. Aber woher nahm er nur diese vorzüglichen Hausvatereigenschaften? Er plante die Zukunft mit Inga, die zurzeit feine Küche auf einem nahe gelegenen Gutshof erlernte. Er fand einen Ausbildungsplatz für den schwächlichen, schulmüden Paul. Er sorgte dafür, dass Ilsa kleine Solopartien im Kirchenchor sang, und er zog mit Veronika, beide mit Skizzenbuch, auf Motivsuche in die Natur.

Jetzt kamen plötzlich auch junge Männer ins Haus. Friedrichs Kollegen und auch Studenten von der Baugewerkschule, an der er unterrichtete. Voller Freude ließen die alten Damen dann einen großen Kaffeetisch im Garten decken. Vergnügt saßen sie mit ihren schwarzen Spitzenhauben unter dem jungen Volk.

Manchmal schaffte es Friedrich, sie zum Reden zu bringen. »Wie war das mit Napoleon?«, rief er neckend über den Tisch. Alle kannten die Geschichte, aber für die Gäste war sie neu: Als Napoleons Soldaten in Holzminden und auch ins Pfarrhaus eindrangen, hatte die kleine gehbehinderte Lotte nach einer Bratpfanne gegriffen und geschrien: »Kriegsten rut!« Hätte der Soldat den Säbel gezogen, wäre die Bratpfanne nämlich zum Einsatz gekommen. Der Soldat zog ab. Es muss eine starke Vorstellung gewesen sein. Noch immer zitterten die Haare auf Tante Lottes Oberlippe, wenn sie davon sprach.

Auch Tante Ida, die strenge Schulvorsteherin, wurde vom neuen Regime im Pfarrhaus bewegt. Inga würde bald versorgt sein, aber sie musste weiterdenken. Als Ersatzmutter der vier Halbwaisen ihrer verstorbenen Schwester, deren Vater nach wie vor unauffindbar war, hatte sie die Zukunft fest im Blick. Also: gute Ausbildung, gute Partie. Es gab schließlich nichts zu vererben.

So sah sich Vroni eines Tages einer Hausschneiderin gegenüber, die Maß nahm und Stoffproben vorlegte. Sie bekam ihr erstes gesellschaftsfähiges Kleid, und zwar in zartem Taubenblau. Es war ein Traum. Aber das war noch nicht alles. Tante Ida bestand auch darauf, eine Fotografie anfertigen zu lassen. Sie zeigte die junge Veronika in klassischem Ambiente, an einer Säule lehnend, wie eine italienische Marchesa. Ihre unvergleichliche Haarfülle war in der Mitte gescheitelt, seitlich gerafft und zu einem hohen Knoten aufgetürmt. Das alles geschah wieder einmal stumm und ohne Erklärung. Zieh los, streng dich an, fall nicht zur Last, hörte Vroni zwischen den Zeilen.

Ich soll auf den Heiratsmarkt, dachte sie. Dabei war ihr ein bisschen unheimlich. Männer verhielten sich oft merkwürdig, wenn sie näher mit ihnen zu tun bekam. Irgendetwas machte sie falsch. Im Tennisclub fegte sie im wadenlangen weißen Rock über den Platz und freute sich, wenn sie gewann. Leider nicht ihre Tennispartner. Ihre neue Stelle als Handarbeits- und Turnlehrerin trug auch nicht zu ihrem Ruf als seriöse Heiratskandidatin bei. Eines Tages bekam sie in der Gymnastikhalle Besuch von Tante Ida mit einer Schulkommission. Entsetzt stellte man fest, dass Vroni in ihren langen schwarzen Pumphosen jeden Purzelbaum, ja sogar gleich drei hintereinander, selbst vormachte.

Und doch begannen für Vroni nun fünf schöne Jahre:

Ich muss gestehen, dass ich es gut hatte nach den letzten Jahren in der Fremde. Ich wohnte frei bei meinen Verwandten. Mein Gehalt war klein, aber ich konnte regelmäßig etwas davon abgeben. Auch an Ilsa, die inzwischen Gesang in Leipzig studierte. In der Schule war ich ganz in meinem Element. Die Kinder hingen sehr an mir und in den Religionsstunden kam ich ihnen wohl so nahe wie vielleicht manche Mutter ihrem Kind nie.

Gesellschaftlich organisierten sich die jungen Damen damals in sogenannten Kränzchen. Vroni hatte ein Tenniskränzchen und gehörte dem Holzmindener Tennisclub an. Dort gab es Tanzabende und Kostümfeste ohne Ende. Gleichzeitig fungierten diese Veranstaltungen auch als Heiratsmarkt. Oft mit bemerkenswert guten Ergebnissen. Auch Vronis Schwester Inga und ihr Friedrich hatten sich so kennengelernt. Für ein Winterfest übte Vroni mit den Clubmitgliedern einen Bauerntanz ein, über den sogar in der Zeitung berichtet wurde. *Ich wurde hier und da von manchem Herrn bevorzugt, jedoch blieb es dabei,* notierte sie in ihren Erinnerungen.

Als Tonia dies liest, holt sie die alten Fotos heraus, die sie von ihrer Großmutter geerbt hat, und nimmt sie näher in Augenschein. Besonders das mit der

Bauerntanzgruppe. Die Herren trugen lustige Kappen und Samtwesten mit Goldknöpfen, die Damen große Röcke, Mieder und Zöpfe. Eingerahmt in der Mitte stand Vroni, jung, schön, schlank und beweglich mit dem lächelnden Schalk im Gesicht, an den sich ihre Enkelin noch so gut erinnert. Aber als Heiratskandidatin wurde sie hier anscheinend nicht gehandelt.

Tonia nähert sich der Frage, warum ihre bildhübsche Großmutter damals eigentlich nicht vom Fleck weg geheiratet wurde, auf verschiedenen Wegen: Vielleicht hatte Vroni sich in jemanden verliebt, den sie nicht bekommen konnte? Oder: Sie war nicht attraktiv, weil sie ein armes Mädchen war, nichts »um die Füße« hatte? Oder: Sie war zu selbstständig? Oder: Sie war auch damals schon als Lehrerin schwer zu vermitteln?

Aber erst einmal standen in Holzminden sehr bewegende Ereignisse im Mittelpunkt.

Die Nachtigall

Am 31. Oktober des Jahres 1899 wurde in einem verschwiegenen Kloster am Bodensee ein gesunder Knabe geboren. Die Mutter, eine junge, aufstrebende Opernsängerin aus Leipzig, nannte ihn Waldemar. So hießen die Könige in Dänemark, dem Land ihres Vaters. Ihr eigener Name war nur der Äbtissin bekannt. Die fromme Frau würde in einigen Wochen dafür sorgen, dass der kleine Waldemar in einer verlässlichen Pflegefamilie in Süddeutschland unterkam.

So leicht und unkompliziert die Geburt war, so belastet war die Seele der jungen Mutter. Als sie wieder ein paar Schritte laufen konnte, nahm sie Mantel, Hut und Schleier und begab sich an das Ufer des Sees, der die Farben des Herbstlaubs spiegelte. Sie beugte sich über das Geländer der Uferpromenade und sah ihr eigenes Bild im Wasser. Ihre Figur würde bald wieder ansehnlich und bühnengerecht sein. Ihre Stimme? Wer konnte das jetzt schon sagen? Am schlimmsten gestört schienen zurzeit ihre menschlichen Kontakte.

Wie hatte sie nur so viel Schuld auf sich laden können?

Ilsa Olsen ließ das zurückliegende Jahr vorbeiziehen. Was für ein Glück sie doch anfangs gehabt hatte! Vom Konservatorium weg war sie als Zweitbesetzung der Bianca in der Oper *Der Widerspenstigen Zähmung* engagiert worden. Dann sang sie wegen der Erkrankung ihrer Kollegin sogar die Premiere. Sie wurde gehätschelt und gelobt, vor allem ihre Stimme, ihr geschmeidiger Mezzosopran. Aber das kannte sie ja schon von ihren kleinen Auftritten im heimischen Holzminden. Jetzt aber schnupperte sie echte Bühnenluft. Als Bianca trug sie ein Prachtkostüm aus Brokat und grünem Samt. Ganz so wie es der Tochter eines Renaissancefürsten entsprach. Ihr Auftritt auf dem Balkon, ihr träumerisches Lied:

Wie klang so süß mein Name durch die Stille!
Schon oft vernahm ich diesen holden Sang ...

All das schmeichelte ihr sehr. In der Pause bekam sie ernst gemeinte Handküsse. Bei der Premierenfeier landete sie später ein bisschen beschwipst auf dem Knie des Oberspielleiters. Er hatte einen Mittelscheitel und trug ein Monokel. Sein Frack roch nach Schweiß und Mottenkugeln.

»Die Gleene gönnte oochs Gäätchen singen«, raunte er dem Heldentenor ins Ohr.

»Wennse brav is«, meinte der wiehernd.

Ilsa Olsen fühlte sich plötzlich wie ein mutterloses ungeschütztes Kind. Und das war sie! Ach, wie wenig ihre Ersatzmutter Ida sie doch auf das Leben vorbereitet hatte!

Dumpfe Bilder jagten ihr durch den Kopf, als sie so am Seeufer stand. Sie war nach der Premiere auf einer schäbigen Couch in ihrer Garderobe aufgewacht, noch im Kostüm. Sie tastete nach ihren eigenen Kleidern und schlich sich nach Hause. Ein heftiger Kopfschmerz und das helle Tageslicht machten ihr zu schaffen. Als sie die Haustür ihres Quartiers bei der Familie des Hofopernsängers a.D. Robert Lieberitz öffnete, rief der aus der Küche: »Erfolg gehabt, Gleene? Gaffee gommt gleich!« Nach dem Kaffee und ein bisschen Schlaf, glaubte sie, würde es ihr wieder gut gehen. Sie würde wieder die lustige, begabte und manchmal ein bisschen verrückte Ilsa Olsen sein.

Es hätte ja auch alles gut gehen können! Einfach weitersingen. Einfach weiterlernen. Der Repetitor probte mit ihr auf Verdacht die Arien des Käthchens aus *Der Widerspenstigen Zähmung*. Ihre Stimme wurde jeden Tag besser und sie sang voller Schwung:

Ich will mich keinem geben,
es bringt nur schlechten Dank,
als Mädchen will ich leben,
will bleiben frei und frank.

Doch naiv wie sie war, merkte sie erst nach drei Monaten, dass ihr das Kostüm der Bianca zu eng wurde. Hatte sich nicht auch beim Unaussprechlichen, dem monatlichen »Frauenleiden«, etwas geändert? Was heißt geändert? Es war ausgeblieben! Schließlich vertraute sie sich der mütterlichen Frau Lieberitz an. Das Schlimmste aber stand ihr noch bevor: Das Holzmindener Pfarrhaus und die gestrenge Tante Ida.

Ilsa Olsen wendete sich jetzt vom glitzernden Bodensee ab. Ihr war plötzlich, als ob ihr Spiegelbild sie nach unten zöge. Ja, einfach im See versinken! Für den Kleinen würde schon gesorgt. Mit bleiernen Füßen schaffte sie es schließlich in die Klosterkapelle. Wie fremd das alles war und auch ein bisschen theatermäßig, dachte sie, als sie die barocken Engel und die Heiligen erblickte, ihre maskenhafte Seligkeit. Da drängte sich eine geradezu widerspenstige, unbotmäßige Frage in ihr Bewusstsein: Wer führt hier eigentlich Regie? Die Äbtissin? Tante Ida? Die Oper ...? Dann raffte sie sich auf und schickte ein Telegramm nach Holzminden: *Perlenkette heil angekommen.*

In Holzminden gab es zwei Personen, die die letzten Tage und Nächte in unerträglicher Anspannung verbracht hatten: Tante Ida und Ilsas Schwester Veronika. Sie warteten auf das »Ereignis«, konnten und durften aber mit niemandem, schon gar nicht miteinander darüber reden. Erahnte die eine, dass die andere darüber Bescheid wusste? Vielleicht, aber offiziell gab es ja gar kein Ereignis. Veronika ging deshalb dem Telegrammboten aus dem Weg und ließ Tante Ida den Vortritt. Dabei war sie es doch gewesen, der Ilsa zuerst erzählt hatte, dass sie ein Kind erwartet.

Eines Tages war sie angereist. In ihrem Brief sprach sie von einer kurzen Theaterpause. Am Bahnhof fiel auf, dass sie ein wenig voller geworden war, aber ihre lebhafte Sprache und der Leipziger Chic lenkten gleich wieder davon ab. Noch auf dem Heimweg wurde Vroni ins Vertrauen gezogen. Ihr war sofort klar, dass hundertprozentige Verschwiegenheit gefordert wurde. Das kleine biedermeierliche Holzminden war ein Schlangennest der Gerüchte. »Agathchen ist gerade mit los«, war ein geflügeltes Wort. Und es gab viele Agathchen hinter den weißen Spitzengardinen, die nur zu gerne mit einem neuen Gerücht von Haus zu Haus gezogen wären.

Die Schwestern hatten dann beraten, was zu tun sei. Gab es irgendeinen Weg, Tante Ida zu umgehen? Es gab keinen. Sie finanzierte die Gesangsausbildung und sie würde, so Gott will, auch die Schwangerschaft und die Geburt finanzieren. »Oder der Tod!«, rief Ilsa emphatisch. Zu Hause angekommen, hatte sie ihren Hut mit dem kleinen Schleier abgenommen und schien zunächst die alte: die brünette Haarfülle, das ovale Gesicht, der schmale Nasenrücken und die blaugrauen Rätselaugen. Dann entdeckte Vroni die dunklen Ränder unter den Augen und die Verzweiflung im Gesicht ihrer Schwester.

Sie hatte ihr ein Glas Wasser eingeschenkt, fest und tröstlich ihre Schultern umfasst und sie in Tante Idas Zimmer geschickt.

Kein Laut war herausgedrungen. Das Mädchen spülte geräuschvoll in der Küche, die alte Tante Lotte war ohnehin fast taub, aber Vroni hörte es doch, das leise Weinen aus Idas Zimmer. Wer weinte da? Schließlich ging die Tür auf und die tränenblinde Tante machte sich auf zum Haus des Superintendenten, ihrem Mentor und Schulvorsitzenden, dem edlen Förderer von Ilsas Gesangskarriere. Vroni war zu Ilsa ins Zimmer gehuscht, um ihr eine Weile still die Hand zu halten. Was würde werden? Wie sollte es weitergehen?

Erst am nächsten Tag, nach dem Schulunterricht, hatte Tante Ida zum Gespräch gebeten. Vroni blieb ausgeschlossen.

Ida hatte ihr Ziehkind, ihre begabte Nichte nie verzärtelt. Jetzt aber war sie so radikal und konsequent, wie Ilsa sie noch nie erlebt hatte. Sie müsse Holzminden sofort verlassen, nach Leipzig gehen und sich von einem Arzt wegen eines gefährlichen Stimmkatarrhs krankschreiben lassen. Sodann müsse sie sich zur Kur an den Bodensee begeben, wo solche Fälle »geheilt« werden können. Die nächsten Jahre solle sie Holzminden meiden.

Nachdem Ilsa noch am gleichen Tag abgereist war, strichen Tante Ida und Vroni aneinander vorbei und im Pfarrhaus herum. Wollte Ida nichts sagen oder konnte sie einfach nicht? Vroni rätselte. Waren es die »schmutzigen« körperlichen Dinge, die ihr die Lippen verschlossen? Angst um ihren Ruf als hochachtbare Schulleiterin? Vroni beschloss, niemals so zu werden.

In den nächsten Wochen präsentierte Ida ihre übliche Respekt einflößende Fassade. Niemand sollte merken, wie sehr sie von Schuldgefühlen geplagt und geschüttelt wurde. Sie war es schließlich gewesen, die zugestimmt hatte, ein junges unerfahrenes Mädchen zur Gesangsausbildung nach Leipzig zu schicken. Nachdem Ilsa mit einer Solo-Arie im Kirchenchor hatte aufhorchen lassen, war der Superintendent ihr nicht mehr von der Seite gewichen. »Diese Stimme muss ausgebildet werden«, mahnte er. Sie, die Erziehungsberechtigte, hatte zunächst widerstanden. Gesangsausbildung? War das nicht ein bisschen ... pikant? Doch der glaubensstarke Kirchenmann hatte ihre Hände in die seinen genommen. »Ilsas Begabung ist eine Gottesgabe«, sagte er. »Wollen wir Gott einen Stein in den Weg legen?« Die »Nachtigall Gottes« wurde Ilsa danach von ihren Schwestern scherzhaft genannt.

Am meisten belastete Ida die Vorstellung, dass Ilsa ja ihr Geschöpf, das Ergebnis ihrer Erziehung war. Als zarte Dreijährige war sie nach dem Tod ihrer unglücklichen Schwester, ihr, der unverheirateten Jungfer, anvertraut worden. Das Mädchen war bei ihr im Pfarrhaus aufgewachsen. Ach Ilsa, was für ein reizendes Kind sie doch immer war. Und jetzt das!

Bei der heimlichen Suche nach dem Telegramm von Ilsas »Kurort« am Bodensee war die junge Lehrerin Veronika nicht zimperlich. Zunächst kürzte sie den Religionsunterricht ihrer Klasse um ein paar Minuten und erreichte mit schnellen, undamenhaften Schritten das Pfarrhaus. Wohl wissend, dass Tante Ida erst nach ihr heimkehren würde, durchkämmte sie deren Schreibtisch und sah auch im Papierkorb nach. Schließlich fand sie das Telegramm unter einer Teppichecke. *Perlenkette heil angekommen*, stand da und ihr Herz hüpfte freudig. Sie war jetzt also selbst Tante. Wenn sie ihre Freude doch bloß hätte teilen können! Abends notierte sie in ihr Tagebuch: *Es ist unfassbar, hart und unchristlich, dass hier niemand über die »Perlenkette« spricht!*

Zurück zum fernen Bodensee. Dort erhielt auch Ilsa ein Telegramm. Die Äbtissin brachte es persönlich in ihre Zelle. Es war von ihrer mütterlichen Freundin, Frau Lieberitz, aus Leipzig. *Neubesetzung Käthchen, schnell melden*, las sie mit Herzklopfen und innerer Bewegung. Wenn doch bitte alles wieder gut werden könnte, betete sie still.

Die Äbtissin nickte, als hätte sie das Gebet gehört. »Sie werden uns also verlassen«, sagte sie und gab dann mit sparsamen Worten die notwendigsten Informationen über das Schicksal ihres kleinen Sohnes. Er würde bei einem kinderlosen Bauernehepaar in Pflege kommen. Später könne er sogar Hoferbe werden. Sie werde regelmäßig über alles berichten.

Eine dichte Wolke von ungesagten Sätzen hing in diesem Moment zwischen den beiden Frauen in dem kargen Raum. – Gott hat Ihnen ein gesundes Kind geschenkt und Sie drängen zurück auf die Bühne, schien die Äbtissin zu sagen. – Singen ist das Einzige, was ich kann. Ich bin begabt, drückte Ilsas Haltung aus. Wo sollte sie auch hin? Dann dankte sie der Vorsteherin des Klosters aufrichtig. Sie war hier aus großer Not gerettet worden.

Im Zug nach Leipzig fiel Ilsa plötzlich Käthchens Arie aus der Oper *Der Widerspenstigen Zähmung* ein:

Und wer mich will zum Weibe,
der steig erst in die Höll
und hol zum Zeitvertreibe
den Teufel mir zur Stell!

Dieser Ohrwurm traf vollständig ihre innere Stimmung und stachelte sie zu mutigen Plänen an, ihre Karriere fortzusetzen.

Kinder, Kunst und leere Kasse

Es war die Liebe, und zwar eine unglückliche Liebe, durch die das Leben von Vroni Olsen um die Jahrhundertwende von Grund auf umgekrempelt wurde. Ihre Enkelin Tonia erkennt in ihren Zeilen den harten Schnitt, den sie damals vollzog.

Zunächst ging es wieder um Tanzveranstaltungen im Tennisclub: *Ich war 22 Jahre alt und ein sehr lustiges Haus.* Dann veränderte sich etwas. Die Verlobten Inga und Friedrich hatten geheiratet. Das junge Paar war nach Kassel gezogen und hinterließ eine Lücke.

Tonia durchforscht den Text ihrer Großmutter nach Hinweisen, ob es vielleicht der bewunderte und geliebte Schwager Friedrich war, der ihr Herz gefangen hielt, aber dann taucht ein anderer Name auf:

Wir waren fast immer auf dem Tennisplatz ... Die Plätze hatte der Bürgermeister von Otto herrichten lassen. Er war ein lebenslustiger und noch ziemlich junger Mann ...

Dieser kleine Hinweis ist tatsächlich alles, was Tonia über eventuelle Liebesinteressen ihrer Großmutter erfährt.

Diese reiste nun so oft wie möglich nach Kassel. Im Haus ihrer Schwester waren inzwischen zwei Kinder geboren worden. Es lockte aber auch die berühmte Gemäldegalerie. Vroni konnte nicht genug bekommen von den Rembrandts und den Rubensgemälden, die die Kasseler Landgrafen dort angesammelt hatten. Wieder betätigte sich Schwager Friedrich als Lebensberater: Warum nicht hierherziehen, Kunst studieren und das Zeichentalent ausbauen?

Mit großem Interesse liest Tonia im Lebensbericht ihrer Großmutter, was dann tatsächlich zur Aufnahme eines Kunststudiums in Kassel geführt hat:

Ich wollte aus Holzminden heraus. Es drückte mich so vieles. Mein armes Herz wurde hin- und hergezerrt. Er liebte mich und wollte mich zur Frau. Ich liebte aber einen anderen. Verstandesgemäß war es Unsinn, aber ich war im Bann der Liebe. Ich machte also einen Strich unter alles und reiste nach Kassel mit etwas erspartem Geld.

Bravo!, denkt Tonia und kann sich gleichzeitig gut in Vronis seelische Lage versetzen. Diese Unsicherheit, der schwankende Boden, den Umbrüche so mit sich bringen. Aber die mangelnde gesellschaftliche Akzeptanz alleinstehender Frauen wog um die Jahrhundertwende natürlich besonders schwer.

Nun stand also die Kunst im Mittelpunkt von Vronis Leben. Ab 1902 besuchte sie das Seminar für Zeichenlehrerinnen an der Kasseler Kunstgewerbeschule, denn Kunstakademien standen Frauen damals noch nicht offen. Es war wohl der richtige Schritt: *Die herrliche Arbeit ließ mich nach und nach vergessen.* Weil sie ihren Verwandten nichts für ihren Lebensunterhalt bezahlen konnte, übernahm Vroni freiwillig die Kinderbetreuung und niemand hätte sie in ihrem Stolz davon abbringen können, diese Aufgabe zu erfüllen.

Dennoch fühlte sie sich fortan häufig zerrissen zwischen Pflicht und Neigung. Ihre Nichte, die kleine Emma, war ein unruhiges Kind und machte ihr nachts das Leben schwer. *Ich war manchmal todmüde und bekam nervöses Augenflimmern, was mich sehr beim Zeichnen störte,* notierte sie. Aber das feste Ziel vor Augen, Lehrerin an höheren Mädchenschulen zu werden, Unabhängigkeit und sogar Pensionsberechtigung zu erlangen und sich in der Kunst zu vervollkommnen, ließ sie die nächsten drei Jahre durchhalten.

In Vronis Malgruppe waren alle mehr oder weniger bettelarm, aber voller Kunstbegeisterung. Nachdem sie für Naturskizzen durchs Stadttor gezogen waren, streiften sie als Erstes die Schuhe ab, um die

Sohlen zu schonen. Manchmal kamen Vroni Zweifel, ob sie ihre Ausbildung schaffen würde. Kaum hatte sie abends ihr Kunstgeschichtsbuch geöffnet, verlangten die Kinder nach ihr. Auch im Zeichnen hatte sie Lücken. Da vermittelte Schwager Friedrich ihr einen Zeichenlehrer seiner Baugewerkschule namens Krahnert, genannt Cranach.

Er lebte sehr ärmlich und primitiv, denn er war kein großer Könner, mehr Enthusiast, beschrieb Vroni ihn. *Er rauchte fortwährend und es war ein fürchterlicher Tabak! Er hatte mich, glaube ich, sehr gern und fragte einmal, ob ich für die Kunst hungern könnte. Da habe ich ihm geantwortet, dass ich das nicht vorhätte.*

Plötzlich wirbelte ein Brief aus Leipzig ins Haus und brachte alle Gemüter durcheinander. Er war von Ilsa, die ein Schreiben von Hans Olsen beigefügt hatte. Damit – nämlich je noch einmal etwas vom pflichtvergessenen dänischen Vater zu hören – hatte wirklich niemand mehr gerechnet. Die von Ilsa mitgeschickte Zeitungsrezension über einen ihrer Konzertauftritte stammte aus den *Leipziger Neuesten Nachrichten*:

Mit der gut schattierten Ballade aus dem Fliegenden Holländer *erbrachte Fräulein Ilsa Olsen den Beweis, dass ihre Stimme die nötige Wucht und Schärfe für den Wagner-Styl besitzt.*

Genau dieses Blatt war es anscheinend gewesen, das eines Morgens im russischen Sankt Petersburg, und zwar im komfortablen Hotel Atlantic, auf dem Frühstückstisch von Hans Olsen lag. Er wischte sich die Augen, zwirbelte seine Bartenden und las noch einmal. Da hatte er also eine begabte und berühmte Tochter? Und erfuhr erst jetzt davon! Es arbeitete in ihm. Sie musste das ja alles ganz alleine geschafft haben. Und sie übte den Beruf aus, den er selbst so gerne ergriffen hätte: Sänger. Er war beschämt und aufgewühlt. Aber nun wollte er etwas unternehmen. Etwas Gutes! Noch am selben Morgen schrieb er einen Brief an das Leipziger Opernhaus. Er wollte unbedingt seine Tochter treffen! Oder seine Töchter? Bangend wartete er die Antwort aus Deutschland ab und ließ seine Geschäfte erst einmal schleifen. Aber das konnte er sich inzwischen erlauben. Er arbeitete als Repräsentant für ungarische Weine und verdiente gut.

Ilsa wollte ihren Vater am liebsten nicht treffen, schon gar nicht allein. Da sie in Holzminden aufgewachsen war, kannte sie ihn ja auch gar nicht. Inga war wieder schwanger und Vroni sträubte sich gegen ein Wiedersehen. Zu bedrückend waren die Erinnerungen an ihre Kindheit. Gefördert wurde die ganze Aktion schließlich durch einen Geldbrief aus Sankt Peterburg für die Reisekosten. Da machte sie sich schweren Herzens auf den Weg nach Leipzig, wo das Treffen stattfinden sollte.

Die Begegnung von Hans Olsen mit seinen schönen begabten Töchtern wurde fotografisch dokumentiert. Tonia blickt forschend auf das sepiabraune Bild. Der gealterte und recht stämmig gewordene Hans Olsen in dunklem Anzug, weißer Weste und weißer Leinenmütze, mit gezwirbeltem Schnurrbart sowie einem verzierten Gehstock, wird eingerahmt von zwei modisch gekleideten Grazien: Vroni balanciert einen zierlichem Sonnenschirm aus weißer Spitze und Ilsa lässt einen großen Sonnenhut lässig am Band schaukeln. Wahrscheinlich alles Requisiten des Fotostudios. Der Gesichtsausdruck? Unbewegt und auf Seriosität bedacht, wie oft auf alten Fotos.

Viel mehr erfährt man auch nicht von dieser Zusammenkunft. Vroni hatte in ihren Erinnerungen nur erwähnt, dass ihr Vater den künstlerischen Weg der Töchter zu fördern beabsichtigte. Allerdings glaubte sie wohl nicht daran. Später zeigte sie sich ganz erstaunt, dass doch hin und wieder ein wenig Taschengeld tröpfelte.

Für Ilsa hatte sie mehr erhofft. Diese war zwar ein Opernstar, aber ihr Gehalt eher gering. Künstlerinnen ihres Genres hatten im Allgemeinen spendable Freunde, die für Hüte, Handschuhe, Pelze und Soupers aufkamen. Aus gutem Grund hielt sich Ilsa hier zurück. Sie schickte regelmäßig Geld an den Bodensee, wo ihr Sohn aufwuchs. Hin und wieder besuchte sie ihn, konnte jedoch keine mütterlichen Gefühle für das Kind entwickeln. Dass auch Ilsa ihn zum Großvater gemacht hatte, erfuhr Hans Olsen bei diesem Treffen nicht.

Den größten Platz in Vronis Skizzenbuch nahmen ihre Kohlezeichnungen ein, und zwar die Porträts von Kindern. Ihr geschulter Blick und die Ernsthaftigkeit, mit der sie diese Kunst ausübte, verführte die Kleinen manchmal sogar zum Stillsitzen. Sie fühlten sich gesehen. Dann wurde gewischt, radiert, schraffiert und aus dem Dunkel trat wie von Zauberhand ein Köpfchen hervor, das viel mehr aufwies als Ähnlichkeit. Es zeigte das Wesen der jungen Person, deren Aura und Geheimnis.

Je mehr Tonia vom künstlerischen Weg ihrer Großmutter erfährt, umso glücklicher schätzt sie sich, ihr eigenes Babyporträt von Vronis Hand zu besitzen. Es war in hektischen Kriegszeiten angefangen worden und unvollendet geblieben. Trotzdem fühlt sie sich gut getroffen und verstanden.

Nun lenkt sie ihren Blick zurück in den Sommer des Jahres 1904. Vroni war damals mit der Familie ihrer Schwester nach Emden gereist, wo Friedrichs Bruder eine Reederei besaß. Natürlich mit dem Skizzenbuch im Gepäck. Es folgten glückliche Wochen in einer großen, von Kindern wimmelnden Familie. Die Gastgeber wünschten Porträts von allen fünf Sprösslingen. »Du bist ja eine Künstlerin!«, riefen sie erfreut, als die ersten Exemplare fertig waren, und Vroni genoss es, als Malerin wahrgenommen zu werden.

Eines Morgens lag ein neues ledergebundenes Skizzenbuch auf ihrem Platz. Friedrichs Bruder hatte auf der ersten Seite ein Gedicht notiert:

Du bist Orplid, mein Land!
Das ferne leuchtet!
Vom Meere dampfet dein besonnter Strand
den Nebel, so der Götter Wange feuchtet.
(Mörike)

Es war die erste Strophe vom »Gesang Weylas«. Vroni verstand Eduard Mörikes Zeilen so, dass sie weitermachen, die Kunst und die Träume niemals aufgeben sollte. Da schöpfte sie neuen Mut. Bis in ihr hohes Alter würde sie diese Mörike-Verse immer wieder gerne zitieren. Und auch Tonia sind sie bis heute im Gedächtnis geblieben.

Vronis Gastgeber hatten sich noch etwas einfallen lassen. Sie stifteten ihr eine Kurzreise nach Worpswede, dem inzwischen berühmt gewordenen Künstlerdorf bei Bremen. Widersprüchliches war über die dort vertretenen Malrichtungen zu hören. Man sei vom Ideal der Exaktheit und Genauigkeit abgerückt, man verzettele sich in dekorativem Jugendstil-Schnickschnack, man male das Moor und die Katen in dicken bräunlichen Farbbalken. Außerdem würden die Maler und ihre Malschülerinnen dem hüllenlosen Luftbaden frönen …

Als Vroni das Worpsweder Gelände betrat, war das goldene Zeitalter der bekannt gewordenen Künstlervereinigung bereits vorbei. Die Gruppe hatte sich verändert, vereinzelt, teilweise entzweit. Sie schritt an Heinrich Vogelers fast vollendetem Barkenhof vorbei und wunderte sich über den Wohlstand und die Selbstdarstellung, die hier gefeiert wurde. Das kannte sie von der Kasseler Kunstszene nicht. Anscheinend sollte bei diesem Maler alles von Schönheit durchdrungen sein, bis hinein in die banalsten Gegenstände des Alltags, zum Beispiel Gartenzäune. Im Verkaufsraum an der Dorfstraße erwarb Vroni einige Postkarten. Sie zeigten den hohen bewegten Himmel von Worpswede und die grünbraun gesättigte Landschaft. So wollte sie auch gerne malen. Und es würde nun nicht mehr lange dauern, bis sie sich bevorzugt der Farbmalerei zuwandte.

Auf dem Rückweg nach Bremen drängte mit Vroni eine Gruppe von Frauen in den Pferdeomnibus, die anscheinend alle etwas mit Malerei zu tun hatten. Ihre Staffeleien hatten sie auf dem Rücken befestigt, Paletten und Bilderrollen ragten aus den Rucksäcken. Sie trugen lose unter der Brust geraffte Reformkleider oder Hosen und grobes Schuhwerk.

»Was habt ihr heute gemalt«, wollte Vroni wissen.

»Jejend, eijentlich nur Jejend«, antwortete ihre Platznachbarin, die sich Milli nannte.

Wie sich zeigte, gehörten die Frauen zu einer Berliner Künstlerinnenkolonie. Sie hatten sich in Worpswede in der Pleinairmalerei fortbilden wollen. Großzügig beantwortete nun Milli alle neugierigen Fragen, die ihr Vroni stellte. Ja, sie wollten in ihrer Kolonie zusammenbleiben und von der Kunst leben. Nein, sie wollten nicht heiraten! Oder? Niemals!, tönte es aus ihrer Gruppe zurück. Das Schimpfwort »Malweibchen«, das Vroni schon über so lebende

Frauen gehört hatte, ging, zumindest Milli, am »Allerwertesten« vorbei.

Im Zug zurück nach Emden sann Vroni über verschiedene Lebensformen von Frauen, von Künstlerinnen nach. Ihre Vorstellung davon hatte sich in Worpswede erweitert. Frei und ungebunden in einer Frauenkolonie zu leben, schien ihr nur auf den ersten Blick attraktiv. Sie wollte doch lieber dazugehören und sich nicht in Satire-Zeitungen, wie zum Beispiel dem *Simplicissimus*, veräppeln lassen. An einer Schule könnte sie Kinder künstlerisch fördern, wäre aber auch Teil eines eventuell öden Schulalltags. In einer großen Familie könnte man ein liebevolles, kreatives Heim für Mann und Kinder schaffen, so wie bei ihren Emdener Gastgebern.

Vroni seufzte innerlich. Wenn sie damals in Holzminden Ja gesagt hätte ...? Schnell verscheuchte sie diese schwarzen Gedanken.

Über ihr letztes Ausbildungsjahr gab sich Vroni keinen Illusionen hin. Inga würde ihr drittes Kind bekommen und sie würde noch stärker als bisher in die Betreuung eingebunden sein. Tatsächlich kam dann alles noch schlimmer und noch dicker, als sie vermutet hatte. Ihr Vater hatte einen Schlaganfall in Sankt Petersburg erlitten und wurde von seinem gutherzigen Schwiegersohn nach Kassel geholt. Dann bekam Ilsa ein Engagement in Riga und verließ Leipzig für mehrere Jahre. Da ließ Friedrich noch einmal sein Herz sprechen und holte auch den kleinen Waldemar vom Bodensee in seine Familie. Vroni schlief im vollbesetzten Kinderzimmer und wusste nicht, wo und wie sie für das Examen lernen und zeichnen konnte. Schließlich traf sie in ihrer Not eine Verabredung mit dem Hausmädchen, das morgens immer zu spät kam. Dieses würde ab jetzt bei den Kindern schlafen und Vroni in der Mägdekammer.

Das Examen gelang und die inzwischen gar nicht mehr so junge Zeichenlehrerin von siebenundzwanzig Jahren bewarb sich um Stellen in ganz Deutschland. In diesen Wochen wurde ihr bei einem Familienausflug ein etwa gleichaltriger junger Mann vorgestellt, Wilhelm Dahlheid, ein Doktorand der Philologie, mit dem sie unversehens in ein angeregtes Gespräch über Kindererziehung geriet.

»Das fördern, was im Kind angelegt ist«, sagte Vroni.

»Ja, und dann loben, loben, loben!«, ergänzte ihr Begleiter. Sie verstanden sich.

Vroni trug bei dieser Gelegenheit ihren schlafenden Neffen durch den Wald und ließ sich von niemandem entlasten. *Ein Mann kann eher einen Zentner stemmen, als ein schlafendes Kind zu tragen,* schrieb sie in ihren Erinnerungen. So war sie – erinnert sich Tonia – und so beeindruckte sie anscheinend auch Wilhelm Dahlheid, der später gestand, damals seine Liebe zu ihr entdeckt zu haben.

Es sollte aber noch ein paar Jahre dauern, bis aus Vroni und Wilhelm ein Paar werden würde. Er reiste nach England und nach Frankreich, um sich sprachlich zu verbessern, und sie trat eine Stelle als Zeichenlehrerin in Osnabrück an. Lange hörten sie nichts voneinander. Inzwischen kam in Osnabrück ein offenes Paket aus Kassel an. Es enthielt einen verschüchterten kleinen Hund. Sie nannte ihn Köpenick, denn die Geschichte vom Hauptmann von Köpenick stand damals in allen Zeitungen. Inga und Friedrich hatten sich wohl gefragt, ob Vroni vielleicht einsam sei. Und da lagen sie nicht ganz falsch. *Einsame Zeichenlehrerin im Flachland mit Hund*, ulkte Vroni manchmal insgeheim über sich selbst. Hängen ließ sie sich nicht. Sie verfeinerte ihre Kunstkenntnisse, malte in Farbe und lernte den *Faust* auswendig. Darüber hinaus entwickelte sie ein Interesse an Bauzeichnungen und Architektur. *Wenn ich hätte studieren können, so hätte ich mit Begeisterung dieses Fach erwählt*, vermerkte sie aus dieser Zeit und: *Gelangweilt habe ich mich nie.*

Eines Tages kam eine Postkarte aus England. Dr. Wilhelm Dahlheid würde auf der Durchreise Osnabrück passieren und wünschte, sie zu besuchen. Vroni zeigte Wilhelm das berühmte Alte Rathaus. Sie standen auf der steinernen Treppe, von der 1648 schon die Begründer des Westfälischen Friedens auf die mittelalterliche Stadt hinabgeblickt hatten. Etwas später merkte Vroni, peinlich berührt, dass sie puterrot anlief, als der Stadtführer sie mit »gnädige Frau« titulierte. Leider hatte das auch Wilhelm gesehen und er würde von nun an immer wieder scherzend darauf zurückkommen …

Ganz leicht wollte Vroni ihre schwer erkämpfte Selbstständigkeit nicht aufgeben. Wie Tonia aus ihrem Lebensbericht herausliest, hat sie auf jeden Fall damit gerungen, in eine Heirat einzuwilligen, nachdem Wilhelm um ihre Hand angehalten hatte: *Mein Herz schrie,* notierte sie. Und so dramatisch klangen ihre Sätze sonst eher nicht.

Ja, war es denn nicht töricht? Ich hatte doch mein Brot! Aber eine Stimme sagte dann wieder: Du bist als Lehrerin immer allein. Ein Mann kann dir Halt geben. Du kannst ein Kind bekommen und bist dann auch im Alter nicht allein. Er ist doch auch ein netter Mensch, mit dem zu leben wohl nicht schwer sein wird …

Heirat bedeutete bei Lehrerinnen damals das Ende der beruflichen Tätigkeit. Verheiratete Lehrerinnen waren im Kaiserreich nicht im Schuldienst zugelassen.

Alles kam dann bald zu einem glücklichen Ende: *Der 14. Oktober 1908 wurde unser Verlobungstag und am 10. Juli 1909 haben wir in Kassel geheiratet.*

Ein Jahr später wird das erste Kind von Vroni und Wilhelm auf die Welt kommen. Erstaunt stellt Tonia fest, dass man einer »schon« einunddreißigjährigen Erstgebärenden damals kaum ein gesundes Kind zutraute.

Als die Kaiserin kam

Nach kurzem Eselsritt, der die frisch Vermählten Vroni und Wilhelm 1909 auf die Wartburg im Thüringischen führte, wollte die junge Frau elastisch von ihrem Grautier abspringen und klappte dann am Boden sofort in sich zusammen, niedergezwungen von einem starken, bohrenden Schmerz im Bauch, der sie vollkommen handlungsunfähig machte. Jetzt waren Vernunft und Fürsorge des Ehemannes gefragt, der diese Prüfung offenbar geistesgegenwärtig und in guter Form bestand. Er ordnete einen Transport per Trage in ein Eisenacher Hotel an und besorgte umgehend einen Arzt. Was lag an? Eine kritische Blinddarmentzündung, die die allerbehutsamste Schonung der Angetrauten vorschrieb.

Zwei Tage später erreichten Vroni und Wilhelm wieder den Heimatbahnhof in Kassel und fuhren dann unverzüglich in das Krankenhaus vom Roten

Kreuz, wo sofort die Blinddarmoperation vorgenommen wurde. Anscheinend ein Fall höchster Dringlichkeit.

So hatte sich Vroni ihre Hochzeitsreise ja nun wirklich nicht vorgestellt, aber dann ergab sie sich ihrem Schicksal in der ihr eigenen Art, die Dinge des Lebens so zu nehmen, wie sie kamen. Sie ließ sich zum ersten Mal von Schwestern bedienen und akzeptierte ihren Aufenthalt im Krankenhaus als willkommene Ruhezeit.

Die junge Lernschwester Luise konnte gar nicht genug bekommen von dem Anblick und der Pflege der aufgelösten langen Zöpfe ihrer Patientin. Vroni war dann von ihrer Haarpracht umflossen wie von einem kastanienfarbenen Mantel, so lang, dass sie auf den Haarspitzen bequem sitzen konnte.

In diese Zeit fiel ein Besuch von Kaiserin Auguste Viktoria im Krankenhaus. Majestät war Schirmherrin der Organisation des Roten Kreuzes und weilte des Öfteren während der Sommermonate auf Schloss Wilhelmshöhe in Kassel. Tonia findet folgende Beschreibung dieser wichtigen Begebenheit in den Notizen ihrer Großmutter:

Die Schwester fragte, ob ich der Kaiserin erlaube, mich zu besuchen. Ich fühlte mich aber nicht sonderlich wohl und wollte auch nicht so ausgestellt werden. Also sagte ich ab. Das tat aber den Schwestern sehr leid, weil sie Majestät bereits eine Dame mit überreichem langen Haar angekündigt hatten. Enttäuscht verließen sie den Raum. Heute tut es mir leid, dass ich Auguste Viktoria damals nicht hereingelassen habe, denn Majestäten gibt es ja nicht mehr ...

Vronis Ehestart verlief uneingeschränkt positiv, auch wenn die junge Frau noch nie einen Kochlöffel in der Hand gehalten hatte: *Ich schüttete ein ganzes Pfund Reis in das Wasser. Davon aßen wir dann tagelang.* Aber es gab Wichtigeres:

Unsere schönen, unbeschwerten Jahre lagen nun vor uns. Wir hatten uns lieb. Wilhelm hatte eine liebende Seele. Er konnte, was er fühlte, so gut in Worte fassen ...

Vroni erteilte jetzt selbst Zeichenstunden und nahm Unterricht im Schnitzen und Modellieren. Wilhelm nahm seinen Cello-Unterricht wieder auf. *Ich begleitete ihn bei vielen Stücken auf dem Klavier, das ich damals recht nett spielte,* heißt es in den Erinnerungen.

Nach einem Jahr in schönster Harmonie wurde 1910 der kleine Leonhard geboren, ein Wunschkind. Drei Jahre später folgte dessen Bruder Frank. Die Eltern lebten beglückt und sorglos mit ihren Söhnen und wurden im Alltag von einem tüchtigen Hausmädchen unterstützt.

Dann zog erstes Unheil auf. Leonhard erkrankte so schwer, dass wochenlang um sein Leben gebangt werden musste. Eine zunächst nicht erkannte Blinddarmvereiterung hatte mehrere Operationen und eine Lungenentzündung zur Folge. Vroni verbrachte acht Wochen am Bett ihres Jungen im Krankenhaus. Eines Nachts ging es ihm so schlecht, dass sie schon dachte, sie müsse sich für immer von ihrem Kind verabschieden. Da flüsterte der Kleine: »Sing, Mutter, sing!« Und sie sang bis zum Morgengrauen. Leonhard überlebte und erholte sich langsam wieder. *Er bewegte sich zunächst noch wie ein alter gebeugter Mann*, notierte Vroni aus dieser Zeit.

Binnen Jahresfrist schlug das Schicksal wieder zu. Die Kinder bekamen heftigen Keuchhusten und mit ihnen auch ihre durch die Pflege und eine weitere Schwangerschaft geschwächte Mutter.

Tonia erkennt in den Schilderungen ihrer Großmutter, um wie viel krisenhafter in diesen Jahren, noch weit entfernt von Impfungen oder Penicillin, solche Krankheiten verliefen. Wie viel dünner der Lebensfaden von Kindern damals war. Ein Wunder, wenn das Aufwachsen wirklich gelang.

Einmal ist Wilhelm noch nachts zum Arzt gelaufen, weil ich vor Husten am Ersticken war, berichtete Vroni aus dieser Zeit. *Ich fürchtete jede Minute, dass ich das Kind niemals würde austragen können, aber im April 1915 kam unsere kleine Astrid dann doch an, ein paar Wochen zu früh.*

Wieder begann eine bange Zeit. Das Kind war anfangs so schwach, dass es auf dem Arm seiner Mutter wegzusterben drohte. Das Köpfchen hing schlaff herunter und Vroni verlor manchmal den Mut, die kleine Astrid je hochpäppeln zu können. Dabei hatte sie sich doch mit all ihrem Hoffen und Sehnen genau so ein kleines Mädchen gewünscht. Mag sein, dass die Erinnerung an ihre früh verstorbene Schwester Ragnhild eine Rolle spielte, mag auch sein, dass sie dachte, einem Töchterchen mehr von sich selbst mit auf den Weg geben zu können. Auf jeden Fall entstand in dieser von Schmerz, Verzagen und Hoffnung geprägten Zeit eine bemerkenswert enge und unauflösbare Verbindung von Mutter und Tochter, die Jahrzehnte überdauerte. Weder Mann noch Söhne noch Enkel, geschweige denn der spätere Schwiegersohn hätte diesen Bund je erschüttern oder auseinanderbringen können.

Nach und nach schien sich die kleine Astrid für das Leben und für die ganze Liebe und Freude vonseiten ihrer Mutter zu entscheiden. *Nun hätten wir endlich zur Ruhe kommen können*, notierte Vroni, *aber es sollte nicht sein, da 1914 der Krieg begonnen hatte.*

Die in der Heimat zurückgebliebenen Frauen bekamen sehr bald die gnadenlosen Folgen dieses Krieges zu spüren, jenseits von allem Hurrageschrei. Wilhelm hatte zunächst Glück, war in seinem Gymnasium unabkömmlich, aber dann begann auch für ihn die Militärausbildung und bald danach die Verlegung an die Front. Das tüchtige Hausmädchen Marie wurde zurück aufs Land beordert und übernahm dort den Hof des ebenfalls eingezogenen Bruders. Der ganze Arbeitsmarkt der Hausmädchen, Kindermädchen, Köchinnen war mit einem Schlag zerfallen, weggesaugt vom Krieg. Viele Frauen mussten kriegswichtige Männerarbeiten verrichten. Nahrungsmittel erstand man, wenn überhaupt, durch langes Schlangestehen vor den Läden.

Das Hauptproblem von Vroni wurde jetzt die Ernährungsfrage. Sie war allein, denn die Familie ihrer Schwester lebte inzwischen in Münster. Irgendwann war sie so ausgezehrt, dass sie keine Milch mehr für ihr Baby hatte. Nur mithilfe einer Amme gelang es, den Säugling irgendwie durchzubringen.

Nun machte sich also dreimal täglich eine kleine Karawane auf den mühsamen Weg in die Altstadt zu einer mit Muttermilch überreich gesegneten jungen Frau: Astrid auf dem Arm und die kleinen Brüder, je an einem Rockzipfel hängend, nebenher. Lange konnte es so eigentlich nicht weitergehen.

Noch mit solchen Gedanken beschäftigt, erreichte Vroni ein Feldpostbrief von Wilhelm. Er war von der Front abgezogen worden und arbeitete jetzt in der Nähe der umkämpften Stadt Nancy als Dolmetscher. Dienst und Ernährung waren anscheinend besser, als man in diesen Zeiten erwarten konnte. Bald würde er ein großes Paket schicken können. Vroni atmete auf. Ihr Mann war erst einmal aus der Schusslinie.

Eines Tages stand er als Urlauber selbst vor der Tür, begleitet von seinem Kriegskameraden, Dr. Schroeder. Die beiden Herren beugten sich über das immer noch überzarte, schwächelnde Baby Astrid und sahen in Vronis bekümmerte, fragende Augen. Der Kriegskamerad, im Zivilberuf Landarzt, erkannte mit geschultem Blick die bedenkliche Situation, die gesundheitliche Gefährdung von Mutter und Kind. Vroni erinnerte sich noch Jahrzehnte daran. *Dr. Schroeder drückte meine Hand und sagte dann mit fester Stimme: Sie müssen einfach an das Kind glauben!*

Zum Abschied hatte Wilhelm ihr ein tröstendes Hölderlin-Wort mitgegeben: *Wo aber Gefahr ist, wächst das Rettende auch.* Und bald gab es tatsächlich einen kleinen Lichtschimmer am Ende des Tunnels.

Vronis Schwester Ilsa war im Baltikum durch die Kriegsereignisse überrascht und vertrieben worden. Die dortigen Opernhäuser hatten alle deutschen Künstler entlassen und nun versuchte sie mühsam, wieder in der Heimat Fuß zu fassen. Zunächst mit Gesangsstunden in Leipzig, was aber kaum mehr als einen Hungerlohn erbrachte. Die Menschen wollten überleben, nicht ihre Stimmbänder trainieren. Erschwerend kam hinzu, dass Ilsa nicht mehr an ihre Opernkarriere anknüpfen konnte, denn ihre Stimme hatte an Volumen und Kraft verloren. Da kam Vronis Vorschlag, nach Kassel zu ziehen und ihr im Haushalt beizustehen, im rechten Moment. Zu zweit würden sie den mageren Kriegsjahren besser trotzen können.

Ilsa war lieb und tüchtig, nett zu den Kindern und sie stand freiwillig Schlange vor den Läden. Manchmal betrachtete Vroni sie verstohlen aus den Augenwinkeln. Was war aus dem lebhaften, selbstbewussten Opernstar geworden? Alle Frauen sahen im Krieg abgehärmt und etwas ramponiert aus und so ging es auch Ilsa. Ihre ehemals so schönen Augen jedoch verrieten mehr als das allgemeine Kriegselend. Sie entbehrten nun jeglicher Keckheit, die früher so typisch für sie gewesen war. Es war etwas Tragisches, Geknicktes um sie. Manchmal zog sie sich für Stunden mit Kopfschmerzen in ihr Zimmer zurück. Litt sie an quälenden Erinnerungen? Einer schweren Krankheit? Einem unerfüllten Leben? Das alles blieb ein Rätsel, denn sie wollte mit niemandem darüber sprechen, wie es ihr im fernen Baltikum ergangen war.

Ihren Sohn Waldemar hatte Ilsa seit dessen früher Kindheit nicht mehr gesehen. Er war in der Familie ihrer Schwester mit vielen Geschwistern aufgewachsen und fühlte sich dort als Kind im Haus. Als er vierzehn Jahre alt war, entschlossen sich Inga und Friedrich, ihn über seine wahre Herkunft aufzuklären. Das muss ein ungeheurer Schock für den jungen Mann gewesen sein, denn er verließ sein Zuhause noch in derselben Nacht, heuerte in Hamburg auf einem Schiff an und befuhr seither die Meere. – Als Onkel Waldemar aus Amerika würde er für die Nachkommen seiner Zieheltern nach dem Zweiten Weltkrieg eine bedeutende Rolle spielen, als derjenige nämlich, der die großen Care-Pakete schickte.

Es muss irgendwann im Herbst 1917 gewesen sein, Astrid war noch nicht ganz drei Jahre alt, da setzte sich Ilsa ans Klavier und intonierte mit halber, aber immer noch schöner Stimme ein Brahms-Lied:

*Feinsliebchen, du sollst mir nicht barfuß gehen,
du zertrittst dir die zarten Füßlein schön ...*

Als sie die letzte Strophe beendet hatte, stand das Kind neben ihr und sang das Lied noch einmal von vorne. Vielleicht nicht jedes Wort, aber von der Melodie jeden Ton, auch die Halbtöne. Ilsa konnte es nicht fassen. Sie hob das zarte Wesen auf die Knie und rief aufgeregt ihre Schwester aus der Küche, um das kleine Wunder zu bejauchzen.

Sie zeigte damals schon ihr musikalisches Talent, schrieb Vroni in ihren Lebenserinnerungen, *und ich fing an, mir Gedanken zu machen, wie ich es fördern könnte, ohne dass sie je die Freude daran verliert.*

Zum Kriegsende hin hatten sich die Menschen verändert, mehr als es jemals in Friedenszeiten hätte geschehen können. Vroni war so autonom in ihren Entscheidungen geworden, dass sich Wilhelm erst einmal daran gewöhnen musste, als er mager, aber gesund aus dem Krieg zurückkam. Bei dem Versuch, seine ihm fremd gewordenen Söhne wie kleine Soldaten zu behandeln, griff Vroni energisch ein.

Fortan nannte Wilhelm sie »Löwenmutter«, doch diesen Titel trug sie gerne.

Als am 9. November 1918 Philipp Scheidemann von einem Fenster des Berliner Reichstags die erste deutsche Republik ausrief, stand in der wütenden Menge auch der dreizehnjährige Schüler Burkhard Dederichs, ein Junge aus der verkehrsreichen Umgebung des Bahnhofs Friedrichstraße und seit Jahren ein begeisterter Wandervogel. Erst einmal verstand er nichts von dem, was sich da oben am Fenster abspielte, aber später würde er immer wieder davon erzählen, dass er in diesem denkwürdigen Moment dabei gewesen war. Er würde sich in den nächsten Jahren zu einem wirksamen Rädchen in der jetzt aufblühenden deutschen Jugendbewegung entwickeln, die später auch das Kind Astrid erreichte und prägte. Früh würde sie sich Gruppen anschließen, in denen sie nach Herzenslust singen und Geige spielen konnte, und irgendwann würden sie sich auf dieser Ebene, die das Schicksal oder die Geschichte bereits eingefädelt hatte, begegnen.

Vroni nahm mit Respekt wahr, dass der Kaiser abgedankt hatte, Asyl im niederländischen Doorn in Anspruch nahm und die Kaiserin ihm bald mit großer Entourage dorthin folgte. Möglich, dass sie sogar einen Moment der Anteilnahme am Schicksal der früheren Herrscherin aufbrachte, der sie fast einmal begegnet wäre. Aber dann führte sie sich wohl doch eher das geschundene Land, die Gefallenen, die trauernden Familien und die Hungerwinter vor Augen, die sie fast das Leben gekostet hätten. Es konnte eigentlich nur besser werden, mit oder ohne Republik.

Irgendwann war der Frieden da. Ein wackeliger und anfechtbarer, aber immerhin. Vroni gestattete sich zum ersten Mal seit Jahren ein paar Gedanken über ihre eigene Existenz. Sie hatte sich ja immer nur um das Nächstliegende gekümmert, die Ernährung, das Überleben. Sie hatte einen Garten gemietet, um ihrer Familie Nahrung und Sonne zu bieten. Sie hatte gegraben, gepflanzt und geerntet. Dabei hatte sie vollkommen verdrängt, dass sie ja eigentlich Künstlerin war oder werden wollte. Ihren Skizzenblock hatte sie fast niemals mehr geöffnet und so existierten aus den Kriegsjahren nur ein paar flüchtig hingeworfene Skizzen ihrer schlafenden Kinder. Dieses Gefühl, vom Alltag, vom Notwendigen verschluckt zu werden, würde sie von nun an ihr ganzes Leben begleiten.

Rückblickend stellte sie fest: *Die Jahre, als ich mich arm, aber begeistert für die Kunst auf meine Prüfung als Zeichenlehrerin vorbereitete, gehörten zu der Hochzeit meines Lebens.* Als Fünfzigjährige notierte sie:

Als ich heiratete, wollte ich eigentlich nur ein Kind haben und mich dann wieder dem Malen und Zeichnen widmen. Nun, es kam anders und es ist so geblieben bis heute. Das Malen blieb im Hintergrund und der Garten wurde immer wichtiger. Stets habe ich gedacht, später, wenn die Kinder größer sind, dann kannst du einmal etwas anderes tun, etwas für dich. Aber nun sehe ich jeden Tag mehr ein, dass ich wohl dazu bestimmt bin, mich selbst zu verwischen.

Bittere Worte, doch sie entsprachen wohl Vronis Anspruch an sich selbst.

Arme Vroni, denkt ihre Enkelin Tonia, als sie weiter in dem Erinnerungsbuch ihrer Großmutter liest. Das Leben nach dem Krieg wurde nicht leichter, nahm keine Fahrt auf und verhieß nicht das lang ersehnte Lebensglück:

Nachdem der Krieg zu Ende war, kam die schreckliche Inflation. Das Geld entwertete von Tag zu Tag, Lebensmittel gab es auf Karten, Butter so wenig, dass es sich kaum lohnte, sie abzuholen. Ich war so elend geworden und hätte so sehr einer Erholung bedurft, da kam 1920 unser Konrad zur Welt und ein Jahr später unser kleiner Bernd. Ich war müde und lebensüberdrüssig und ich wusste, dass uns nun sehr schwere Zeiten bevorstehen würden.

Tonia ist erschüttert, als sie diese Zeilen liest. Schicksal? Frauenschicksal? Unkenntnis? Hatte Vroni mit zweiundvierzig Jahren nicht mehr mit dieser unerwarteten Fruchtbarkeit gerechnet?

Das Leben ging weiter und Vroni sparte auch bei ihren beiden Spätlingen nicht mit Fürsorge und Zuversicht. Aus Liebe für die ihr anvertrauten Menschen brachte sie doch immer genügend Energie, Anregung, Trost und Heiterkeit für das Familienleben auf.

Laut den Schilderungen von Tonias Mutter Astrid ging es im Dahlheid'schen Haushalt locker, lustig, sportlich und absolut unpreußisch zu. Wilhelm, einem Gemütsmenschen, eilte in seinem Gymnasium der Ruf voraus, dass er bei schwierigen Klassenarbeiten gerne länger aus dem Fenster schaute, damit die Schüler in Ruhe vom Nachbarn abschreiben konnten. Das Erziehungsideal von Vroni und Wilhelm war das Finden des persönlichen Glücks, war Lebenszufriedenheit, weil man das, was man tat, liebte.

All dies hätte sich im Leben beweisen können. Aber über den Köpfen junger deutscher Männer im Alter von Vronis Söhnen hing bereits das Damoklesschwert der Nazizeit und des Zweiten Weltkriegs. Zwei Söhne würde sie verlieren und das Trauma dieses Verlustes würde das Leben der Familie bis hinein in Tonias Generation wie eine dunkle Wolke begleiten.

Astrid

Lieder für das Volk

Der Wind der neuen Zeit blies Astrid bereits am ersten Tag ihres Praktikums ins Gesicht. Sie stellte ihr Fahrrad am Zaun des Kindergartens ab, in dem sie sich in den nächsten vier Wochen bewähren sollte, und sah zu ihrem Erstaunen, dass die Kleinen brav, stumm und in Zweierreihen auf den Befehl »Losmarschieren« ins Haus stapften. Das hätte ich mal mit meinen Brüdern probieren sollen, dachte die Achtzehnjährige, die ja aus einer großen liberalen Lehrerfamilie stammte. Drinnen angekommen, stellten sich die Kinder um einen Tisch und sprachen mit der Leiterin und dem Personal eine Art Gebet:

Händchen falten, Köpfchen senken
und an Adolf Hitler denken.

Och nö, dachte Astrid. In ihrem Fröbelseminar war die neue Weltsicht noch nicht angekommen. Dort wurde das »naturwüchsige Leben« des Kindes gelehrt und dieser Pädagogik folgte sie in den nächsten Wochen immer dann, wenn sie die Kinder allein hatte. Das kam so gut an, dass die Kleinen sie zu ihrer Lieblingstante erkoren und gar nicht wieder losließen, wenn sie irgendwo auftauchte.

»Sie sollten an Ihren Führungsqualitäten arbeiten«, bemerkte eines Morgens die Kindergartenleiterin. »Denken Sie an Ihr Zeugnis!«

Am Ende ihres Praktikums veranstaltete Astrid ein kleines Fest. Sie brachte ihre Geige mit und begleitete die alten Kinderlieder, die Groß und Klein begeistert mitsangen. Denn in diesem Jahr, 1933, hatte das angesagte »völkische Liedgut« noch kaum Eingang in die Liederbücher gefunden. Der musikalische Spaß wurde in Astrids Zeugnis mir den Merkmalen »Musikalität« und »Ideenreichtum« belohnt.

Sie hatte das schon öfter erlebt, vor allem im Wandervogel. Wenn sie ihre Geige ans Kinn hob, jedes Lied auswendig und in jeder Tonart spielen konnte, Oberstimmen und zweite Stimmen dazu erfand, hatte sie die Herzen und die Aufmerksamkeit auf ihrer Seite.

Als Astrid nach dem Praktikum wieder das Fröbelseminar betrat, war sie voll von Bildern und Ereignissen, die sie nur schwer zuordnen konnte: das Marschieren der Kinder, das Hitler-Gebet, die straffe Führung. Sie erzählte es auf ihre Weise: als Karikatur, als Witz. Das konnte sie gut. Und wie früher in ihrer Schulklasse bogen sich alle vor Lachen, weil sie Ähnliches erlebt hatten. Nur Käthe Laugs wandte sich ab. »Du wirst auch noch dazulernen müssen«, rief sie durch die offene Tür. Und da stand leider auch Fräulein von Immermann, die Institutsleiterin. Niemand hatte sie kommen sehen. »Bitte in mein Büro«, sagte sie zu Astrid.

Fräulein von Immermann sprach leise und blickte Astrid mit ernstem, ja sogar bekümmertem Blick an. »Die Zeiten haben sich geändert«, begann sie. Und sie gestatte niemandem, leichtfertig das pädagogische und politische Kapital ihres Instituts aufs Spiel zu setzen. Der Vater von Käthe Laugs sei übrigens in der Partei. Dann war Astrid für diesmal entlassen. Sie hatte dennoch das sichere Gefühl, dass Fräulein von Immermann sie mochte.

Die neue Zeit, die neue Zeit! Man konnte sich ihr gar nicht mehr entziehen. Die alte Zeit war doch schön! Astrid dachte an ihre pfiffige, vollkommen autonome Wandervogelgruppe. Zehn praktische, wagemutige Mädchen. Fahrten bis ins Baltikum, Schlafen im Heu und Singen nach dem *Zupfgeigenhansel*, dem schmalen schwarzen Liederbuch mit starken Gesängen vom Mittelalter bis zu dem Lied von der »blauen Blume«, der Hymne aller Wandervögel.

Astrid grübelte jetzt manchmal über ihre Zukunft. Was sollte sie tun? Was würde ihr wirklich gefallen? Kinder aufmarschieren lassen? Das war es nicht! Sie könnte heiraten. Aber wen?

1935 erhielt sie ihr Abschlusszeugnis als staatlich geprüfte Kindergärtnerin. Fräulein von Immermann überreichte es ihr persönlich.

»Kindchen, versuchen Sie es beim Landjahr«, riet ihr die alte vertrauenswürdige Dame. »Das kommt Ihrer Begabung am nächsten. Man nimmt dort gerne Leute aus dem Wandervogel.«

Genau diesen Anstoß hatte Astrid gebraucht, um ihre Zukunft zu planen. Natürlich! Landjahr! Das war es! Schulentlassene Vierzehnjährige wurden aus den ungesunden Städten herausgeführt. Sie lernten das Landleben kennen, wurden geschult in bäuerlichen Tätigkeiten und Hauswirtschaft. Und Lieder begleiteten den ganzen Tageslauf. Astrid wollte da gerne mitwirken und war gar nicht erstaunt, wie schnell jetzt alles ging. Das Landjahr war im Aufbau und suchte dringend Führungskräfte. Ohne noch lange nachzudenken, bewarb sie sich um ein Führerinnenseminar in der Lüneburger Heide.

Dort traf sie auf achtzehn junge Frauen und zwei Männer, die aus Österreich stammten. Wieso eigentlich Männer? Wieso eigentlich Österreich? – Besser dem Lehrpersonal nicht gleich solche Fragen stellen. Alle gaben sich so straff, so wichtig und so begeistert. Auch Kritik an dem hundert Meter entfernten Plumpsklo im Wald verbot sich. Aber als die Dienste verteilt wurden, schnellte Astrids Arm in die Höhe. Sie erhielt den Schlüssel für das Putzen des Wasserklosetts der Führerinnen. Gerettet! Sie würde nicht nachts über Baumwurzeln stolpern. Es war ja ohnehin alles furchtbar anstrengend. Um sechs Uhr Weckruf, Antreten, Dauerlauf im Wald, Waschen, Anziehen, Bettenmachen, Zimmer reinigen. Um sieben Uhr Flaggenparade, Frühstück. Um acht Uhr die erste Lehreinheit.

Am ersten Tag gab Führerin Inge zunächst die Tageslosung vor:

> *Und immer heißt's von neuem sich bezwingen*
> *und niemals, niemals will ich ruhn.*
> *Ich muss, ich werd den Sieg erringen.*
> *Ich will und werd das Rechte tun.*

Anschließend stand die Geschichte der nationalsozialistischen Bewegung auf dem Plan. Astrid hielt sich zurück. Auch ihre Mitstreiterinnen konnten nicht viel beitragen. Die beiden Österreicher dagegen hatten anscheinend gründlich Hitlers *Mein Kampf* gelesen und brillierten mit ihrem Wissen.

Später am Tag bekam auch Astrid Gelegenheit, ihre Fähigkeiten zu beweisen. Das Thema war »Musik als Staatsaufgabe«. Dazu wurden druckfrische *Zupfgeigenhansel* verteilt. Sie blätterte. Das alte Fahrtenlied »Wir wollen zu Land ausfahren« fehlte. Aber das war doch das Lied mit der Zeile: ... *und wer die blaue Blume finden will, der muss ein Wandervogel sein* ... Gerade wollte sie auf den Fehldruck hinweisen, da forderte Führerin Inge sie auf, ihre Geige zu holen und ein paar Lieder zu begleiten. Es gelang wunderbar und wieder einmal bekam sie Lob und

Anerkennung für ihre Kunst. »Sauber, Maderl!«, sagte einer der Österreicher und zwinkerte ihr zu.

Jetzt wusste Astrid, wie sie die Schulung glatt überstehen konnte: Bei musikalischen Aktivitäten unverzichtbar sein, sonst Zurückhaltung. Hin und wieder riskierte sie, sich zu melden, aber immer mit einer Hand vor dem gähnenden Mund. Anscheinend alles klar und total langweilig. Wer wollte da nachfragen? Nach sechs Wochen war sie die jüngste Landjahrführerin in der Lüneburger Heide.

Astrids erster Einsatzort war ein altes, zum Landjahrlager umgerüstetes Kloster im Münsterland. Lagerführerin war die erfahrene Gerburg Hitzig, die sie mit offenen Armen aufnahm. Gemeinsam gestalteten sie nun Tagespläne, Fahrtenpläne und die Einsatzpläne ihrer sechzig Mädchen in den bäuerlichen Familien. Auch Scharaden, Wettkämpfe und Gesang gehörten zum Programm. Manchmal, wenn sie abends mit ihren hellen jungen Stimmen Lieder und Kanons sangen, wuchs in ihnen allen ein warmes Gefühl von Volk und Gemeinschaft.

Ab und zu bekam die Lagerführung ein offizielles Schreiben aus Berlin von Staatsrat Schmidt-Bodenstedt, dem obersten Landjahrführer der Nation. Darin viele hohe Ziele. Die »Landjahrpflichtigen« sollen sich in die »Volksgemeinschaft« einordnen, der Devise folgend: »Du bist nichts. Dein Volk ist alles«; Musik hingegen sei »Kampfmittel und Waffe im Ringen um die deutsche Seele«.

Entgeistert ließ Astrid das Blatt sinken. »Quatsch«,

sagte die wunderbare Gerburg. »Einfach nur singen reicht! Wir melden uns zum Singwettbewerb beim Bezirkstreffen in Flensburg. Da muss es sich vor allem schön anhören.«

1936 war Astrids Bewährungsjahr. Sie war inzwischen Landjahrführerin eines eigenen Heims bei Osnabrück und mit einer Hilfskraft verantwortlich für sechzig Mädchen aus Berlin und Gelsenkirchen. Der Höhepunkt sollte im Oktober die Fahrt zum Reichserntedankfest sein. Diese Ehre hatte sie sich mit ihren Mädchen beim Wettbewerb ersungen. Bis dahin gestaltete sie, so gut es ging, das Landjahrleben.

Hatte Herr Schmidt-Bodenstedt bei seinen Erlassen auch an kranke, vor allem aber an heimwehkranke Kinder gedacht? An fromme, katholische, die jeden Sonntag in die Kirche gehen wollen?

An einem Sonntag organisierte Astrid eine Art Ersatzgottesdienst. Sie verabredete mit anderen Landjahrlagern einen Sternmarsch zum Hünengrab, plus Fahnenparade, plus germanische Gedichte und Gesänge. Für diesen Sonntag hatte sie gewonnen. Dann siegte aber bald wieder die kirchliche Tradition.

Das Reichserntedankfest auf dem Bückeberg bei Hameln war ein gezieltes Umwerben und Begeistern der ländlichen Bevölkerung für die nationalsozialistische Idee. 1936 wurden über eine Million Menschen erwartet. Das Gelände galt als urdeutscher Boden. Arminius hatte hier angeblich die Römer geschlagen und Widukind die Sachsen. Jetzt diente die geschichtsträchtige Gegend der Demonstration von Stärke und Organisationsfähigkeit des Regimes.

Als Astrid mit ihren Mädchen dort ankam, ausgerüstet mit allen notwendigen Fähnchen, Abzeichen und Zertifikaten, musste sie ziemlich schnell feststellen, dass doch nicht alles gut bedacht worden war. Manche Teilnehmerinnen in ihren prächtigen Trachten verharrten bereits seit fünf Uhr morgens auf ihren Plätzen, um dem Führer so nah wie möglich zu sein. Leider hatte niemand vorhergesehen, dass sie ihre hart erkämpften Ränge niemals freiwillig aufgeben würden, um etwa ihre Blase zu erleichtern. So standen sie denn ergeben, aber erwartungsfroh in ihren eigenen Pfützen. Da scheuchte Astrid ihre Mädchen schnell noch einmal in die entlegenen Häuschen im Wald.

Hitler erreichte das Gelände per Sonderzug im eigens gebauten Bahnhof. Dann schritt er zu Fanfarenklang ganze achthundert Meter durch eine Schneise zur Tribüne. Das Volk riss den rechten Arm hoch und schrie. Schrie und jubelte. Manche weinten vor Glück. Es gab anscheinend niemanden, der sich hier entziehen wollte oder konnte. Frauen fielen in Ohnmacht, kamen wieder zu sich und jubelten weiter.

Astrid empfand plötzlich Abscheu. Sie stellte fest, dass sie nicht mitgejubelt hatte. Sie war fürsorglich zwischen ihren Mädchen hin und her gelaufen und konnte deshalb auch nicht den Arm hochreißen. War sie eigentlich eine gute Landjahrführerin?

Am Ende dieses Jahres erlebte sie weitere Erschütterungen. Die kleinwüchsige Lotte aus Berlin-Wedding wollte nicht nach Hause zurück. Wollte für immer bei ihrer Landjahrführerin bleiben und klammerte sich am Bahnhof so fest an ihren Arm, dass sie losgerissen werden musste. Da wurde Astrid klar, dass sie sich im Landjahr immer wieder von lieb gewordenen Menschen würde trennen müssen. Nur eigene Kinder würden bei ihr bleiben. Das stimmte sie nachdenklich.

Schließlich kam der letzte Arbeitstag in diesem Jahr. Es war Anfang Dezember und bis April, wenn das neue Landjahr begann, würde niemand mehr in diesem Heim wohnen. Es herrschte frostige Kälte. Astrid war allein in dem dunklen unheimlichen Gemäuer. In einem Nebenraum knirschten bei jedem Lufthauch sechzig angefrorene Trainingsanzüge auf der Wäscheleine. Sie gruselte sich wie noch nie in ihrem Leben. So schnell es ging, floh sie aus dem Haus und rannte zum Bahnhof.

Erst im Zug fiel allmählich das ganze Landjahr von ihr ab. Sie würde in der gemütlichen Wohnung ihrer Eltern in einem richtigen Bett schlafen. Sie würde ihr altes Streichquartett treffen und Schubert spielen. Sie würde ihre Landjahrkluft ablegen und ein neues Kleid kaufen. – Jetzt erst öffnete sie den Brief, der sie gerade noch erreicht hatte. Es handelte sich um die Einladung zu einer achtwöchigen Fortbildung im Musikheim in Frankfurt an der Oder. Auf dem Programm standen: Gesang, Spiel und Tanz.

Astrid schloss die Augen. Sie sah und hörte sich singen, hörte ihre eigene tragende Stimme, fühlte sich eingebettet in den Schönklang eines Chores. Sie hörte den Klang ihrer Geige und verwandelte ihn in tänzerische Bewegungen. Freude stieg in ihr auf. Sie ahnte, fast schon hellsichtig, dass sie dort, in jenem Musikheim, glücklich sein würde.

Musische Magier

Astrid durchschritt zwei Türen und stand in einer neuen ungewöhnlichen Umgebung. Tänzerinnen und Tänzer bewegten sich kreisförmig auf dem Parkett der hohen, hellen Halle des Musikheims in Frankfurt an der Oder und folgten den Anweisungen eines Tanzlehrers, dessen einzige Musikquelle ein Tambourin und die Lippen seines pfeifenden Mundes waren. Sein Ausdruck war ernst und konzentriert. Die Tänzer folgten willig, in aufrechter Haltung, wie in einem Ritual. Astrid setzte sich still auf eine Stufe. Was war das? Volkstanz? Gesellschaftstanz? Nun kamen die Tanzenden zum Stehen und der Tanzlehrer holte den Neuankömmling in den Kreis. »Machen Sie einfach mit«, sagte er. Und schon pfiff und trommelte er weiter.

Astrid schickte ein paar neugierige Blicke in die Runde und bemerkte, dass sie Aufmerksamkeit erregte. Klar, dachte sie. Großer Männerüberschuss. Dann tanzte sie mit Freude und Geschick von Hand zu Hand durch den Saal. Es war aufregend!

»Gehen Sie vor dem Essen noch zur Anmeldung«, rief ihr der Tanzlehrer zu und wies den Weg. Er sieht markant aus, dachte Astrid. Sie mochte Männer mit schmalen Gesichtern und freier Stirn.

An der Tür des Büros stand der Name Gero Holzbauer, aber zwischen Vor- und Nachnamen hatte jemand auf einem winzigen Stück Papier auch noch den Namen »der Getreue« untergebracht. Warum? Sie würde es herausfinden.

Gero Holzbauer, ein großer, dünner Mann von etwa dreißig Jahren, trug einen offenen Schillerkragen, Kniebundhosen, festes Schuhwerk und eine Nickelbrille mit runden Gläsern. Unschwer erkannte Astrid in ihm den Wandervogel. Aber auch Gero Holzbauer musste nicht lange rätseln. Er sah Astrids praktischen Haarschnitt, ihr begeisterungsfähiges Gesicht und die Geige.

»Früher Wandervogel, jetzt Landjahr? Selten, det die Frauen zur Fortbildung schicken«, berlinerte er.

»Chorwettbewerb gewonnen«, erklärte Astrid.

»Ahaaa!«, rief dieser Gero plötzlich ganz aufgeräumt und schaute freundlich durch seine dicken Gläser. »Dann können Sie sich auf die Chorstunden mit dem Meister freuen. Die sind berühmt.«

»Meister?«

»Manche sagen Meister, manche Geo, manche Herr Götsch. Er ist der Direktor des Musikheims.«

»Was bedeutet das Wort ›der Getreue‹ auf Ihrem Türschild?«

»Ick bin hier der Junge für allet. Ick passe uff, det ihr alle wat zu essen kriegt.«

»Und wie heißt der Tanzlehrer?«, wollte Astrid nun noch wissen.

»Vorsicht, Meechen! Det is unser Burkhard Dederichs. Aba valobt! Mit ner Teilnehmerin. Vorletzter Kurs. Lehrerin aus Hamburg.«

Jetzt hatte Astrid die ersten Mosaiksteinchen zusammen, um sich ein Bild von diesem Haus und seinen Bewohnern zu machen. Im Speisesaal klapperten schon die Löffel. Ob sie den »Meister« erkennen würde? Innerlich bereitete sie sich auf diese Begegnung vor. Der Meister wunderbaren Chorgesanges würde auch ihr Meister werden. Im Chor würde man ihren schönen Sopran nicht überhören können. Ihr Ruf als sichere Blattsängerin würde hier Bestätigung finden. Aber keins der Gesichter an den Tischen wollte in ihr Traumschema passen.

Astrid besichtigte nun erst einmal ihre winzige Wohnzelle in dem schlichten, aber funktional ausgestatteten Gebäude im Bauhausstil. Ihre Nachbarinnen rechts und links kannten den Meister bereits. Fanny Goodyear aus Northumberland hatte an einer deutsch-englischen Tanz-, Spiel- und Singfahrt teilgenommen. Die lustige Österreicherin Mizzy Burger kannte Götsch von verschiedenen musischen Wochen. Die beiden konnten viel erzählen und Astrid sammelte weiter ihre Mosaiksteinchen.

So erfuhr sie, dass Götsch verheiratet gewesen war. Mit der Tochter einer berühmten englischen Adelsfamilie. Im vergangenen Jahr hatte die schöne Engländerin ihn verlassen. Einfach bei Nacht und Nebel mit den beiden Töchtern abgehauen. Heim nach England. Man sagte, wegen eines Puppenspielers.

Mizzy erzählte von bewegenden Chorfahrten durch ganz Europa. Von Tanzbegegnungen und Laienspielen, bei denen jeder seine musischen Gaben einbrachte.

»Wie ist eigentlich dieser Götsch?«, wollte Astrid von ihren Nachbarinnen wissen. Fanny Goodyear wurde nachdenklich: »Er ist lustig und ein bisschen traurig. Er bringt alle Menschen zum Singen und hinterher versteht man mehr von Musik.«

»Er setzt allem, was er tut, Glanzlichter auf«, ergänzte Mizzy. »Manchmal, wenn er Schütz- oder Bach-Motetten dirigiert, denkt man, ein Engel würde ihm die Hand führen.«

Astrid fühlte eine tiefe Sehnsucht in sich aufsteigen. Nach der entbehrungsreichen Landjahrzeit lechzte sie nach schönen Werken, schönen Klängen und warmer, liebevoller Aufmerksamkeit. Meister, ich komme, hätte sie am liebsten gerufen.

Am Abend war der Meister da. Er setzte sich ohne Worte, aber unterstützt von keck aufspielenden Musikanten an die Spitze einer Polonaise, die durch alle Gebäude des Hauses führte. Durch die große Halle, über die Empore, durch die Flügeltüren in den Garten und schließlich in das runde Turmzimmer. Die elegante Erscheinung, groß, schlank, offenes weißes Hemd, fiel durch eine besondere Art des Schreitens auf. Bewegt und aus der Mitte heraus. Vor der runden Bank stehend, stimmte er mit den Teilnehmern dieses neuen Kurses einen vierstimmigen Kanon an. Er bat, den Raum mit vollem Schönklang zu füllen und die Töne bis hinauf in die interessant geformte Balkendecke zu schicken. Es gelang großartig. Beschwingt durch diesen gelungenen Einstieg, lauschten alle nun den einführenden Worten.

Man bilde im Musikheim nicht die Menschen fort, die herkömmliche Musikerziehung betreiben wollen, begann Götsch, sondern es gehe um musische Bildung. Das Musikheim weise zwar Wege in die Musik, aber darüber hinaus wolle es kernhaft zur musischen Bewusstheit des ganzen Menschen führen. Das Musische führe hinweg von Vermassung und Vereinzelung, von Gedankenstarre und zersetzender Intellektualität. Der Volksgeist suche nach den Wurzeln seiner Lebenskraft, nach Ganzheit, nach dem Schwingenden, Singenden und Kindlichen. Und so wolle man denn im Musikheim gemeinsam nach den Quellen des Menschseins suchen, und zwar durch eine gesamtmusische Konzeption, die Sprache, Musik, Tanz, Spiel und bildhaftes Gestalten umfasst. Man erfahre solche Quellen ganzheitlichen Lebens zum Beispiel durch die gemeinschaftsbildende Kraft mehrstimmiger Chormusik und durch Verwandlung des Menschen im

Raum beim figuralen Tanz. Das neue Wissen müsse man wie fruchtbringenden Samen an die Menschen weitergeben. Vor allem natürlich an die Jugend.

Astrid war ganz gefangen von diesem Vortrag. Mit verborgenen Quellen der Kreativität konnte sie etwas anfangen. Ihr war sofort die Eichendorff-Zeile eingefallen: *und die Welt hebt an zu singen, triffst du nur das Zauberwort.* Dieser Götsch hatte anscheinend den Zauberstab, um solche tiefen Brunnen zu erschließen.

Der nächste Morgen begann wieder mit einer Polonaise, einem Goethe-Gedicht und einem Kanon. »Wir feiern den Morgen, wir feiern den Tag«, sagte der Meister und bat dann um Choraufstellung. Astrid kannte die Noten des vierstimmiger Bach-Satzes. Nach kurzer Probe wurden die Notenblätter aus der Hand gelegt. Jetzt sangen sie auswendig. Das bedeutete allerhöchste Konzentration. Nun forderte Götsch seine Sänger auf, den ganzen Hallenraum zu nutzen und sich singend um ihn, der dirigierend in der Mitte stand, frei und mit ruhigen Schritten zu bewegen. Welch ein Erlebnis! Astrid fühlte sich eingetaucht in einen von Musik erfüllten Raum und doch schien die Musik auch ohne sie zu leben und da zu sein.

Bei den figuralen Kontratänzen, die Burkhard Dederichs anbot, gerieten die Teilnehmer manchmal in eine Art Trance. Sie tanzten abends in der halbdunklen Halle weiter, wobei sie sich die frisch erlernten Befehle zuriefen: »Mitsonnen« war Rechtsdrehung, »Gegensonnen« Linksdrehung, »Streifen« führte aneinander vorbei, »Kehren« durch die Mitte zurück oder zum nächsten Partner.

Eines Morgens entrollte Burkhard ein paar bestechend schöne grafische Darstellungen der Tänze. Es waren die Muster, die sich auf dem Parkettboden gebildet hätten, wenn die Tänzer vorher durch Mehl geschritten wären. Sie erinnerten an alte Kirchenfenster oder uralte Stickereien. Jetzt würden sie Eingang finden in ein Buch, das diese Tänze neu beleben sollte. Mit diesem künstlerischen Vermächtnis verabschiedete sich der sympathische Burkhard von seinen Tänzern. Er habe gerade ein Geschäft gegründet, ließ er wissen und verteilte ein paar Zettel. Alle seien jederzeit herzlich willkommen. »Handwerksgut aus deutschen Gauen«, las Astrid. Sie würde sich das einmal ansehen.

Am Ende dieser Woche wurde das große Abschluss-Laienspiel geplant. Es würde *Till Eulenspiegel* heißen. Texte, Gesänge, Tänze und Kostüme wurden im Team entwickelt. Und dieser Plan erzeugte ab nun eine unvergleichlich kreative Unruhe. Für Astrid hätte es alle acht Wochen ihres Lehrgangs so weitergehen können.

Schneller als es sich irgendjemand vorzustellen vermocht hätte, brach jedoch die reale Welt mit ihren unerbittlichen politischen Appellen in diese Insel der Seligen ein. Bei einem Vortrag zum Thema »Nationalpädagogische Aufgaben des Musikheims in den Ostgebieten« mit Gästen aus der Stadt, aus Regierungs- und Parteikreisen prallten die Meinungen hart aufeinander. Noch vor der Veranstaltung hatte sich Astrid heimlich gefragt, ob die im Osten denn keine Kultur haben. Ob sie von Deutschen belehrt werden müssen. Dann merkte sie, dass das Thema gewählt worden war, um das Musikheim zu retten. Der Stab des Hauses, immer im Kampf mit öffentlichen Geldgebern, versuchte in vorauseilendem Gehorsam, ein politisch genehmes neues Arbeitsfeld zu erschließen.

Gero Holzbauer, der den Vortrag ausgearbeitet hatte, erhielt mehr Spott und Hohn als Beifall.

»Im Jahr 1937 mit Singen und Tanzen den Osten erobern?«, rief einer in brauner Uniform und hatte die Lacher auf seiner Seite. Dann meldete sich ein weißhaariger, intellektuell aussehender Herr zu Wort. Er vermisse als Bürger der Stadt schon länger eine tragfähige Philosophie für das sogenannte musische Tun dieses Hauses.

»Ja, es ist das musische T u n, nicht die gedankliche Zersplitterung«, rief Götsch dem Kritiker zu. Aber es gelang ihm an diesem Abend kaum, Würde und Ehre des Musikheims wiederherzustellen.

In den nächsten Wochen kam alles noch schlimmer. Gelder wurden gestrichen, Personal entlassen, die Mahlzeiten immer karger. Die Engländerin Fanny Goodyear reiste ab, nachdem ihr zu Ohren gekommen war, das Musikheim habe »Feindberührung«. Sie bezog es auf sich. Aber sie konnte sich auf Dauer auch nicht an Schwarzbrot, Quark, Pfefferminztee und Salat gewöhnen. Auch nicht an das eiskalte Wasser in den Waschräumen.

Zwei Teilnehmer entpuppten sich als »U-Boote«, das heißt zunächst verborgen agierende Parteigenossen. Nun brachten sie abends ungeniert ihr Akkordeon mit und forderten zur volkstümlichen Unterhaltung auf. Sie hatten allerdings wenig Erfolg. »Braunlicht« flüsterte man sich zu, wenn sie auftauchten.

Die musische Arbeit ging weiter wie bisher. Freude und Konzentration bestimmten die Chorstunden, das Tanzen, das Zeichnen, das Laienspiel. Astrid wusste, dass das im Musikheim Erlebte und Erfahrene ihr bleibender Besitz sein und ihr Leben für immer prägen würde.

Der Meister sah nun oft sehr traurig aus. Wenn sie es recht bedachte, hatte sie noch nie einen so traurig blickenden Mann gesehen. Eines Abends fühlte sie eine Hand auf ihrer Schulter. Sie drehte sich um und er stand vor ihr. Er bat sie um einen Gefallen. Aber es war ja gar kein Gefallen! Eher eine Verheißung. Sie sollte, als gute Blattsängerin, Liedsätze mit ihm durchprobieren. Er brauche eine akustische Überprüfung seiner Kompositionen. Er komme mit dem Termin auf sie zu. Astrid sagte zu und träumte ein bisschen vor sich hin. Sie würden sich zusammen über ein Notenblatt beugen. Ihre Hände würden sich vielleicht berühren ...

Der Lehrgang neigte sich dem Ende zu. Astrid

verdrängte täglich den Gedanken, was wohl dann passieren würde. Ins Landjahr zurück? Ach, könnte das Schicksal ihr das doch ersparen! Jetzt wollte sie sich erst einmal das Geschäft von Burkhard Dederichs ansehen.

Sie fand ihn inmitten all der schönen Dinge, die er in seinem Laden anbot: Ballen mit Leinenstoffen, Blaudruckdecken, handgetöpfertes Bunzlauer Geschirr, Schnitzwaren aus dem Erzgebirge, filigraner Silberschmuck, so schön, als hätte der Künstler Burkhards Tanzgrafik kopiert.

Burkhard Dederichs als Ladenbesitzer! Er sauste herum, bot an, wählte aus, packte ein und ließ die Ladenkasse klingeln.

»Eigentlich brauche ich Hilfe«, sagte er.

»Und Ihre Verlobte?«, fragte Astrid ganz vorwitzig.

»Det is leider auseinander«, kam es in gemurmeltem Berliner Dialekt aus dem hinteren Laden.

»Und jetzt?«, fragte Astrid.

»Ick suche«, rief Burkhard. Dann tauchte er mit einem blauen kunstvoll bestickten Wollkleid auf und bat sie, es zu probieren. Wegen der Größe, die er noch auszeichnen müsse. Als Astrid mit dem blauen Kleid aus der Kabine trat, warf ihr der Ladenbesitzer einen begeisterten Blick zu.

»Schön«, sagte er. »Wunderschön!«

Astrid merkte plötzlich, dass sie ein bisschen schwerer atmete. Was hatte er denn gemeint? Sie oder das Kleid?

Dann stand gegen Ende des Fortbildungskurses die Aufführung von *Till Eulenspiegel* an. Es wurde so viel »Volk« gebraucht, dass alle Freunde des Musikheims mit von der Partie waren. Astrid erkannte Burkhard Dederichs, als Würdenträger verkleidet, mit hohem Hut, Pelerine und Monokel. Sie selbst spielte eine Blumenverkäuferin mit weiten Röcken, Schürze und Strohhut. In dem Spiel flossen alle musischen Kräfte des Hauses zusammen und es gelang ein unvergesslicher, großartiger Abend. Sogar der Meister sah entspannt und fröhlich aus.

Beim Ausklang saßen alle auf den Stufen, die zur Empore führten und vorher Teil der Kulisse gewesen waren. Im Saal wurde getanzt. Da tat der Meister etwas Unerwartetes, aber keinesfalls Unbeobachtetes. Er setzte sich neben Astrid auf die Stufe und legte sogar den Arm um sie.

»Wir haben noch einen Termin«, sagte er und sie nickte. Plötzlich rauschte es neben ihr. In drei großen Sprüngen hatte sich Burkhard mit fliegender Pelerine die Stufen hinabgestürzt und auf Astrids anderer Seite Platz genommen.

»Die Dame hat mir den ersten Tanz versprochen«, meldete er und zog sie auf die Tanzfläche.

»Touché!«, rief der Meister hinter ihm her und bekam wieder ganz traurige Augen.

Astrid ließ sich von Burkhard durch die komplizierten Figuren eines alten Kontratanzes führen und wunderte sich, dass sie gar nicht böse war. Dieser Burkhard also dachte sie, als sei ihr gerade eine Entscheidung abgenommen worden. Ja, sie könnte sich denken, ihn zu heiraten. Sie würden Kinder haben und sie musisch erziehen. Was für eine schöne Zukunft!

Singen, bis es dunkel wird

Im vierten Kriegsjahr, 1943, hatte Astrid ein schockierendes Erlebnis. Sie schob den Kinderwagen mit Harry, ihrem Jüngsten, Richtung Oderwiesen, vorbei an einem tiefen Graben. Da fiel dem Kind die Brotkruste aus der Hand, an der es leidenschaftlich seine Zähnchen erprobt hatte. Das Brot kullerte in den Graben und Harry fing laut an zu schreien. Von unter herauf ertönte es heiser und leise: »Danke, Frau.« Nur ein schneller seitlicher Blick und Astrid erkannte zwei völlig ausgemergelte graue Elendsgestalten, offensichtlich Zwangsarbeiter. »Pfui bä«, rief sie laut und schaute schnell wieder geradeaus. »Das können wir nicht mehr essen!« Dann steuerte sie mit klopfendem Herzen weiter ihr Ziel an. War das schon Feindverbrüderung?

Am nächsten Tag riskierte sie ein herunterfallendes Brötchen und ein paar Tage später noch ein paar rollende Äpfel. Dann wurden die Zwangsarbeiter abgezogen.

Vielleicht war es die Sorge um die fünf Soldaten aus ihrer Familie, ihren Ehemann Burkhard und ihre vier Brüder, im Osten und im Westen in Kämpfe verwickelt, die sie so mutig sein ließ. Dann stand sie wieder ganz unter dem Eindruck der »hohen« Politik. *Hoffentlich ist Stalingrad bis zum Frühling in unserer Hand,* schrieb sie Burkhard in einem Feldpostbrief. Manchmal wünschte sie sich einen weisen, wissenden Menschen, der die Lage überblickte und erklären konnte. Diese Position nahm gegenwärtig niemand ein. Drei Kinder mussten durch diesen Krieg gebracht werden. Astrid nannte sie ihre drei Flämmchen. Sie war verantwortlich, dass sie niemand auspustet. Da war nicht viel Zeit zum Grübeln.

Eigentlich hatte sie ja Glück. Ihre Mutter, Veronika, war vorläufig von Kassel zu ihr nach Frankfurt an der Oder gezogen. In der Heimat hatte sie sich einsam und viel gefährdeter gefühlt als hier. Sie war seit kurzer Zeit Witwe und Kassel litt wegen der Henschel-Werke unter ständigem Bombenterror. Nun kamen auch die fünf Soldaten der Familie während ihres Urlaubs immer wieder in die Oderstadt. Wenn Astrid von ihnen Erklärungen über das Kriegsgeschehen bekommen wollte, stieß sie jedoch jedes Mal auf eine Mauer des Schweigens. Sie konnte nur ahnen, wie es ihnen draußen im Feld und an der Front erging, nämlich bedrückend.

Bernd, ihr einundzwanzigjähriger Lieblingsbruder, ein junger Fliegerleutnant, hatte das erreicht, was er während seiner ganzen Jugend erträumt hatte, nämlich fliegen, fliegen, fliegen. Wegen eines Augenfehlers wollte ihn die Luftwaffe zunächst nicht nehmen. Nun flog er Tag und Nacht. Seit zwei Monaten wurde er nächtelang im Blindflug ausgebildet und konnte nicht mehr schlafen. Sie machen ihn kaputt, dachte Astrid, schwieg jedoch gegenüber ihrer Mutter.

Astrids Bruder Leonhard diente zurzeit in Polen. Seinem letzten Heimaturlaub voraus hatte er zwei fette Gänse geschickt. Sie waren elf Tage unterwegs gewesen und wurden dann tatsächlich doch noch zubereitet. Es gab wieder Fett für zwei Wochen. Aber wie sollte man im Winter 1943 an genügend Vitamine für die immer erkälteten Kinder kommen?

Da ergab es sich, dass Burkhard einen Lehrgang für das Feld-Fernmeldewesen in Frankreich absolvierte. Das war wie ein Hauptgewinn. Er schickte Traubensaft und besorgte Dinge, die schon lange nicht mehr zu kriegen waren: Buntstifte, Haarnadeln, Radiokabel für die Schwager, Wäscheklammern, Violinsaiten, Schuhe, Strümpfe, Filme.

Astrids Brüder Frank und Konrad kämpften in Russland. Von ihnen hatte man in der Heimat seit Wochen nichts mehr gehört. Sehr wohl jedoch von Stalingrad, von der Hölle, vom Untergang der dortigen Truppen. Das konnte keine Nachrichtensperre verhindern. Auch Goebbels nicht mit seiner Propaganda vom »Totalen Krieg«. Die öffentliche Meinung begann zu kippen.

Ratlos schrieb Astrid nach Frankreich:

Die große Politik werde ich nie verstehen. Sind die Russen doch nicht so primitiv, wie wir dachten? Wieso drängen sie uns zurück? Wann kommt Hitlers Vergeltung?

Der Staatsrundfunk half auch nicht weiter. Die penetrante Stimme von Goebbels ertönte so oft, dass der kleine Arno, Astrids ältester Sohn, sie perfekt nachmachen konnte: »Und das ist das Enscheitete«, rief er ins Radio zurück.

Auch an der Heimatfront, im täglichen Leben, musste viel erkämpft werden. Höhensonne für die Kinder, Gartenbenutzung und das Anrecht auf ein Pflichtjahrmädchen. Dieses Projekt verfolgte Astrid mit besonderem Eifer. Sie wollte unbedingt wieder Musik machen. Ihre Mutter und eine Haushaltshilfe wären in der Lage, die Kinder stundenweise alleine zu betreuen und bei Alarm in den Keller zu bringen. Astrid wollte singen, wollte ihre Seele wieder zum Schwingen bringen. Und sie wusste auch schon, wo: In Kunersdorf, einem Dorf in der Nähe der Stadt, hatte sich ein kleiner Chor gebildet. Teils aus Ehemaligen des Musikheims, das nun als Lazarett diente, teils aus Musikinteressierten der umliegenden Dörfer.

Wegen des ihr zustehenden Pflichtjahrmädchens suchte Astrid eines Morgens den Ortsgruppenleiter auf. Ganz bewusst in Begleitung ihrer drei lebhaften Kinder. Da konnte er sehen, dass sie ihre Mutterpflichten gegenüber der Nation voll erfüllt hatte und jeder Unterstützung wert war. Der untersetzte Mann mit dem teigigen Gesicht schien jedoch ganz ungerührt. Fragte, ob der Vater dieser Kinder Parteigenosse sei, ob Astrid der Frauenschaft angehöre. Ach, es schien aussichtslos!

Auf dem Rückweg ereignete sich etwas Unerwartetes. Astrid mühte sich mit dem Kinderwagen ein paar Stufen hinauf, Arno folgte ihr selbstständig, nur die kleine Tonia blieb unten stehen. Es nahte Hilfe durch einen blonden Hünen in SS-Uniform. »Komm zu Papa«, sagte er und streckte seine Hand aus. Da bekam er etwas zu hören: »Tubisdanismeinpapa tupötersoldattu«, fuhr es aus der Kleinen heraus. Astrid blickte erschrocken auf, aber der Uniformierte winkte freundlich ab. Kinder eben!

Der Sommer dieses Kriegsjahres wurde heiß und schön. Auch manche Alltagsprobleme schienen sich in Luft und Sonne aufzulösen. Aus Russland kamen beruhigende Nachrichten. Die geliebten Brüder beziehungsweise Söhne waren am Leben und hielten sich nun am Don auf. Das Pflichtjahrmädchen Helene, eine tüchtige Vierzehnjährige, trat ihren Dienst an und Astrid radelte einmal pro Woche zur Chorprobe nach Kunersdorf.

Ich will, dass es wieder aus mir klingt, schrieb sie ihrem Mann nach Frankreich. *Ich will allem Schwierigen ein positives Singen entgegensetzen.*

Endlich war auch die Frage der Gartenbenutzung gelöst und so wurde dieser einmalig schöne Sommer auch ein Einmachsommer. Glas um Glas, Kilo um Kilo der Äpfel, Kirschen, Gurken und Möhren weckten Astrid und Veronika ein, wie einen Wall gegen den drohenden Mangel.

Am Ende dieses Sommers kam der junge Fliegerleutnant Bernd durch Frankfurt. Er war auf dem Weg zu einem Ostseeurlaub mit seiner Braut. Sofort machte er sich nützlich und verbreitete wieder den Charme des begabten, sonnigen Knaben, den er immer gehabt hatte. Könnte man ihn doch einfach hier festhalten! Beim Abschied auf dem Bahnhof winkte Astrid lange und schmerzlich berührt hinter seinem Zug her.

Dann wurde sie abgelenkt. Von Waggons auf einem entfernten Gleis schallten Hundegebell und laute Befehle über das Gelände. In diesem Moment tippte ihr jemand auf die Schulter. Es war Astrids frühere Landjahr-Ausbilderin Ingrid, nun in Wehrmachtsuniform und offensichtlich kurz vor der Abfahrt Richtung Osten. Auch sie drehte alarmiert den Kopf in Richtung der scharf bewachten Wagen. »Das sind Juden«, sagte sie. »Aber von mir weißt du nichts.« Schon sprang sie auf das Trittbrett ihres Zuges und entfernte sich.

Astrid zuckte zusammen, hatte Ahnungen und verwarf sie gleich wieder. Wusste sie etwas? Nein, sie wusste gar nichts.

Am Abend dieses Tages besuchte sie mit den

Kindern ihren Mann, der eine schwere Gelbsucht in einem Frankfurter Lazarett auskurierte. Was für ein unerfreulicher Besuch! Wieder einmal stellte er ihre Ehe infrage. Sie fänden in seinen Urlauben nie Ruhe, warf er seiner Frau vor. Und: »Immer stören ›deine‹ Kinder.« Am besten, er komme erst zurück, wenn sie aus dem Gröbsten raus sind. Astrid nahm stumm und verletzt ihre drei Kleinen mit sich und ging in der einsetzenden Dämmerung durch einen nahe gelegenen Park nach Hause. Auf einer Parkbank entdeckte sie eine Frau in ihrem Alter und ein kleines Mädchen im Alter von Tonia. Mit ausgestreckten Armen liefen die Kinder aufeinander zu. Erst im letzten Moment bemerkte Astrid den gelben Stern. Beide Mütter hielten die Mädchen angstvoll zurück und verschwanden schnell in der Dunkelheit. Astrid dachte an ihr Erlebnis am Bahnhof. Na bitte, redete sie sich ein. Die Juden leben ja hier. Nur abgetrennt von uns.

Nach der Begegnung im Lazarett wurden Astrids Briefe an Burkhard kühler und sachlicher. Auf den Feldpostbriefen stand jetzt immer der Aufdruck: »Der Führer kennt nur Kampf, Arbeit und Sorge. Wir wollen ihm den Teil abnehmen, den wir ihm abnehmen können«. Aber sie tat ja schon alles Notwendige! Burkhards Laden, voll von kunsthandwerklichen, nur leider völlig kriegsuntauglichen Schätzen, musste untervermietet, Gegenstände für die Winterhilfe mussten gesammelt, Nahrung musste mühsam beschafft werden. So weit ihre Berichte an

Burkhard. Von Arnos klugen Fragen, Tonias verrückten Wortschöpfungen und Harrys Kletterkünsten schrieb sie nichts mehr. Da kamen aus dem fernen Bosnien, seinem jetzigen Einsatzort, selbst gemalte und gedichtete Bilderbücher, für jedes Kind ein besonderes. Burkhard gab sich immerhin Mühe. Doch dann fragte sich Astrid wieder, wen sie da eigentlich geheiratet hatte. Zwei Drittel ihrer jungen Ehe hatten sie keine Zeit gehabt, sich wirklich kennenzulernen. Beim letzten Urlaub hatte ihr Mann verlauten lassen, ab dem sechsten Lebensjahr würde er die Erziehung des kleinen Arno selbst übernehmen. Wie bitte? Hatte er an die archaischen Bräuche der alten Spartaner gedacht?

Andererseits hatte sie einen Mann, der weder rauchte noch trank, noch hinter Röcken her war. Er hatte die Offizierslaufbahn umgangen, um bei wüsten Kasinofeiern nicht mitmachen zu müssen. Burkhard war zehn Jahre älter als seine Frau. Aber konnte man ihm die Führung der Familie überlassen?

Ihr seelisches Gleichgewicht fand Astrid in den nächsten Monaten beim Singen im Kunersdorfer Chor. Der gewann mit jeder Probe unter seinem Chorleiter Siegfried Busch an Qualität. Siegfried und seine Frau Vera, ebenfalls Eltern von drei kleinen Kindern, wurden das Zentrum von Astrids neuem Freundeskreis. Man konnte von Glück sprechen, dass Siegfried als Diabetiker kriegsuntauglich war, allerdings musste er jeden Tag um seine Insulinzufuhr bangen.

Manchmal sangen sie Lieder mit schönen kriegsfernen Texten:

*Wieder einmal ausgeflogen,
wieder einmal heimgekehrt,
traf ich doch die alten Freunde
und die Herzen unversehrt ...*

Es dauerte nicht lange, und die Organisation »Glaube und Schönheit« wurde auf das Kunersdorfer Kulturwunder aufmerksam. Die Presse schrieb einen Artikel über das »Singende Dorf« und die Vorsitzende von »Glaube und Schönheit« meldete den Chor zu einem sogenannten »Reichsentscheid« in Posen an. Siegfried Busch gab sich zunächst ziemlich unbeeindruckt, dann immer abwehrender. Es wurden für alle Chormitglieder HJ-Uniformen bestellt, auch für den Chorleiter. Zugleich wurde ihm nahegelegt, aus der Kirche auszutreten. Da hieß es vorsichtig sein, schon wegen seines Insulinbedarfs. Der Chor erreichte, dass er erst 1944 antreten musste. Wer wusste denn, wie dann die Welt aussehen würde.

Am Ende des Jahres 1943 war Astrid allein mit den Kindern. Ihre Mutter war zur Hochzeit ihres ältesten Sohnes Leonhard nach Breslau gereist. In dieser Zeit erreichten sie zwei Briefe. Einer von Bernds Braut mit Fotos vom Ostseeurlaub. Auf einem stand er lustig posierend auf einem Sockel. Unterschrift: »Fliegerdenkmal«. Im anderen teilte ein Vorgesetzter mit, dass Bernd abgeschossen worden war und einen ehrenvollen Tod für Volk und Vaterland gestorben sei. Astrids Schmerz war so groß, dass sie wochenlang nicht mehr singen konnte. Um ein wenig Trost zu finden, las sie wiederholt Mörikes Gedicht »Zum neuen Jahr«:

Herr, dir in die Hände
sei Anfang und Ende,
sei alles gelegt!

Das half, wenn auch nur für kurze Zeit. Das Schlimmste stand noch bevor. Sie musste ihre Mutter und ihre Brüder über den Tod des geliebten Familienmitglieds informieren.

Im Sommer 1944 wurde Astrid klar, dass sie nicht in Frankfurt an der Oder würde bleiben können. Die Fliegerangriffe nahmen zu. Jede Nacht mussten sie in den Luftschutzkeller, schliefen nur noch in ihren Kleidern und rechneten jeden Tag mit der Einquartierung von Verwandten aus dem zerstörten Berlin. »Waren das die bösen Echänner oder die bösen Ammikaner«, fragte Arno, wenn der Keller mal wieder von Einschlägen erzitterte.

Der Spätherbst belohnte die übernächtigten Gartenbesitzer mit einer verschwenderischen Fülle von Obst, Gemüse und Nüssen. Was tun? Flüchten? Standhalten? Einmachen? In diesen Tagen kam wieder ein Urlauber auf der Durchreise zu Besuch: Astrids zweitältester Bruder Frank. Alle saßen unter dem

Apfelbaum und genossen die seltene Ruhe, den momentanen Frieden. Franks Blick schweifte vom hoch gelegenen Garten über einen kleinen Friedhof ins Odertal. Hier könnte man zur Ruhe kommen, sagte er. In diesem Satz schwang so viel schicksalhafte Bedeutung mit, dass es jeder spürte. Noch ahnte niemand, dass er wenige Wochen darauf hier fallen und auf genau jenem kleinen Friedhof mit Oderblick sein Grab finden würde. Später nahm Frank seine Schwester zur Seite und gab unerwartet Kriegsdetails preis. Der Russe sei nicht mehr weit, Frankfurt werde eine Festung, es werde kein Haus heil bleiben. Sie solle mit den Kindern und ihrer Mutter nach Westen gehen.

Ein letztes Mal in diesem Herbst kam Astrid mit dem Fahrrad aus Kunersdorf zurück. »Der Wald steht schwarz und schweiget«, klang es in ihr nach, als sie die schöne, herbe Landschaft durchfuhr, die »Streusandbüchse« des alten Fritz. Da stieg Trauer in ihr auf. Der Chor würde sich auflösen. Viele Mitglieder ahnten die Gefahr russischer Besatzung. In dieser Einsamkeit, allein zwischen den hohen Tannen auf dem Fahrrad, sah Astrid plötzlich ganz klar. Sie fuhr über historischen Boden. Er war blutgetränkt von vorangegangenen Kriegen. 1759 waren schon einmal die Russen siegreich in Kunersdorf eingezogen. – Sie mussten jetzt schnell weg.

Noch ein paar Monate hielten sie durch. Schließlich packte Astrid für jedes Kind einen kleinen Rucksack und eines Nachts begann für alle fünf, Astrid die

Kinder und ihre Mutter Vroni, eine beschwerliche und gefährliche Reise nach Westen. Astrids Geige musste zurückbleiben. Es war Februar 1945. Einer der kältesten Winter seit Jahren hatte begonnen.

Zu Astrids Überraschung stand beim Umsteigen in Berlin ihr Mann auf dem Bahnsteig, informiert durch ihren Bruder. Es war ein Wunder, dass er sie gefunden hatte. Die Züge waren völlig überfüllt und fuhren unregelmäßig. Viele Berliner Bahnhöfe existierten gar nicht mehr. Burkhards Einheit stand zurzeit in Pommern. Von dort hatte er sich unerlaubt entfernt, war über Mauern gestiegen, hatte Gleise überquert und war mit verbotenen Transportmitteln gefahren. Dafür hätte er jederzeit erschossen werden können. Jetzt, in dieser hochgefährlichen, existenziellen Situation, die vielleicht einen Abschied für immer bedeutete, flackerte die alte Liebe zwischen Astrid und Burkhard wieder auf.

»Ich setze alle meine Hoffnung in dich«, sagte Burkhard. »Halte durch! Bring unsere Kinder an einen geschützten Ort.«

Es ging es nach Westen. In eine unsichere Zukunft.

1947

Sie hatte die Geige dalassen müssen. Im Osten. Bei den Russen. Nun, im ausklingenden Jahr 1946, lebte Astrid mit ihrer siebenköpfigen Familie, fünf Dederichs plus ihre Mutter Veronika und ihr Bruder Konrad, in drei Dachkämmerchen in einem Dorf bei Kassel und es verging kein Tag, an dem sie das Instrument nicht herbeisehnte. Astrid ohne Geige? Eigentlich undenkbar. Nun aber leider wahr.

Im späten Herbst 1946 hatte sich eine neue Situation ergeben. Sie war schwanger. Sie erwartete ihr viertes Kind, ein typisches Heimkehrer-Kind. Burkhard war 1945 aus britischer Gefangenschaft entlassen worden. Und nun das! Ein freudiges Ereignis sah anders aus. Wie sollte sie ein weiteres Kind ernähren und kleiden?

Pausenlos kreisten ihre Gedanken um diese unlösbar erscheinenden Fragen und nur so ist vielleicht nachvollziehbar, dass sie schließlich in dem tollkühnen Plan mündeten, nämlich im Osten, jawohl im Osten!, nach ihrer Geige zu fahnden und herauszufinden, ob man dort, in Frankfurt an der Oder, an das alte Leben vor der Flucht anknüpfen könnte.

Weder ihrer Mutter Vroni noch ihrem Ehemann gelang es, Astrid ihre irrationalen Hoffnungen auszureden. »Wenn ick beim Ami bin, jeh ick doch nich freiwillig zum Russen«, hatte Burkhard betont. Jeder wisse, wie gefährlich es sei, schwarz über die grüne Grenze zu gehen! Frauen würden meistens vergewaltigt. Das sei die gängige Münze beim illegalen Grenzübertritt in die russische Zone. Und dann der hohe Grad der Zerstörung! Es halfen aber weder gutes Zureden noch Verbote. Astrid hatte sich so darauf versteift, Positives, Gutes wiederzufinden, dass sie sich im November tatsächlich auf die Reise machte.

Viele Jahre später würde sie sich von ihrer Tochter Tonia zu diesem riskanten Abenteuer interviewen lassen: Hatte sie wirklich damit gerechnet, vergewaltigt zu werden? Hatte sie daran gedacht, dass die Last, die Familie durch den Winter zu bringen, eventuell allein auf den Schultern ihrer Mutter und ihres Ehemannes liegen könnte?

Die Antwort kam ein bisschen trotzig: Es wäre ja schon was drin gewesen im Bauch. Und wenn ihr etwas passiert wäre, hätte man zwei Personen weniger füttern müssen ... Panik und Lebensangst, Hoffnung und eine unfassbare Dickköpfigkeit, all das spiegelte sich für Tonia in diesen Sätzen.

Die Fahrt in überfüllten, ungeheizten Zügen, ohne Proviant, außer ein paar getrockneten Apfelringen, führte Astrid über Altenbeken nach Ellrich im Südharz und von dort zu Fuß zum Zonenübergang. Es war schon dunkel, als sich der Grenzbalken endlich hob. Dann stand eine Gruppe von etwa dreißig Personen, die meisten davon Frauen, einer Abordnung von fünf russischen Soldaten gegenüber. Die trennten zunächst die Männer von den Frauen und leuchteten dann jeder Einzelnen mit der Taschenlampe ins Gesicht. Es wurde ernst.

»Du mitkommen!«, hatte Astrid schon zweimal gehört, aber auch: »Du alt!« Da schob sie schnell eine wirre, angegraute Haarsträhne unterm Kopftuch hervor und bleckte schief und ein bisschen blöd mit ihrer großen Zahnlücke im leider ach so lückenhaften Gebiss. Früher einmal war sie Klassenkasper gewesen, besonders geübt im Grimassenschneiden. Das kam ihr jetzt zugute. »Du alt, du gehen!«, sagte der Russe und entließ sie in ein zugiges Bahnhäuschen, wo sie, noch zitternd, doch sehr erleichtert, die Nacht auf dem Fußboden verbringen durfte. Am nächsten Tag erreichte sie ohne weitere Störung über die Stadt Halle die alte Heimat.

Es genügte ein kurzer Blick auf die geschundene alte Hansestadt Frankfurt an der Oder, da wusste Astrid, dass sie einer falschen Hoffnung, einer utopischen Träumerei auf den Leim gegangen war. Hier konnte man sich einen Neuanfang noch weniger vorstellen als in den Ruinen von Kassel oder dem kleinen

Dorf Hessenrode, wo sie jetzt mit vielen anderen Flüchtlingen auf einem Gutshof lebte. Frierend und hungrig, denn sie hatte nur die Apfelringe und nicht die passenden Ostmarken, um etwas kaufen zu können, bewegte sie sich von Erinnerungsort zu Erinnerungsort, um jedes Mal ein Stückchen enttäuschter und deprimierter zu werden. Die alte Wohnung: Besetzt! Man wollte sie auch nicht reinlassen. Von einer Geige hatte niemand etwas gehört oder gesehen. Und was war mit dem Silberbesteck, das sie und ihre Mutter noch einen Tag vor der Flucht über dem Türsims eingegipst hatten? Lieber nicht fragen. War ja hoffnungslos.

Dann gab es doch noch eine Überraschung. Die Tür der Parterrewohnung öffnete sich einen Spaltbreit und eine ehemalige Nachbarin zog sie blitzschnell herein. Sie hatte tatsächlich ein paar Gegenstände gerettet: Noten, ein kleines Fotoalbum und ein Tagebuch, das Astrid nach der Geburt ihres ältesten Sohnes Arno 1939 angefangen hatte. Dazu ein zerbrochenes blaues Schälchen ihres geliebten Bunzlauer Geschirrs. Man würde es kitten können.

Ansonsten erfuhr sie nur Niederschmetterndes: Das Haus, in dem sich Burkhards Laden für Kunsthandwerk befunden hatte? Zerbombt! Verbrannt! Wahrscheinlich mit der ganzen Ware ... Das Musikheim, in dem Burkhard und sie sich kennengelernt hatten? Geschlossen! Zeitweilig Lazarett. Nun hielt sie nichts mehr. Astrid beeilte sich, um den Zug nach Westen noch zu erreichen.

Im Abteil blätterte sie ein wenig im wiedergefundenen Tagebuch zur Geburt des kleinen Arno. Ein Gruß aus besseren Tagen. Auf der ersten Seite las sie folgenden Eintrag:

Als Du, unser Arno, auf die Welt kamst, war es recht unfriedlich an Deutschlands Grenzen. Die Polen, von England aufgehetzt, morden Volksdeutsche, wo sie nur konnten, und unsere Truppen machten dem Gräuel in achtzehn Tagen ein Ende ...

Schnell schlug sie das Album wieder zu und prüfte die Blicke ihrer Zugnachbarn. So redete heute niemand mehr. Sie auch nicht. Hätte sie den Text damals anders schreiben sollen? Später einmal würde sie länger darüber nachdenken. Jetzt kreisten ihre Gedanken um ihre Familie in Hessenrode. In ihrem Kopf hatte sich etwas geändert, zurechtgerüttelt. Ihr Hoffen, Planen und Sehnen richtete sich zunehmend auf den Westen, je länger die Fahrt dauerte. Zunächst brauchte sie dringend wieder eine Geige! Die Menschen lechzten alle nach Musik. Und sie, Astrid, konnte einen Beitrag leisten! Ein Mensch ohne Instrument, ohne Musik, davon war sie überzeugt, ist doch nur eine halbe Existenz! Und alle ihre Kinder sollten auch ein Instrument spielen, dafür würde sie sorgen ... Mit dem neuen Kind in ihrem Bauch konnte sie sich immer noch nicht anfreunden.

Der Winter des Jahres 1946/47 war der kälteste seit fünfundzwanzig Jahren und die Versorgungslage die schlechteste seit dem Ersten Weltkrieg. Es fehlte an Ernteprodukten, an befahrbaren Straßen und natürlich auch am Wohlwollen der Siegermächte, lebensnotwendige Güter zu transportieren. Der Kalorienbedarf der Bevölkerung wurde nur zu vierzig bis fünfzig Prozent gedeckt. Fett gab es nur dreihundert Gramm pro Monat, Zucker nur sechs Mal im Jahr und Milch nur für Kleinkinder.

Astrid kehrte also in die höchst prekäre Lage zurück, die sie zwei Tage zuvor verlassen hatte. Es gab aber ein paar Veränderungen, ja sogar Verbesserungen. Die Gutsbesitzerin hatte ein Dachkämmerchen voller alter Badeöfen geräumt und es ihrer Familie zusätzlich zur Verfügung gestellt. Ihr Bruder Konrad hatte eine Stelle entdeckt, wo er unbeobachtet Kohlen klauen konnte. Ihre Kinder Arno und Tonia würden als Tuberkulose-Kranke wahrscheinlich bald Zusatzmarken für Milch und Butter bekommen. In wiederkehrenden Tagträumen sah Astrid manchmal in eine Zukunft voller Chorgesang und Geigenspiel. Mit musikalisch begabten Kindern.

Eines Tages entdeckte sie bei einem Kasseler Geigenbauer eine in ihre Bestandteile aufgelöste Kindergeige. Lack und Leim waren bei einem Bombenangriff geschmolzen. Man konnte sie reparieren. Da traf sie eine kühne Entscheidung, ohne sie mit ihrem Mann abzusprechen. Sie kaufte das Instrument und würde es in den nächsten drei Jahren abstottern. Komme, was da wolle! Arno würde lernen, die Geige zu spielen, und sie würde sich ab jetzt um einen Lehrer kümmern. Der erste Schritt ihrer geheimen Agenda war getan und gab ihr im Moment den notwendigen Rückenwind. Es werde gerade ein Chor gegründet, erfuhr sie dann noch von ihrem neuen Geschäftspartner. Da hüpfte ihr Herz. Wieder singen? Wieder dazugehören? Sie würde so gerne in diesem Chor mitwirken!

Vor Weihnachten entschlossen sich Astrid und Burkhard zu einer gemeinsamen Aktion. Sie wollten mit allen Flüchtlingskindern des Gutshofs Weihnachtslieder einüben und dann mit ihnen und ihren Eltern eine Weihnachtsfeier gestalten. Sie taten es in der Absicht, Menschen wieder mit ihrer Kultur, mit ihren alten Traditionen in Verbindung zu bringen. So kannten sie es aus dem Musikheim und so wollten sie es hier neu beleben.

Astrid nahm Kontakt mit der Gutsbesitzerin auf und stieß auf offene Ohren. Die Baronin wollte sogar den Rittersaal ihres Hauses zur Verfügung stellen. Eine Geige oder irgendein anderes Instrument hatte sie leider nicht, dafür gab sie einen Hinweis auf ein paar ehemalige Lehrer, die leider noch nicht entnazifiziert seien. So traf Astrid schließlich auf Fräulein Ollenburg, die zwar einmal ein Klavier gehabt hatte, es jedoch leider im letzten Winter hatte verheizen müssen, denn sie war ja zurzeit ohne Einkünfte. Ein Instrument war also immer noch nicht gefunden, aber die Sache mit der Weihnachtsfeier machte die Runde. Eines Tages brachte die Lehrerin dann tatsächlich die spielbare Geige eines alten Dorfbewohners vorbei. Zwar nur eine Leihgabe für sechs Wochen, für Astrid allerdings ein wahrer Glücksgewinn.

Die gelungene Weihnachtsfeier hatte sich zunächst wie eine kleine Atempause in der täglich wachsenden Problemflut ausgewirkt. Astrid bekam Anerkennung von außen und wurde im Dorf freundlich gegrüßt. Doch allzu bald hatte sie wieder das Gefühl, vor einem großen dunklen Tor zu stehen, das sich nicht für sie öffnen wollte. Die Kartoffeln würden nicht bis zum Sommer reichen, auch nicht die Holzzuteilung. Die Kinder brauchten Schuhe und bei Tonia stand eine Operation an. Die meisten Arztbesuche führten durch die unmenschliche Kälte zu Fuß über die Berge. Würge-Winter sagten die Menschen zu diesen Temperaturen. Einmal hatte sie versucht, einen Schritt nach vorne zu machen, und sich dem neuen Chorleiter in Kassel vorgestellt. Der hätte sie mit Kusshand genommen, denn sie konnte immer noch mit ihrer schönen Stimme punkten. Da eröffnete ihr der Zahnarzt, dass er mindestens fünf Zähne ziehen müsse. Eine Folge der Schwangerschaft, der Mangelernährung, des Kalkmangels. Sie würde fast zahnlos sein, wenn sie nur den Mund öffnete. So konnte und wollte sie nicht in einem Chor auftreten. Ein neues Gebiss? Ach, unerschwinglich!

Als mindestens genauso schlimm wie den unendlichen Mangel an lebensnotwendigen Gütern empfand Astrid die täglichen Streitereien mit ihrem Ehemann. Burkhard war arbeitslos, unpraktisch und zugleich beseelt von Ideen der Wiedererweckung musischer Kultur, die während der Naziherrschaft verschüttet worden war. Diesem Gedanken wollte er jetzt dienen. Direkt nach dem Krieg hatte er eine Handpuppenbühne gemanagt, bis deren Besitzer durch die Entnazifizierungsstelle zum Aufhören genötigt wurde. Als Nächstes probierte sich Burkhard als Agent eines Streichquartetts, das sich irgendwann auflöste, weil die Säle ungeheizt und die Stromversorgung schwankend war. Seither schrieb er Bewerbung um Bewerbung, aber es schien nichts zu geben, mit dem er seine Familie ernähren und gleichzeitig seinen Idealen nachgehen konnte. Er korrespondierte mit alten Bekannten aus der Jugendbewegung und ehemaligen Teilnehmern von Musikheimkursen. Auch Burkhard hatte eine geheime Agenda und sie stimmte nur punktuell mit der von Astrid überein. Kürzlich hatte er herausgefunden, dass Georg Götsch, der geliebte Mentor seiner Jugend in Berlin und seiner Aufbaujahre in Frankfurt an der Oder, noch lebte. Zwar todkrank, doch geistig voll ansprechbar. Vielleicht konnte man die musische Bewegung wieder ankurbeln? Da würde er seine ganze Kraft einsetzen!

Am unerträglichsten für alle Familienmitglieder waren Burkhards Schreianfälle. Oder war es Nervenversagen? Oder Überforderungstoben? Seine Schwiegermutter und sein Schwager reagierten mit fassungslosem Kopfschütteln, seine Frau mit Weinkrämpfen. Seine Tochter Tonia kannte es gar nicht anders, als selbst mindestens einmal am Tag in Tränen auszubrechen. Seine Söhne verließen dann das Haus und sahen sich in den Ställen des Gutshofs um, wo es für kleine Jungen immer etwas zu beobachten gab. Sie hatten sich längst einen anderen Vater erwählt, nämlich ihren Onkel Konrad. Der machte zurzeit eine Schreinerlehre, aber am Wochenende ließen sie mit ihm Drachen steigen oder bastelten Windmühlen. Liebe und Vertrauen zum eigenen Vater, die hier verloren gingen, konnte Burkhard während seines ganzen Lebens nicht wiederherstellen.

Einmal verließ er nach so einem Wutanfall schnaubend den heimischen Herd und fuhr mit dem Nachtzug nach Süddeutschland, um sich dort eine Arbeitsstelle zu suchen. Nun gingen Briefe hin und her, begütigende, erklärende.

Wir wollten doch immer ein ganz einfaches Leben führen, schrieb Burkhard. *Ein Leben außerhalb der Masse. Ein Leben, das eine Form hat, zu der wir uns bekennen.*

Und Astrid schrieb zurück:

Du hast nichts von den Menschen um dich herum begriffen. Du belegst stundenlang den einzigen Tisch unserer Flüchtlingsunterkunft mit deinen Papieren und kriegst nicht mit, dass sich alle von Dir zurückziehen. Das ist weltfremd!

Für die zweite Jahreshälfte hatte Burkhard tatsächlich eine Stelle in Aussicht. Nichts Musisches, sondern als Kaufmann. Bis dahin konnte er seine Zukunftsideale, unbeeinträchtigt durch familiäre Kritik, noch eine Weile aufrechterhalten.

Als sich das Frühjahr näherte, war die Versorgungslage in Deutschland auf dem Tiefpunkt. Es gab noch keine Feldfrüchte und die alten Bestände waren verbraucht. Jeder versuchte, irgendwie durchzukommen. Astrids fast siebzigjährige Mutter Veronika wurde in diesen Tagen beim Reisigsammeln erwischt. Fast hätte die Baronin ihren Hund auf sie gehetzt, da erkannte sie die kleine zarte Frau mit dem weißen Haarknoten und kam mit ihr ins Gespräch.

»Dahlheid?«, sagte sie. »Den Namen kenne ich. Mein Sohn Eduard hatte einen Lehrer, der so hieß.«

»Das kann nur mein verstorbener Mann gewesen sein«, antwortete Vroni.

Dieses Gespräch der beiden Damen erwies sich als goldwert. Der junge Baron Eduard war ein schwacher Schüler gewesen, aber damals dennoch von Wilhelm Dahlheid versetzt worden. Jetzt war es der Baronin eine Herzensangelegenheit, der Witwe dieses gütigen Mannes zu danken. Sie trat ihr ein kleines Stück Land im Gutsgarten ab und versorgte sie ab und zu mit etwas Holz.

Die Schulkinder Arno und Tonia bekamen Schulspeisung. Meistens nur Erbswurstsuppen, dennoch beruhigend für die Erwachsenen. Die Lernfortschritte ihrer Kinder waren für Astrid schwer zu beurteilen, denn in den Klassen drängelten sich fünfundsiebzig Kinder pro Lehrer. Noch waren nicht alle Lehrkräfte im Ort entnazifiziert. Ihr selbst wurde eine Stelle als Kindergärtnerin angeboten. Auch hier fünfundsiebzig Kinder pro Fachkraft. Da sagte sie ab. Bald würde sie ja auch niederkommen.

In diese besonders kritische Phase des Jahres 1947 platzte eines Tages die fünfköpfige Familie von Astrids ältestem Bruder Leonhard aus Schlesien, samt seiner Frau Iris mit Baby und Schwiegermutter. Dort waren sie ausgewiesen worden und wollten nun im Westen bei Verwandten unterkommen und neu anfangen. Astrid und Vroni unterdrückten ihren Schrecken und räumten still ein Kämmerchen frei.

Iris hatte schnell erkannt, dass die vorhandenen Lebensmittel nicht für alle reichen würden, und entwickelte sofort eine beispiellose Betriebsamkeit. Sie stellte sich der Baronin vor und bot ihr an, gegen ein paar Eier alle Strümpfe zu stopfen, die im Gutshaus aufzutreiben waren. Und das waren viele! Denn auch unter diesem Dach drängte sich die ganze Verwandtschaft, die es von den Gütern im Osten hierhergeschafft hatte. Als nächsten Schritt inszenierte Iris, die eigentlich Lehrerin war, aber noch nicht entnazifiziert, einen schwunghaften Handel mit Korsettwaren, die sie für eine Kasseler Firma in Kommission nahm und an Landfrauen verkaufte. Das brachte nicht nur Geld, sondern auch Extrarationen an Eiern und Butter. Einmal überredete sie Astrid, mit auf so eine Landpartie zu kommen. Und die staunte nicht schlecht. Iris führte ihre hautfarbenen Büsten- und Hüfthalter mit großem Verkaufstalent vor, hob den Busen in das Körbchen, drehte sich hin und her und überzeugte die Bäuerinnen, dass das Leben ohne ein solches Teil eigentlich sinnlos war. War das ein Weg, die Familie zu ernähren? Astrid musste sich eingestehen, dass sie dafür nicht gemacht war. Ihre Talente lagen anderswo, auch in diesen schweren Zeiten.

Das Zusammenleben mit den Schlesiern endete schließlich im Streit. Die Lebensmittel waren zu knapp und die Bereitschaft, alles zu teilen, zu gering. Die tüchtige Iris hatte bereits einen Umzug organisiert. Man trennte sich traurig und erleichtert.

So sah es also aus, als Astrids viertes Kind Anstalten machte, auf die Welt zu kommen. Noch immer scheute sie davor zurück, sich mit dieser Situation wirklich auseinanderzusetzen. Dennoch hatte sich nach und nach eine kleine Babyausstattung angesammelt. Eine befreundete Apothekerin hatte aus einem großen Mullballen quadratische Stücke geschnitten, die als Windeln durchgehen konnten. Eine andere Freundin hatte in ihrer Kirchengemeinde zu einer Kleiderspende aufgerufen. Schließlich waren auch Hin- und Rückfahrt zum Krankenhaus per Auto gesichert.

Kurz vor der Geburt geschah etwas Seltsames. Astrids Bettnachbarin im Krankenhaus und ihr Mann, ein Paar, das seit Jahren vergeblich versuchte, ein Kind zu bekommen, verwickelten sie in ein Gespräch. Wäre es nicht besser, das Kind ihnen zu überlassen, es in wohlhabende, geordnete Verhältnisse abzugeben? Dem Kind Lebensunsicherheit und bittere Armut zu ersparen? Astrid dachte länger darüber nach und stellte diese Frage dann auch ihrem Ehemann. Burkhard stand kurz vor der Abreise nach Süddeutschland, um dort seine neue Stelle anzutreten. So herausgefordert, legte er ein entschiedenes Veto ein. Niemals würde er sein Kind hergeben! Bald würden sich die Verhältnisse so gebessert haben, dass es beschützt und sicher aufwachsen könne. Dafür würde er sorgen.

Die kleine Eva kam als gesundes, kräftiges Kind zur Welt und eroberte im Nu alle Herzen. Astrid schämte sich manchmal, dass sie überhaupt darüber nachgedacht hatte, dieses schöne, durchsetzungsstarke und vor allem musikalische Wesen wegzugeben, und schenkte ihm von nun an ihre ganze Liebe und Aufmerksamkeit.

Es gab Aufwind in der Familie. Vronis kleiner Garten trug Früchte: Frühkartoffeln und erste Falläpfel ergaben nahrhafte Mahlzeiten und dann traf auch noch ein Care-Paket von Vronis verschollenem Neffen Waldemar aus Amerika ein. Es enthielt Milchpulver, Eipulver, Grapefruitsaft, Babysachen und ein paar merkwürdige Kleider. Astrid und Burkhard hatten jetzt den Mut, ein richtiges großes Fest zu planen: die Taufe aller vier Kinder. Sie zogen wieder an einem Strang. Sie suchten Paten, stellten einen kleinen Chor zusammen, gewannen eine Streichergruppe und sammelten Lebensmittelmarken. Zur Kirche fuhr man in geschmückten Pferdewagen. Es gab Kartoffelsuppe für alle und das Lebensgefühl war fast wieder wie früher.

Der Mangel war nicht vorbei, aber der Herbst dieses extremen Jahres 1947 bot weitere Möglichkeiten, das Leben zu fristen. Die Familie sammelte Bucheckern und ließ Öl daraus pressen, pflückte Hagebutten und Schlehen, zupfte Wolle von den Zäunen und Veronika und Astrid verarbeiteten sie zu groben Winterpullovern.

Auch die Nazizeit war nicht völlig vorbei. Zumindest wirkte sie immer wieder bis in die Gegenwart hinein.

Eines Tages schleppten Astrids Söhne Arno und Harry mehrere Tiegel mit Hautcreme aus einem aufgebrochenen Wehrmachtsdepot an. Die schloss Astrid erst einmal weg, denn es gab Gerüchte über die KZ-Herkunft solcher Produkte. Und dann brachte Burkhard das inzwischen in der Schweiz erschienene Buch von Eugen Kogon mit: *Der SS-Staat – Das System der deutschen Konzentrationslager*. Nach den ersten Seiten musste sie es aus der Hand legen. Es war ja alles noch viel schlimmer gewesen, als irgendjemand vom Hörensagen wusste.

Beharrlich hatte Astrid in diesem Jahr an ihren Plänen festgehalten, eine Geige zu erwerben und in einem Chor zu singen. Den Punkt Geigenunterricht für Arno hatte sie bereits erfolgreich verwirklicht. Da erreichte sie ein amtliches Schreiben. Ihr früherer

Geigenlehrer, zugleich ein entfernter Verwandter, war gestorben und hatte ihr sein altes, wertvolles Instrument vermacht. Sie konnte es kaum fassen. Gab es vielleicht doch so etwas wie ausgleichende Gerechtigkeit? Auf jeden Fall gab es Hoffnung. Hoffnung auf eine bessere Zeit.

Tonia

Eine kleine Melodie

Im außergewöhnlich kalten Winter des Jahres 1947 geisterte ein Mörder namens Wirrwarr durch die Wälder oberhalb der Stadt Kassel. Es wurden bereits mehrere Opfer beklagt und in den Tante-Emma-Läden der umliegenden Dörfer, wo es sonst um Lebensmittelmarken und Holzzuteilung ging, beherrschte das Gruseln die Gespräche. Auch der sechsjährigen Tonia waren Gerüchte zu Ohren gekommen. Nun stapfte sie an einem frostklirrenden Morgen an der Hand ihrer Mutter Astrid über verschneite Waldwege Richtung Kinderklinik. Wenn sie nicht ermordet würden, legte sie sich zurecht, käme nach zwölf Kilometern zuerst die Endstation der Straßenbahn, die Fahrt ins Tal und dann Dr. Mensel, der irgendetwas bei ihr aufstechen sollte. Alles eigentlich gleich schlimm, blutig und voller Unheil.

Mutter und Tochter gingen schweigend. Sie versuchten, sich gegenseitig das Herz nicht schwer zu machen. Am höchsten Punkt des Waldweges kam ihnen ein Mann entgegen. Er bewegte sich in ruhigem Schritttempo. Tonia merkte, wie sich die Hand ihrer Mutter verkrampfte und sie dann laut und gepresst anfing zu reden: »Der Vater kommt gleich. Er muss mal. Wir gehen schon mal vor.« Dabei drehte sie immer wieder den Kopf nach hinten. Tonia hielt die Luft an und stiefelte mechanisch weiter. Weniger reden wäre jetzt besser, dachte sie. Dann sah sie aus den Augenwinkeln, dass der Mann freundlich grüßte und weiterging. Nun drückte sie ihrer Mutter die immer noch zitternde Hand. Schweigend setzten sie ihren Weg fort.

In der Ruine der Kinderklinik wurde im Keller behandelt. Mütter und Kinder saßen dicht gedrängt und warteten seit Stunden. Dr. Mensel ging hin und wieder durch die Menge und Tonia betrachtete schaudernd seinen wehenden weißen Kittel voller Blutflecken. Zweifellos wäre es später auch ihr Blut, das da klebte. Als sie endlich drankamen, befühlte der Arzt kurz ihre tuberkulösen Halsdrüsen und ordnete eine Punktierung an. Die Schwester tropfte bereits Äther in die Haube, da fing Tonia an zu schreien, wie sie noch nie in ihrem Leben geschrien hatte. »Keine Narkose! Ich will keine Narkose!«

Dr. Mensel beugte sich hinunter. »Du wirst nichts spüren«, sagte er eindringlich. Dabei geriet sein blutiger Kittel direkt vor Tonias Nase und sie schrie einfach weiter. Schon öffneten sich die Türen der Nebenräume. Krankenschwestern wollten herausfinden, womit Dr. Mensel gerade zu kämpfen hatte. Tonias Mutter stand betreten und kopfschüttelnd dabei. Endlich hatte die OP-Schwester eine Idee: »Wir könnten auch vereisen«, flüsterte sie.

Das war Tonias Stichwort. »Ja, vereisen«, schrie sie. »Ihr sollt mich vereisen!«

Dr. Mensel nickte. Er streckte tatsächlich die Waffen, befahl erst Vereisung, dann Punktierung und sofort trat Ruhe ein. Tonia genoss erschöpft ihren Sieg und fügte sich gehorsam allen weiteren Torturen.

»Da hat aber jemand einen starken Willen«, murmelte die Krankenschwester, als Mutter und Tochter das Behandlungszimmer verließen. War das etwas Gutes? Tonia versuchte, es im Gesichtsausdruck ihrer Mutter zu ergründen. Es sah nicht so aus. Allerdings gab es noch eine wichtige Verschreibung: Zusatzmarken für Butter und Milch. Das war wirklich etwas Gutes! Oder?

Auf dem Weg zum Bahnhof liefen sie durch dunkle Straßen. Die zerbombten Häuser rechts und links verschwanden bereits in der Dämmerung. Doch wo die Bewohner noch Glühbirnen oder Kerzen besaßen, wirkte der Schein durch die Fenster ungeheuer heimelig und anziehend. Tonia erhaschte hier ein Stück Gardine, dort einen Bilderrahmen. Sie träumte sich hinter diese Fensterscheiben. In hohe Räume, Wärme und Licht. Da lebten bestimmt Menschen, die redeten, lachten und sich Geschichten erzählten. Da müsste man wohnen!

Für sie ging es nun umständlich weiter an diesem frostigen und freudlosen Winterabend. Erst mit der Kleinbahn über die Dörfer nach Hessenrode, dann zu Fuß über das Kopfsteinpflaster zum Gutshof der Familie von Guggenstein. An den Kuhställen sagte Tonias Mutter: »Ich werde die Baronin bitten, uns etwas mehr Milch abzugeben. Du hast ja jetzt ›Zusatz‹.«

Sie vergaß für einen Moment ihre müden Beine. Extramilch? Nur für sie? Dann fiel ihr ein, dass eine Kuh Tonia hieß. Der Schweizer des Gutshofes hatte angefangen, die Kühe nach den Flüchtlingskindern zu nennen. So viele Kühe! So viele Flüchtlingskinder!

Schon im Treppenhaus hörte Tonia die Töne, die der bekloppte Horst Tag für Tag, Minute für Minute in immer gleicher Folge von sich gab. Er sang: »Eine kleine Melodie«, und klopfte dazu rhythmisch gegen die Fensterscheibe. Zuerst gingen die Töne stufenweise hoch, bei »lo« machten sie einen Sprung nach oben und bei »die« fielen sie nach unten. Horsts Liedchen trat jedoch gleich in den Hintergrund, als Tonias Brüder Arno und Harry die Treppen herunterstürzten und oben, über dem Geländer, die Köpfe aller Familienmitglieder erschienen: Vater Burkhard, Großmutter Veronika und das »Önkelchen«. Das war Konrad, der jüngere Bruder von Tonias Mutter, dem der richtige Onkeltitel noch nicht zusagte. Nun tauchte hinter Burkhards Schulter ein Gesicht auf, das Tonia zuerst nicht erkannte. Dann hatte sie doch eine schwache Erinnerung. Es war

Tante Johanna! Sie hatte etwas mit einem Kindergarten zu tun, den sie früher einmal besucht hatte. Früher in einem anderen Leben, in Frankfurt an der Oder. Astrids Bewegung wurden jetzt lebhaft und schnell. Oben umarmte sie Johanna, streckte die Arme aus und zog sie gleich wieder an sich. So freudig hatte Tonia ihre Mutter lange nicht gesehen. »Wie findest du unser ›Rittergut‹«, hörte sie sie sagen und ihre Stimme klang ein bisschen von unten herauf. Tante Johanna schaute sich um. Sie ließ ihren Blick über die rohen Dielen gleiten, den Klo-Eimer, die niedrigen Türen zu den Kammern und auch über »die Böllingsche«, die Mutter des bekloppten Horst, die in ihrer offenen Tür stand und anscheinend alles mitkriegen wollte.

»Na ja«, sagte sie. »Es wird nicht für ewig sein.«

An diesem Abend wurde viel erzählt und gelacht. Johanna hatte ihre Lebensmittelmarken und sogar eine Flasche Wein mitgebracht. Dann zog sie eine Überraschung aus der Tasche. Ein Notenblatt.

»Geo?«, fragte Tonias Vater aufgeregt. »Er lebt? Er arbeitet wieder?«

Verblüfft beugte sich auch ihre Mutter über das Blatt und fing sofort an zu summen.

»Wer ist Geo?«, fragte Tonia ihre Oma.

»Georg Götsch, sie kennen ihn vom Musikheim, von früher«, flüsterte die zurück. Nun sangen Johanna und ihre Mutter den neuen Götsch-Satz gleich vom Blatt:

*Es saß ein klein wild Vögelein
auf einem grünen Ästchen,
es sang die ganze Winternacht,
die Stimm tat laut erklingen ...*

Die helle und die dunkle Stimme der beiden Frauen klangen so wunderschön zusammen, dass Tonia die Tränen kamen. Aber sie hatte nicht diesen Kloß im Hals, der sie sonst so oft weinen ließ. Es war das Lied. Es waren Tränen ohne Schmerz.

»Du weinst ja«, sagte Tante Johanna. »Hat es dir gefallen?«

Tonia nickte. »Es ist so schön und so traurig«, flüsterte sie.

»Genau«, sagte Tante Johanna und drückte dabei ihre Schulter. »Es ist ein altes Lied und es ist in Moll geschrieben. Moll ist immer ein bisschen traurig.«

Tonias Vater hatte an diesem Abend richtig gute Laune. Er würde nicht losbrüllen, da konnte man sicher sein. Im Gegenteil. Als er anfing zu sprechen, hörte man ein freudiges Beben in seiner Stimme.

»Ich werde Kontakt zu Geo aufnehmen«, sagte er. »Ich werde das Musische hier zu uns in die amerikanische Zone holen.«

Tonia blickte von einem Gesicht zum anderen. Plötzlich war ein Hauch von Glück im Raum.

Auf dem Weg über den dunklen Flur hatte Tonia an diesem Abend keine Angst. Alle brachen gleichzeitig auf, um ins Bett zu gehen. Vor der Kammertür wünschten ihre Eltern dem Gast noch gute Nacht, da gellte laut und böse die Stimme der Böllingschen herüber: »Na, widder dubbergulöse Kinner machen?«, rief sie in die Dunkelheit. Auf einmal kam Bewegung in die Szene. Tonias Mutter sauste der Böllingschen entgegen, schubste sie in ihr Zimmer zurück und schloss knallend die Tür. »So«, sagte sie dann und atmete schwer.

Der nächste Tag fing freundlich und normal an. Die Jungen strebten wie immer nach draußen, die Oma kochte eine Kartoffelsuppe, das Önkelchen hackte Holz, Vater Burkhard beschäftigte sich mit Papieren und Tonia musste mit einem Halsverband still sitzen. Aber das war nicht schlimm. Sie würde den Erwachsenen lauschen. Das tat sie sowieso am liebsten.

»Ich habe alles versucht«, hörte sie ihre Mutter flüstern. »Jetzt wird es wohl zur Welt kommen. Ich weiß nicht, wie wir es ernähren sollen. Die beiden Großen haben ja schon Tuberkulose …«

»Gibt der Herr das Häschen, gibt er auch das Gräschen«, antwortete Johanna mit lieber, tröstender Stimme.

Ein Baby?, dachte Tonia. Würden sie ein Baby bekommen?

»Du siehst ja die Verhältnisse«, kam es zurück.

»Man müsste erst mal den Verrückten und seine Mutter loswerden«, sagte Johanna gerade noch, da polterte es auf der Treppe.

»Dederichs, du Schwein, komm raus!«

Tonia musste erschreckt zusehen, wie vier wütende Männer ihren Vater vor sich her boxten. Den lautesten kannte sie. Es war Alois Schinder. Sein Sohn ging in ihre Klasse. Der wurde manchmal verprügelt und dann riefen die anderen Kinder »Sozialistenschwein« hinter ihm her. Sein Vater denkt, er würde bald Bürgermeister, hatte neulich der Lehrer gesagt und dabei den Mund verzogen.

Jetzt wurde Alois Schinder von Tante Johanna aufgehalten. »Was fällt Ihnen ein?«, rief sie mit fester Stimme.

Da hob er seine Fäuste und ging auf Johanna los. Schnell stellte sich Tonias Vater vor seinen Gast und bekam gleich eine blutige Nase.

»Hören Sie sofort auf!«, rief Johanna hinter seinem Rücken und Schinder ließ für einen Moment die Fäuste sinken.

»Was will die Zicke«, fauchte er.

»Das ist Fräulein von Gebhardt, unser Besuch«, rief Tonias Mutter von ganz hinten.

»Adliges Geschlicker!«, brüllte Schinder noch wütender als vorher. Er trieb jetzt Tonias Vater vor sich her, gab ihm an der Treppe einen Tritt und ließ ihn die Stufen hinabstürzen. Dann verschwanden die Männer laut und polternd, wie sie gekommen waren. Die Tür der Böllingschen blieb die ganze Zeit zu.

Tonias Vater hatte sich wieder aufgerappelt. Nun saß er auf einem Stuhl und lehnte den Kopf weit nach hinten, um das Blut aus der Nase zu stillen. Da brachte der Gemeindediener einen Brief vorbei und las ihn gleich vor:

Sehr geehrter Herr Dederichs,
es liegt eine Anzeige gegen Sie vor. Ihnen wird vorgeworfen, der Waffen-SS angehört zu haben. Bitte lassen Sie sich umgehend im Bürgermeisteramt auf entsprechende Stempel beziehungsweise Narben untersuchen.

Der Vater ging widerstrebend mit und Tonia rannte ganz verzweifelt hinter ihm her. Die Welt war so ungerecht! So schrecklich ungerecht! Jetzt hatte Tonia wieder diesen Kloß im Hals. Gleich würde sie weinen müssen. Das fing immer so an.

Nach einer Stunde tauchte der Vater wieder auf. Er hielt eine große Kleiderspende unter dem Arm. Alle Anschuldigungen waren ungerechtfertigt gewesen und sollten damit entschuldigt werden. Auch eine Kinderkur für Tonia hatte der Bürgermeister in greifbare Nähe gerückt. Dann raunte ihr Vater den Frauen noch etwas zu. Nachbarn hätten seine gerade, stramme Haltung beobachtet und gleich auf die SS getippt. Tonia sah, wie die Erwachsenen betroffen und stumm den Kopf schüttelten. Nach der SS wollte sie jetzt lieber nicht fragen.

Anscheinend war es etwas besonders Erfreuliches, dass Tonia für sechs Wochen in ein Kinderheim in Bad Karlshafen geschickt werden konnte. Wenn ihre Mutter Nachbarn davon erzählte, war es sogar wie ein Hauptgewinn. Sie wurde beneidet. Ein Kind weniger, im Heim gut gefüttert und versorgt! Frau Pilz, aus Schlesien stammend, sagte: »Ma sieht gor ni, dass netig is, bei die dicke Backen.« Tonia bemerkte, dass es ihrer Mutter ein bisschen peinlich war, denn sie hatte wirklich dicke Backen. Dr. Mensel hatte es neulich erklärt. »Lymphatikerin«, hatte er gesagt, um deutlich zu machen, warum sie immer geschwollene Drüsen, eiternde Furunkel, schmerzende Ohren und verstopfte Atemwege hatte. Da wäre ein Solebad genau das Richtige, hatte er noch erwähnt. Und jetzt reiste Tonia tatsächlich genau da hin, nach Bad Karlshafen.

Sie hasste es, dort zu sein. Sie hasste es mehr als jemals zuvor gedacht. Antreten, Schlange stehen, aufs Klo gehen, Hände waschen, alles in der Gruppe, alles »hopp, hopp«. Das war der Lieblingsausdruck ihrer Gruppentante. Die hatte blonde Haare und ein unfreundliches Gesicht. Tonia sorgte still dafür, dass ihr die schlimmsten Quälereien erspart blieben. Sie musste kein Laken hochhalten, bis es trocken war, und auch nicht mit einem vollen Teller stundenlang im Waschraum verbringen. Sie aß einfach auf und schrieb auf die Postkarte: *Liebe Eltern, es geht mir gut.*

Die Märzsonne schien schon hell und warm, als Tonias Kindertransport wieder im Kasseler Hauptbahnhof einlief. Aufgeregte Eltern und Großeltern schnappten sich die Kinder mit den vollen Grießbrei-Wangen und verließen schnell den zugigen Bahnsteig. Tonia stand plötzlich ganz verlassen neben ihrem kleinen Pappkoffer. Niemand war gekommen, sie abzuholen. Was sollte sie jetzt tun? Vielleicht war das Baby schon da und man brauchte sie nicht mehr. Irgendetwas würde sie gleich tun müssen, aber was? Je mehr Zeit verging, umso klarer wurde ihr, dass sie ganz alleine auf der Welt war und sich anscheinend niemand für sie interessierte. Sie war jetzt so geschockt und verzweifelt, dass sie nicht einmal weinen konnte und einfach starr und stumm stehen blieb.

Eine halbe Ewigkeit später sah Tonia ihre Mutter heranpreschen. Deren Körper und Gesicht waren so dünn und eingefallen wie immer, doch ihr Bauch war groß und rund. »Wie siehst du denn aus«, waren Astrids erste Worte. »Deine Backen sind ja noch dicker geworden! Hast du lange gewartet? Mein Zug hatte Verspätung.«

Jetzt kullerten bei Tonia die Tränen. War es vor Freude oder war es Schmerz? Sie wusste es selbst nicht so genau.

»Du weinst ja schon wieder«, sagte ihre Mutter.

In den folgenden Wochen wich Tonia ihr aus. Wollte sie sie überhaupt zurückhaben? Gleichzeitig war sie ihr ganz nahe. Wenn ihr Vater seiner Frau das Geld für eine Woche in die Hand zählte, sie den Kopf neigte und seufzte, fühlte Tonia Tränen aufsteigen. Wenn ihre Mutter Zahnschmerzen hatte, pochte es auch in Tonias Kiefer und sie war dann eine Art seelische Zweigstelle von ihr.

Einmal erlebte sie einen besonders lauten Streit ihrer Eltern. Ihre Mutter hatte Blätter, Pinsel und Tusche ihres Vaters vom einzigen Tisch in der Wohnküche weggeräumt. Da brüllte er los, als hätte sich eine Schleuse geöffnet: »Du machst das Beste in mir kaputt!« Jetzt hörte Tonia ihre Oma leise flüstern: »Burkhard, es geht hier doch ums Überleben, von Tag zu Tag.« Ihr Vater wurde rot im Gesicht, sprang auf und rannte ins Freie.

Tonia fand später ihre Mutter in einem großen nassen Tränenfleck auf dem Bett. »Heirate nie, Tonia!«, schluchzte sie ihr entgegen. Tonia verließ leise den Raum und merkte, dass sie in diesem Moment auch mit ihrem Vater fühlte. Ach, es war alles so verwirrend! Wo stand sie selbst eigentlich in diesem ganzen Durcheinander? Sie, das Kind Tonia?

Eines Tages lag der Küchentisch voller Papierstapel. Tonias Vater hatte eine alte Schreibmaschine geliehen und schrieb auf Wachsmatrizen. Jetzt brauchte er seine Kinder. Jede Seite musste ein paar hundertmal vervielfältigt werden. »Gesellschaft für musisches Leben«, buchstabierte Tonia, während sie die Kurbel der Druckmaschine drehte. Darunter stand: »Einladung zum Gründungstreffen«. Gerne hätte sie jetzt ihren Vater gefragt, worum es eigentlich ging, aber leider hastete der hoch erregt im Raum herum, rügte seine Söhne, die nicht schnell genug zusammentrugen, stempelten und eintüteten. Alle fühlten, wie sich über ihren Scheiteln etwas zusammenbraute.

»Musisches Leben«, flüsterte Tonia. »Was ist das?«

»Das ist Tanzen, Singen und Spielen, lustige Einfälle haben und sich glücklich fühlen«, flüsterte die Oma ihr leise ins Ohr.

Das wäre gut, dachte Tonia, wenn ihr Vater das bald lernen könnte.

Im Juni 1947 wurde ihre kleine Schwester Eva in einer Kasseler Klinik geboren. Tonia machte sich voller Eifer an eine Glückwunschkarte. Sie bemalte ein Stück Pappe, drehte eine Kordel mit Bommel und dichtete einen kleinen Vers für Mutter und Kind. Ihre Großmutter betrachtete das Kunstwerk und lachte: »Unter hundert Karten hätte ich herausgefunden, dass du das gemacht hast.«

Tonia spürte, wie ihr das Herz aufging. Das war also sie. Anscheinend einzigartig unter hundert anderen Kindern. Sie fühlte sich auf einmal so fröhlich und leicht, dass sie aufsprang, ihre Oma umarmte und ein bisschen mit ihr herumhopste.

Ein paar Tage später kam Tonias Mutter mit dem Baby nach Hause und es war, als wenn das kleine Mädchen Sonne und Glück mitgebracht hätte. Die Kinder des Gutshofes drängten sich zur Begrüßung in der Wohnküche, die Frau des Inspektors schenkte zwei Eier und dann traf zu allem Überfluss auch noch ein Paket aus Amerika ein. Es enthielt die schönsten Jäckchen, Schühchen und Hütchen, die man je gesehen hatte. Was für ein Zauberland dieses Amerika doch sein musste!

Von nun an hatte Tonia eine wichtige Aufgabe. Voller Stolz fuhr sie die kleine Eva im Prachtkleidchen durch das Dorf und ihre Mutter nannte sie manchmal »mein liebes Kindermädchen«.

Gedanklich wandelte Tonia jetzt oft in Adelskreisen, als wäre sie eine von Guggenstein. Als solche schob sie den Kinderwagen zwischen den goldenen Löwen hindurch in den Park, zum Ententeich und schließlich zum Mausoleum. Toll! Die von Guggensteins hatten sogar ihren eigenen Friedhof. Das herausgeputzte Schwesterchen reiste gleich mit in die Adelswelt. Hier war alles so glücklich und leicht. Niemand musste weinen.

Zum Winter hin bekam Arno eine Geige und Tonia eine Flöte. Das Önkelchen baute einen Notenständer und Tonias Vater brachte aus Stuttgart ein Weihnachtsliederbuch mit. Nun tönte es aus den engen Kammern unter dem Dach. Jeder übte seine Melodie und manchmal spielten die Dederichs auch zusammen. Es dauerte ein Weilchen, aber dann hatte es jeder mitgekriegt: Der bekloppte Horst hatte sein Endlosliedchen eingestellt.

Jahrhundertkind

Niemand in Tonias Schulklasse hätte sich je ausmalen können, was im Januar des Jahres 1952 Empörendes geschah. Die Tür der Quinta/c des Samuel-Scheidt-Mädchengymnasiums wurde aufgerissen und drei grün uniformierte Polizisten betraten zielbewusst den Klassenraum, in dem gerade dreißig Zwölfjährige über einer Mathearbeit schwitzten. Der mit dem Bauch zeigte zur Klasse hin seine offenen Handflächen und rief: »Ruhe bewahren!« Die anderen beiden griffen sich Dr. Wilhelm Schleiermann, Gymnasiallehrer für Mathematik, und zogen ihn Richtung Tür. »Bitte mitkommen«, war noch zu hören und das leise »Klick« der Handschellen. Das Letzte, was die Kinder von ihrem Lehrer sahen, war sein Hinterkopf, seine kleine Glatze, umrahmt von schwarzen Locken, denn Dr. Schleiermann warf sich widerstrebend nach hinten und wurde mit Gewalt durch die Tür gezogen.

Sofort danach betrat »Direx« Dr. Probst den Raum. Sein Gesicht war gerötet und er hielt die Arme fest verschränkt vor der Brust. »Alle heimgehen«, sagte er. »Die Klassenarbeit wird nachgeholt. Es handelt sich hier um Paragraph 175 des Strafgesetzbuches. Fragt eure Eltern, worum es dabei geht.«

Tonia dachte zunächst einmal ganz praktisch. Diesen Mathelehrer war sie los! Sie fühlte sogar Freude und Erleichterung, denn sie hatte keine einzige Aufgabe richtig lösen können. Dr. Schleiermann hatte sie in den letzten Wochen bis in ihre Träume hinein verfolgt.

»Nehmen Sie das Kind vom Gymnasium«, hatte er ihrer Mutter beim Elternsprechtag geraten. »Schicken Sie Ihre Tochter lieber wieder auf die Dorfschule.«

»Aber wir ziehen jetzt in die Stadt«, hatte Tonias Mutter entgegnet.

»Dann höchstens Waldorfschule«, war die Antwort. »Ihr Kind kann nicht abstrakt denken.«

Wie hatte Tonia in diesen Mathestunden gelitten! Wenn Dr. Schleiermann auf seinen dicken Kreppsohlen durch den Klassenraum schlich und plötzlich hinter ihrem Stuhl auftauchte, bekam sie im Rücken ein stacheliges Gefühl. Kein Kind für das Gymnasium! Kein Kind für das Gymnasium!, dröhnte es in ihrem Kopf und sie konnte die einfachsten Aufgaben nicht mehr lösen.

Jetzt stand Tonia etwas verloren auf dem Schulhof. Als Fahrschülerin hatte sie keinen Gewinn vom früheren Schulschluss, denn ihr Zug ging erst später.

Nur Raissa Schumbold aus ihrer Klasse lungerte noch herum. Sie war auch Fahrschülerin, erst kürzlich aus der DDR gekommen und musste mit dem Bus nach Burgfels, wo ihre Mutter Lehrerin war. Raissa hatte Zöpfe wie sie und ihre Kleidung deutete darauf hin, dass sie wohl auch in einer vollkommen luxusfreien Umgebung aufwuchs. Die Kinder gingen aufeinander zu und sprachen zum ersten Mal miteinander. »Schade«, sagte Raissa, »ich war gerade fertig mit der Mathearbeit.«

Tonia wählte lieber ein anderes Thema. »Weißt du, was Paragraph 175 bedeutet?«

»Nö«, sagte Raissa, »aber ich gucke einfach im *Brockhaus* nach. – Ob Dr. Schleiermann geklaut hat?« Unter solchen Überlegungen bewegten sie sich langsam Richtung Bushaltestelle.

Dort kramte Raissa tief in ihrer alten abgeschabten Schultasche und holte ein trockenes Käsebrot hervor. Es sah so alt aus, dass Tonia lieber nicht mit ihr teilen wollte. Dann wurde ihr noch jemand vorgestellt, nämlich »Drecksi«, ausgesprochen »Drrrrecksi«. Das stark gerollte Rrrr von »Drrrrecksi« hielt Tonia für einen seltenen DDR-Dialekt. Dieser ehemalige Plüschbär, verschmutzt und abgeschabt, lebte anscheinend neben den Käsebroten. Bis auf ein Buch war die Schultasche sonst leer. Kein Schulheft, kein Füller. »Was liest du«, wollte die lesebegeisterte Tonia wissen. Raissa zeigte kurz den Buchumschlag. Es war Homers *Ilias*.

Nun kam der Bus. »Du kannst mich Raissi nennen«, rief sie über die Schulter und verschwand im Inneren. Tonia fühlte sich plötzlich so leicht und froh wie schon lange nicht mehr. Dr. Schleiermann war weg, sie würde bald in die Stadt ziehen und sie hatte wahrscheinlich gerade eine neue Freundin gefunden.

Am nächsten Morgen richteten es Tonia und Raissi so ein, dass sie nebeneinander auf der letzten Bank sitzen konnten. Raissi schob ihr einen gekritzelten Zettel zu: *§ 175 SGB stellt sexuelle Handlungen zwischen Personen männlichen Geschlechts unter Strafe.*

»Männer?«, flüsterte Tonia. »Das geht doch gar nicht!«

»Frauen aber erst recht nicht«, zischte Raissi zurück. Dann wurden sie zur Ruhe gemahnt. Fräulein Pistorius hatte die Mathehefte verteilt. Die gestern begonnene Klassenarbeit musste beendet werden. Raissi überlegte nicht lange, gab ihr Heft ab und verließ den Raum. In Tonia stieg wieder Verzweiflung auf. Wie gelähmt brütete sie über den Zahlen, bis auf einmal der lange dünne Zeigefinger der Pistorius über dem karierten Papier erschien. Stumm tippte die Pädagogin auf die richtige Reihenfolge, nickte ermunternd und bewegte sich leise weiter. Tonia fing an zu rechnen und fand plötzlich die Lösung. Ein weißhaariger Engel, vielleicht die neue Mathelehrerin?, bekannt dafür, streng und gerecht zu sein, hatte ihr gerade beigestanden und schon konnte sie weiter auf ihrer kleinen Glückswolke schweben.

In der Pause verschwand sie mit Raissi im nahe gelegenen Park. Verboten, jedoch schön.

»Ich bin jetzt mal der Dr. Schleiermann und du der Direx«, schlug Tonia vor. Sofort fiel Raissi in die etwas verklemmte Haltung von Dr. Probst, während Tonia, wie getragen von dicken Kreppsohlen, um ihn herumschlich und den flirtenden Schleiermann gab: »Sie haben wunderbare Waden. Und Ihre Haare! Ist das Naturkrause?«

Der »Direx« ließ sich nicht lumpen: »Ihre Locken und die roten Öhrchen sind auch nicht schlecht«, flötete er in hohem Ton. So scharwenzelten die Miminnen noch eine Weile umeinander herum, bis sie sich prustend vor Lachen in den Schnee plumpsen ließen. Gestärkt und einig über diese saukomische Methode, mit den Merkwürdigkeiten der Welt umzugehen, kehrten sie in die Klasse zurück.

Tonia und Raissi blieben beim Rollenspiel. Ja, sie verfeinerten es bei jedem heimlichen Besuch im Park. Sie verbandelten die komischsten Paare, vorzugsweise aus der Lehrerschaft. Man musste ja nur genau hingucken, sich überbieten in scharfer Beobachtung. Man musste den wunden Punkt einer Person herausfinden, ihre Allüren, ihr Sprachverhalten, ihre Tricks und Ticks.

Bald gerieten auch die Heldinnen und Helden aus der jeweiligen Lektüre der enthusiastischen Leserinnen unter das Brennglas der Betrachtung. Tonia verschlang die Frauenromane ihrer verstorbenen Tante Lotte, zum Beispiel *Vom Winde verweht* oder *Die Heilige und ihr Narr*. Raissi beschäftigte sich mit den großen Epen der Weltliteratur. Sie schwärmte vor allem für den Helden Achilles aus der *Ilias*. Bei der in Hexametern vorgetragenen Klage um seinen tragischen Tod konnte es vorkommen, dass plötzlich die Komik, die ganze Parodie des klassischen Heldentums umschlug in echte Ergriffenheit. Bei Tonia war es ähnlich. Sie machte Karikaturen aus ihren Romanheldinnen, aber die Sehnsucht nach einem romanhaften Leben voller Schönheit und Bedeutung wollte sie sich gleichzeitig bewahren.

Es dauerte nicht lange, bis die ganze Schule wusste, dass Raissi ein Kind von außerordentlicher Intelligenz war. Oder war es Genialität? Sie las nicht nur dicke Bücher, sondern stellte auch Zusammenhänge her. Ihre Fragen konnten manchmal nicht gleich beantwortet werden. Die Lehrer erbaten sich Bedenkzeit. Die Hektik, die alle vor Klassenarbeiten ergriff, kannte Raissi gar nicht. Allerdings musste sie öfter in höchster Eile noch einen Bleistift organisieren. Mit dem kritzelte sie in großer Geschwindigkeit und fürchterlicher Handschrift das Papier voll. Es wurde fast immer eine Eins. Die Lehrer verziehen ihr eigentlich alles. Den ewigen Bleistift, das Gekritzel und den unvermeidlichen »Drecksi«, der manchmal auf dem Pult Luft schnappen durfte. Was Raissi mit diesem schmuddeligen Bündel ausdrücken wollte, blieb unklar. Vielleicht, dass sie auf jeden Fall auch noch ein Kind war?

Tonia blickte in den nächsten Jahren neidlos auf ihre begabte Freundin. Es gab allerdings ein paar Fächer, da hatte sie die Nase vorn. Sie konnte besser Englisch, vor allem die Aussprache. Auch das Fach Musik lag ihr mehr. Das wurde deutlich, als sie mit Raissi und deren Schwester Friederike die Flötengruppe bei Frau Liebelang besuchte. Geduldig ließ sich Raissi Griffe und Atemzeichen erklären. Sie genoss es, hier einmal die unbedarfte Anfängerin zu sein, der die Flötenlehrerin ganz unvoreingenommen begegnete.

Zum Abschluss des gemeinsamen Unterrichts veranstaltete Frau Liebelang einen Vorspielabend. Hier begegneten sich erstmals die Mütter. Tonias Mutter war ganz fasziniert von den rollenden Rrrrrs der drei Schumbolds, von deren Art, den besonders R-reichen Namen Frrrriederrrrike auszusprechen, und von der pointierten, humorigen Sprechweise der Schumbold-Töchter. Um der abgekämpften Witwe Schumbold eine Freude zu machen, sagte sie: »Ihre Raissa spricht ja wie ein kleiner Professor.«

»Ja«, sagte Frau Schumbold, »wenn sie nur nicht so ein ›Drrrrecksprofessor‹ wäre!« Auf dem Heimweg übte Tonias dialektaffine Mutter unermüdlich »Drrrrecksprofessor« und »Frrrriederrrrike«.

An einem heißen Julitag, kurz vor den großen Ferien, strampelten vier inzwischen herangewachsene Teenager mit ihren Rädern den steilen Weg nach Burgfels hinauf. Raissi hatte zu ihrem fünfzehnten Geburtstag eingeladen. Hungrig und durstig erreichten die Mädchen das alte Fachwerkhaus neben der Schule. Wenn Tonia vorher gewusst hätte, dass Frau

Schumbold nicht nur Kinder unterrichtet, sondern auch Rauhaardackel züchtet, wäre sie vielleicht gar nicht erst losgefahren. Sie mochte die kleinen Kläffer nicht. Jetzt schossen ihr gleich vier davon entgegen und veranstalteten ein Riesengebell. Laute Stimmen aus dem Haus versuchten, Ordnung zu schaffen, und wurden von der wilden Horde überhaupt nicht ernst genommen.

Mühsam kämpften sich die Geburtstagsgäste die schmale Stiege hinauf und betraten einen sparsam möblierten Raum, in dem Tisch, Stühle und zwei völlig ausgeweidete alte Sessel standen. Seegras und Polsterfetzen hingen bis auf den Boden. Hier hatten die kleinen Biester ganze Arbeit geleistet. »Sie liiieben alte Polstermöbel«, sagte Frau Schumbold souverän. Sie schien ihr Ambiente ganz normal zu finden.

Die forsche Bylla aus Tonias Klasse entdeckte es zuerst: Tassen und Teller waren nicht sauber gespült. An den Kuchengabeln klebten Rückstände. In einem unbeobachteten Moment putzte sie schnell ihr Gedeck mit dem Unterrock. Die Mädchen wollten nicht unhöflich sein, zogen es allerdings vor, nun unbedingt erst einmal auf den Burgberg zu steigen. »Danke«, sagten sie. »Kein zweites Stück Kuchen!« – Und diese Frau nannte ihre Tochter »Drecksprofessor«, dachte Tonia aufgebracht, als sie gegen Abend auf der kurvenreichen Straße nach Hause radelte. Was war los mit diesen Schumbolds?

Sie sollte sie bald näher kennenlernen, denn sie bekam die freundliche Einladung, mit der Familie

Schumbold in den Sommerferien an die Ostsee zu fahren. Tonia freute sich, doch sie hatte auch ein wenig Angst vor den Rauhaardackeln und mangelnder Hygiene. Hinzu kam, dass auf dem Hinweg Raissis Patin in Eutin aufgesucht werden sollte. Nicht irgendeine Patin, sondern eine Dame aus einem deutsch-russischen Adelsgeschlecht. Frau Schumbold hatte auf deren Gütern im Osten viele Jahre als Erzieherin gedient. Vor der Abreise probte sie nun mit ihren Töchtern den Hofknicks, dessen Ausführung vor allem Raissi schwer belastete. Tonia war nicht sicher, ob dieses Damoklesschwert auch über ihr hing. So etwas las man in Romanen. Selbst so einen Kratzfuß hinlegen? Sie würde sich irgendwie drücken!

Die Patin wohnte in einem schlossartigen Anwesen. Als die Reisenden die Halle betraten, winkte sie sie freundlich heran, blieb jedoch in ihrem geschnitzten Lehnstuhl sitzen. Ihr weißes Haar war kunstvoll frisiert und sie strahlte Hoheit und Würde aus. Ehrerbietig versank Frau Schumbold in einen tiefen Knicks, Raissi und Friederike folgten ihr, so gut es ging. Tonia blieb verlegen nickend im Türbereich stehen.

»Setzen Sie sich, Schumbold«, sagte die Fürstin. »Und Ihre rrrreizenden Töchter auch.«

Tonia staunte. Das war doch genau das rollende Rrrr, das auch die Schumbolds praktizierten, vielleicht noch ein bisschen gurrender und kehliger. Es war also von herrschaftlicher Art! Und es gab noch eine Parallele: Auf dem abgenutzten Perserteppich, neben dem Lehnstuhl der Patin, saßen vier äußerst gesittete Rauhaardackel und warteten auf Befehle. Die vier Unholde der Schumbolds waren draußen von einem älteren Faktotum abgefangen und angeleint worden.

Tonia versuchte, so viel wie möglich von der Unterhaltung der Erwachsenen mitzubekommen. Frau Schumbolds Stimme bekam einen tiefen, urigen Klang. Sie erzählte verschiedene Schnurren aus dem Dorfalltag. Da lachte die Fürstin. Kontrolliert, aber herzlich. »Wunderrrrbarrrr Schumbold«, rief sie, »immerrrr noch das alte Orrrriginal!« Tonia verstand: Die Damen knüpften gerade an ihr früheres Leben an. Erzieherinnen waren damals anscheinend auch dazu da, die Herrschaft gut zu unterhalten. Vielleicht, überlegte Tonia, musste man auch von Adel sein, um Zug in eine Horde kläffender Rauhaardackel zu bekommen.

In den Ferien hatte Tonia ab und zu das Gefühl, dass sich Raissi von ihr entfernte. Die saß abends oft stundenlang an der Mole und blickte über die bewegte Ostsee in den Sonnenuntergang. Niemand wusste, was in ihr vorging. Dann fühlte Tonia sich völlig überflüssig und nutzlos. War sie nicht mitgekommen, um Spaß zu haben, um zu helfen, die penetranten Erziehungsversuche von Frau Schumbold abzufedern? Jetzt keimte manchmal Hoffnungslosigkeit in ihr auf. Die Freundschaft mit Raissi hatte doch immer ihren Kopf und ihr Herz bewegt. Das durfte und sollte nicht enden!

Zurück in der Schule driftete das Leben der Freundinnen jedoch weiter auseinander. Sie hatten beide zur Konfirmation das Traditionsbuch *Kampf um Rom* geschenkt bekommen, eigentlich eine Steilvorlage, um gotische Heldinnen und Helden zu vergackeiern. Aber das Rollenspiel im Park hatte nicht mehr den alten Biss und klang damit aus. Ihre Lektüre konnte inzwischen unterschiedlicher nicht sein. Raissi las Luise Rinsers *Die Wahrheit über Konnersreuth*, über die Wundmale der Therese Neumann. Kritisch setzte sie sich mit Glaubensformeln auseinander und brachte wieder einmal ihre Lehrer mit bohrenden Fragen in Verlegenheit.

Tonia bevorzugte nach wie vor Bücher, die etwas mit Ferne, Waldeinsamkeit und vor allem Sehnsucht zu tun hatten.

Gegen Ende dieses Schuljahres verteilte Musiklehrer Fröhlich einen Stapel alter Programmhefte des städtischen Konzertangebots und ließ einen Aufsatz schreiben: *Moderne Menschen – moderne Programme? Was sagt uns die heutige Aufführungspraxis?*

Tonia beobachtete, wie sich Raissi mit Feuereifer an die Arbeit machte. Sie selbst fühlte sich bei diesem Thema blockiert. Schließlich spielte sie gerade Händel mit ihrer neuen Querflöte und sang Bach im Chor. War sie unmodern? Herr Fröhlich griff sich am Ende der Stunde Raissis Heft und machte sich lesend auf den Weg zum Lehrerzimmer. Tonia durfte den restlichen Stapel hinterhertragen. Auf der Treppe holte ihre Klassenlehrerin, Frau Dr. Pelikan, den

Musikkollegen ein. »Gute Ergebnisse?«, fragte sie. »Hervorragend!«, sagte der und zeigte kurz das Namensschild. »Ein Jahrhundertkind!«, rief die Pelikan und strebte in die Pause.

Raissis Aufsatz wurde in der Klasse vorgelesen und später im Jahrbuch der Schule abgedruckt:

Das hat es noch nie gegeben, schrieb die aufgeweckte Schülerin, *dass das Alte das Neue verdrängt, statt umgekehrt. Modernes im Konzertsaal wird ängstlich zwischen Klassikern verpackt, als hätte sich seitdem nichts geändert. Als spielte Zeit keine Rolle ...*

Toll, dachte Tonia, so eine starke eigene Meinung zu haben. Doch sie erkannte auch mit Wehmut, dass ihre gemeinsame Praxis, nämlich die Welt samt ihrer Komik und Absurdität unter ein Mikroskop zu legen und neu zu bewerten, langsam an Bedeutung verlor.

Das Trennende zwischen ihnen äußerte sich bald auch so, dass Tonia Merkwürdiges bei Raissi beobachtete und nicht mehr recht zuordnen konnte. Ihre Freundin schien Seelenqualen zu erleiden, wenn Frau Dr. Pelikan ihr nicht genug Beachtung schenkte. Sie lauerte ihr auf, wollte angesprochen und begrüßt werden und biss eines Tages vor Wut in ein Stück Kreide, als dies nicht geschah. Ausgerechnet die Pelikan, dachte Tonia, die jeden Satz, den diese Dame sprach, süßlich und peinlich fand. Wie sollte das bloß bei der anstehenden Klassenfahrt werden?

Am Eingang der Jugendherberge mit Blick auf das Moseltal stand als »Begrüßungskomitee« eine Jungenklasse und taxierte ebenso laut wie unverfroren jede einzelne Klassenkameradin. »Kann gehen«, »kann bleiben«, sagten sie und zeigten mit dem Daumen auf- oder abwärts. Raissi und Tonia fanden keine Gnade, wohl aber die flotte Bylla. Die blieb einfach stehen: »Nichts zu tun, Jungs?«, fragte sie. »Müsst ihr keine Kartoffeln schälen?«

Tonia war begeistert. So, genau so musste man mit diesen Idioten umgehen! Und schon hatte sie ihren Rucksack auf das Bett neben Bylla gelegt. Es muss jetzt alles anders werden, sagte sie sich: Die Zöpfe ab, der Petticoat üppig und alles »Handgewebte«, »Musische«, auch das Blockflötenspiel, soll jetzt mal vergessen sein! Und Bylla war genau die richtige Freundin auf diesem Weg.

Eine zur Unterstützung mitgereiste neue, sportliche Kollegin von Frau Pelikan, Frau Dr. Dillenburg, griff sich am Abend ein Grüppchen aus der Klasse und zog mit ihnen zum nahe gelegenen Bootsanleger. Dort bot sie allen ihre starken Gauloises an. Nur Raissi griff zu und schien den Knaster zu mögen. Auf dem Wasser schaukelnd, erzählte Frau Dillenburg später spannend von ihren Reisen nach Afrika, von Safaris und Lagerfeuern. Alle hatten das Gefühl, einen Blick in die große weite Welt zu tun. Längst war die Sperrstunde der Jugendherberge gekommen, da verabredete die unorthodoxe Lehrkraft folgenden Trick: Sie würde erst einmal ganz harmlos aufschließen und den Anfang der Marseillaise pfeifen, wenn die Luft rein ist. Eine tolle Frau!

Auf der Rückfahrt im Bus saß Raissi zunächst alleine. Dann drängten sie die Klassenkameradinnen, sie möge doch wieder einmal ihre Hans-Albers-Parodie zum Besten geben. Raissi ließ sich lange bitten. Schließlich intonierte sie doch mit ihrer tiefen Stimme und ihrem rollenden Rrrr das anrüchige Lied:

Ihr erster, das war ein Matrose,
der war auf der Brust tätowiert.
Er trug eine meerblaue Hose
und sie hat sich so schrecklich geniert ...

Tonia drehte sich zu ihr um und fühlte sich plötzlich so weit entfernt von ihrer alten Freundin, dass es ihr einen kleinen Stich gab. Da stand Frau Dr. Dillenburg auf und setzte sich neben die Sängerin. »Großartig, Raissa, wo hast du das gelernt?«

»Radio«, antwortete die ganz uneitel und unterhielt sich anschließend mit der Weitgereisten über Hafenstädte und verrauchte Kneipen.

Wenig später verbreitete sich das Gerücht, dass Raissi bei Frau Dr. Dillenburg eingezogen sei. Sie wolle zum Abitur hin keine Fahrschülerin mehr sein, hieß es. Sie habe sehr mit sich gerungen, teilweise sei es ihr sogar richtig schlecht gegangen, hörte Tonia von ihrer früheren Flötenlehrerin. Jetzt sei sie aber ganz glücklich.

Tonia musste die Nachricht erst einmal sacken

lassen. Hatte sie versagt? Hätte sie helfen können? War das alles überhaupt schlimm? Liebe zwischen zwei Frauen? Ihre Informationslage war äußerst dünn.

Zu Weihnachten erhielt Tonia ein Päckchen von Raissi. Es war ein antiquarisches Buch mit dem Titel *Sehnsucht*, geschrieben von einer gewissen Nataly von Eschstruth.

Möge dies Büchlein in Deinem Herzen das gleiche Feuer anzünden wie in meinem, hatte Raissi notiert. Und: *Ich glaube, dass diese Anhäufung tragischer Geschicke Deinen Beifall finden wird.*

Da war er wieder, der alte Ton, die Übertreibung, die Verkitschung und das Lachen. Das würde bleiben, dachte Tonia, auch wenn sie jetzt bald erwachsen werden würde.

Zehn Tage im Mai

Die achtzehnjährige Tonia hatte manchmal das Gefühl, mit den Männern eigentlich schon durch zu sein. Dafür konnte sie, ohne lange zu überlegen, Gründe anführen, die sich an einer Hand abzählen ließen:

Ihrem Vater gelang es zum Beispiel nie, mit irgendjemandem aus der Familie, sei es Frau, Kinder oder Schwiegermutter, ein ruhiges Gespräch zu führen. Stattdessen versagten immer wieder seine anscheinend schwachen Nerven und er schickte ein lautes Brüllen über die Köpfe seiner Angehörigen. Danach verließ er das Haus mit großen Schritten. Alle Anwesenden schüttelten sich kurz, wie nach einem schweren Tropengewitter, atmeten tief durch und lebten weiter, so gut es ging. Tonia wusste ganz genau, dass sie niemals, aber wirklich niemals einen solchen Mann haben wollte. Dann lieber gar keinen!

Auch ihre Brüder, einer jünger, der andere älter

als sie, vermittelten keinesfalls ein Bild von Männlichkeit, dem sie sich vielleicht einmal positiv würde nähern wollen. Sie empfand sie als starkes Duo, mit dem sie wenig verband. Laut, ungehobelt, poesielos, so hätte sie sie vielleicht beschrieben, wenn sie jemand danach gefragt hätte. Sie schraubten an alten Autos und hinterließen einen öligen, schwarzen Film auf den Handtüchern. In ihrem Musikgeschmack hatten sie sich weit von dem ihrer Eltern entfernt, denn sie spielten am liebsten die schreckliche »Jäsch«-Musik, wie ihr Vater das nannte.

Dann war da die Enttäuschung mit dem Önkelchen. Ihrem Önkelchen. Sie war doch die einzig Auserwählte gewesen, die ihn auf der Pirsch durch Wiesen und Wälder begleiten durfte, auf der Jagd nach Blindschleichen, Eidechsen und bunten Käfern. Weil sie schweigen konnte. Stundenlang schweigen und seine Naturbeobachtungen niemals störte. Dieses Önkelchen hatte sich heiraten lassen. Von einer burschikosen, vorlauten Krankengymnastin. Tonia wusste: Mit der würde das Önkelchen niemals glücklich werden.

In der Schule war es das männliche Lehrpersonal, das ihr zusetzte. Diese Herren unterrichteten meistens die naturwissenschaftlichen Fächer. Sie füllten die Tafeln mit unverständlichen Zeichen und Formeln. Tonia fühlte sich davon angeödet und ausgeschlossen. Dr. Knaupp, der Physiklehrer, war ihr einmal auf die Schliche gekommen. Hatte gemerkt, dass sie in seinem Unterricht einfach abschaltete. Er war an ihr Pult getreten und hatte dabei einen starken Pfefferminzgeruch verströmt, quasi den kühlen Atem der Wissenschaft. »Wenn Sie sich nicht für diese Dinge interessieren«, hatte er sie wissen lassen – und dabei saß ihm anscheinend der Sputnik-Schock im Nacken –, »dann können Ihre Kinder Russisch lernen.«

Tonias Romankonsum trug natürlich auch nicht dazu bei, ihr Männerbild zu verbessern. Sie fand es schwer, fast unmöglich, in der Realität ein Ideal auszumachen. Eigentlich bot sich nur Albert Schweitzer an. Der tat Gutes im fernen Afrika, hätschelte schwarze Babys und spielte obendrein auch noch Orgel. Aber was war das alles gegen einen Rhett Butler aus *Vom Winde verweht*? Der rettete die zickige Scarlet O'Hara samt einer frisch Entbundenen, deren Baby und einem schwarzen Sklavenmädchen aus dem brennenden Atlanta. Dabei trug er eine weiße Hemdbrust und einen großen Hut. Zum Abschied küsste er seelenruhig die O'Hara und ritt zurück, den Flammen entgegen. Wer, unter den Alltagsmännern, konnte da konkurrieren?

Als Tonia an einem sonnigen Maitag, dem Beginn ihrer Pfingstferien, in den VW-Käfer ihres Vaters stieg, war ihr bewusst, dass sie sich ab jetzt in der »Vaterwelt« bewegte. Nach dem Tod des von ihm verehrten Wegbereiters, Georg Götsch, hatte Burkhard Dederichs sich dessen idealistisches Erbe aufgebürdet. Er war angetreten, Götschs Ideen für ein musisch bestimmtes, ganzheitliches Leben zu vermitteln und zu verwirklichen. Und zwar ehrenamtlich und praktisch ohne Mittel. Er hatte eine Gesellschaft für musisches Leben gegründet und war tonangebend beim Ausbau einer alten Burg in Nordhessen zu einer bekannten Stätte musischer Bildung. Diesmal handelte es sich dort, im Vorgebirge der Rhön, um eine musische Woche für Abiturienten und Studenten. Tonia nahm zum ersten Mal teil.

Auf der Fahrt wurde nicht viel gesprochen. An Widersprüchen und Gemütsbewegungen waren weder Vater noch Tochter interessiert. Da passierte es: Das Auto stotterte, ruckelte und blieb stehen. Das könnte jetzt wieder so ein Nervending werden, dachte Tonia, als sie ihren unpraktischen Vater vor der offenen Motorklappe stehen sah. Vorsichtig schlich sie sich heran und wagte einen Blick. Klarer Fall. Der Keilriemen war gerissen.

»Man müsste eine Nadel haben«, sagte er. »Irgendetwas zum Zusammenflicken.«

Da fischte sie schnell aus ihrem Gepäck eine Sicherheitsnadel und eine Haarspange. Sie fügte die Enden des Keilriemens zusammen und die Reise konnte langsam und vorsichtig fortgesetzt werden. Auf einmal herrschte im Auto eine ganz andere Stimmung. Es war jetzt, als wenn zwei verschworene Kumpel sich langsam auf den Musenhof zubewegten.

Beim Eintritt durch das alte steinerne Burgtor hörte Tonia Geigenklänge. Jemand übte gekonnt ein Solostück von Bach, voller schwieriger Arpeggien und Doppelgriffe. Also nicht nur Anfänger, dachte sie beruhigt. Dann ging es gleich zum Abendessen. Sofort war ihr Vater umringt von Leuten, die ihn begrüßten, befragten und willkommen hießen. Er hielt eine kleine launige Begrüßungsrede an alle Teilnehmer und Tonia staunte über seine Ausstrahlung und Autorität. Danach verabschiedete er sich kurz von allen Anwesenden, nickte seiner Tochter zu und fuhr wieder nach Hause.

Jetzt erst hatte ein junger Mann seinen Auftritt. Er eilte erregt an den Tisch der Tagungsleitung und fragte nach Herrn Dederichs. Er habe ihn doch so gerne begrüßen wollen, ihm danken wollen für das wunderbare Angebot dieser Tagung. Vor lauter Üben habe er sich leider verspätet. Tonia schloss daraus, dass die Geigentöne vorhin von ihm stammten, und fand, dass er sich ein bisschen wichtigtat. Da stellte ihn Herr Vandenbrink, Tagungsleiter und Dirigent für Chor und Orchester, der Tischrunde vor: »Ricardo Stumm«, sagte er. »Ein tüchtiger Geiger. Wir werden das Fünfte Brandenburgische mit ihm machen. Uns fehlt nur noch eine begabte Flöte.«

Diese Flöte werde ich sein, dachte Tonia sofort, gab sich aber nicht als Flötistin zu erkennen. Herr Vandenbrink stellte nun auch sie vor: »Herr Dederichs hat uns ein kostbares Pfand dagelassen, nämlich seine Tochter Tonia. Sie wird Ihnen sicher ein paar Fragen beantworten können.«

Ricardos Blick streifte sie neugierig. Er nickte und verzog sich auf den letzten leeren Platz in der Ecke.

Was ist das denn für einer, grübelte Tonia. Eitel,

wendig, begabt und hübsch. Schlank, groß, schwarzhaarig und ein bisschen verrückt. Ganz anders als ihre Brüder. Mit solchen Gedanken betrat sie ihr Zweibettzimmer und traf dort auf ihre Zimmergenossin Annmarei, eine junge Frankfurterin, die mit ihren achtzehn Jahren bereits verlobt und vergeben war.

»Ricaaardo«, sagte sie gedehnt und schüttelte ein bisschen mit dem Kopf, als Tonia die Rede auf ihn brachte. »Der hat mit mir Abi gemacht. Ein schwieriger Fall. Jetzt studiert er Jura. Pass auf! Verlier nicht dein Herz an den. Der probiert es wirklich bei jeder!«

Am nächsten Morgen stand Tonia tatsächlich neben Ricardo am Pult und probte mit dem frisch zusammengesetzten kleinen Orchester den ersten Satz des Fünften Brandenburgischen Konzerts von Bach. Herr Vandenbrink ließ seine jungen Musiker eine Weile spielen, dann klopfte er ab. »Das kann gut werden«, sagte er in seiner gewinnenden Art und alle fühlten sich ein bisschen aufgebaut. Nun schickte er Tonia und Ricardo in den kleinen Rittersaal zur Erarbeitung ihrer Soli.

»Ricardo!«, rief er hinter ihnen her. »Nicht die junge Frau zutexten! Zusammen spielen! Wir haben keine Olympiade!«

Ricardo knallte mit den Hacken und machte eine angedeutete Verbeugung. Er streckte dabei den Arm mit der Violine aus und legte den anderen auf sein Herz. »Stets zu Diensten, Euer Ehren«, sagte er in eilfertiger Manier, zog eine Augenbraue hoch und kräuselte die Lippen. Tonia war amüsiert. Sie mochte das

Freche, den ironischen Unterton. Und sie hatte jetzt eine Vorstellung, wie man am besten mit diesem Ricardo umgehen konnte.

Im kleinen Rittersaal nahmen sich Tonia und Ricardo voller Elan den Bach vor. »Tempo!«, rief Ricardo. »Triller!«, forderte Tonia. Beim Mittagsgong fühlten sie sich so in Fahrt, dass sie die Teilnehmer mit einer kleinen Tischmusik überraschen wollten. Im Gleichschritt ging es über das Kopfsteinpflaster des Burghofs. An Ricardos Seite war es Tonia nicht peinlich, jetzt ungefragt aufzutreten. Er will brillieren, dachte sie. Aber ich auch. Er will Aufmerksamkeit. Und ich auch. Der Erfolg ließ nicht auf sich warten. Unter lautem Beifall für ihre musikalische Einlage nahmen sie ihre Plätze ein.

Jetzt merkte es Tonia zum ersten Mal. Sie konnte nichts essen. Nichts schlucken. Und sie hatte auch überhaupt keinen Hunger. Doch das war alles schnell vergessen, denn das Tagungsprogramm bot weitere Anforderungen und Höhepunkte. Am Nachmittag wurde ein Theaterstück konzipiert. Man einigte sich auf den *Rattenfänger von Hameln*. Er würde magisch auf einer Flöte spielen und die Kinder aus Hameln von ihren Eltern weg in die Ferne locken. Es sollten Verse gefunden werden, Chöre für das bewegte Volk und Bilder für die verführten Kinder. Doch wer würde die Verse machen? Wer konnte dichten?

»Ich!«, rief Tonia. Sie dichtete ja sowieso immerzu. Sofort setzte sie sich an die Arbeit und las noch am gleichen Abend den ersten Akt vor.

Danach folgte eine Chor-Session. »Blattsänger vor«, rief Herr Vandenbrink. Tonia meldete sich und wurde geschickt und strategisch zwischen Anfängern platziert.

Bevor die Teilnehmer an diesem erfüllten Tag zum Tanzen in den großen Rittersaal drängten, trat Ricardo auf sie zu. »Gibt es eigentlich irgendetwas, was du nicht kannst?«, fragte er in einem herausfordernden Ton.

Tonia ließ schnell Täler und Höhen ihres jungen Lebens im Kopf Revue passieren. Ihren Zahlenhorror, die Vorwürfe von Dr. Knaupp, ihre Niederlagen während der Tanzstunde. Auch die Welt der schönen Bücher, der Gedichte … »Ich kann wirklich nicht alles«, sagte sie. Das war, wie sie fand, diplomatisch. Dann reihte sie sich, ein bisschen verwirrt, unter die Tanzenden.

In dieser Nacht bekam Tonia kein Auge zu. Es war, als hätte sie die dreifache Portion eines sehr starken Kaffees getrunken. Sie schwebte irgendwo unter der Decke. Gleichzeitig fühlte sie sich so lebendig wie nie zuvor. In der Morgendämmerung fiel ihr der Titel eines Romans ein, den sie gerade gelesen hatte: *Der Schaum der Tage* von Boris Vian. Als sie aufbrach, um im Freien unter einem strahlend blauen Himmel an einer großen Polonaise teilzunehmen, verwarf sie dieses Lebensgefühl schon wieder. Was heißt hier Schaum, dachte sie. Es ist die glitzernde Gischt darüber!

Nachdem fünf ausgefüllte Tage auf dem Musenhof verstrichen waren, verbreitete sich ein Geheimtipp. Die Sperrstunde und die strenge nächtliche Trennung von Jungen und Mädchen ließ sich austricksen. Es gab einen heimlich beschafften Schlüssel. Der wurde an einer Schnur außen an der dicken Burgmauer herabgelassen. Dort konnte man ihn nach Bedarf holen, aufschließen und wieder hinhängen. Manche streiften in den nächsten Nächten durch die Wälder und andere tanzten sogar im Mondschein auf der Straße. Tonia zögerte noch und dachte dabei an ihren Vater. Als sie jedoch an diesem Abend von Ricardo aufgefordert wurde, mitzukommen, ließ sie alle Bedenken sausen. Sie spürte plötzlich ihren Herzschlag und hatte so ein trockenes Gefühl im Mund, dass sie nur zustimmend zu nicken vermochte. Vor ihrem inneren Auge erschien ein Traumbild, in dem sie und Ricardo Hand in Hand im Mondschein wandelten.

Ricardo hatte versprochen, gegen Mitternacht an der Schnur zu ziehen. Um sicherzugehen, befestigte Tonia am oberen Ende noch eine scheppernde Nagelschere und legte sich mit Kleidern aufs Bett. »Du bist ja total verliebt«, meinte ihre Zimmergenossin Annmarei mahnend und kopfschüttelnd, bevor sie sich umdrehte und einschlief.

Tonia dachte über ihre Worte nach. Verliebt? Sie kannte die Liebe eigentlich nur aus Romanen und Gedichten, zum Beispiel von Theodor Storm:

Sie war doch sonst ein wildes Blut;
Nun geht sie tief in Sinnen,
Trägt in der Hand den Sommerhut
Und duldet still der Sonne Glut
Und weiß nicht, was beginnen.

Quatsch! So waren kleine Mädchen verliebt! Sie doch nicht! Sie fühlte sich auch nicht wie Shakespeares Julia oder wie die raffinierte Scarlet O'Hara. Beunruhigt und aufgewühlt. Das schon.

Irgendwann vor Mitternacht fiel Tonia in einen tiefen Schlaf und wachte erst vom Morgengong wieder auf. Was jetzt? Sie hatte Ricardo versetzt und konnte es nur mit Schläfrigkeit erklären. Wie peinlich! Beim Frühstück fand sie ihn ausgeschlafen und gut gelaunt im Gespräch mit Swantje Bruhns, einer hellblonden Pädagogikstudentin aus Oldenburg. Tonia würde später mit ihm reden, doch der Anblick von Swantje gab ihr einen Stich. War er mit ihr …? Bloß sich jetzt nichts anmerken lassen!

An diesem sechsten Tag tauchte eine neue Dozentin auf. Sie lehrte musikalische Improvisation. Es war die berühmte Geigerin Hertha Valkenburg, die sich seit einigen Jahren ein neues Tätigkeitsfeld erschlossen hatte: das spontane, aus dem Moment geborene Spiel mit Klängen, Geräuschen, Tönen und Rhythmen. Da das alles so neu und ungewöhnlich war, hatte sich nur eine kleine Gruppe im Turmzimmer eingefunden, um mit Hertha zu experimentieren. Ricardo und Tonia waren dabei, die blonde Swantje und der ebenso begabte wie etwas übergewichtige Dietrich Block, ein Mathematikstudent, der jeden Tag im Musenhof bewies, wie ungewöhnlich gut er im Improvisieren war, und zwar auf jedem Tasteninstrument. Er modulierte versiert aus jeder Musik in jede gewünschte Epoche. Man durfte schon fast von einem Genie sprechen.

Bei Hertha Valkenburg musste er das alles erst einmal vergessen. Sie ließ einen »Klangteppich« aus Schlaginstrumenten und Alltagsgegenständen entwickeln. Dann legte sie sich ein kleines orientalisches Streichinstrument in die Armbeuge und spielte eine wilde, heftige Melodie über den schwebenden Rhythmen. Es klang wie auf einem marokkanischen Markt, wie aus *Aladins Wunderlampe*. Nun lächelte sie die noch unbeschäftigten Spieler der Reihe nach an und forderte sie wortlos auf, einzustimmen. Zaghaft ließ sich Swantje mit einer zarten Flötenmelodie hören. Hertha nickte erfreut und zeigte dabei ihr großes Gebiss mit den gelben Zähnen. Tonia beschäftigte sich mit Trömmelchen, Ricardo hatte die Geige am Kinn. Er stimmte ein, und zwar ebenso wild und ebenso fantasievoll wie die betagte Geigerin. Sie wollten gar nicht wieder aufhören. Ricardo hatte seine Meisterin gefunden.

Am Abend dieses Tages gab es eine zusätzliche »Session« mit Hertha Valkenburg, die sich mit Ricardo so in Rage hinein improvisierte, dass das Ende der Veranstaltung offen schien. Sie könne, so hatte sie zuvor verlauten lassen, einem Menschen am Profil ansehen, wie improvisationsfähig er sei. Tonia und Dietrich Block verließen irgendwann den Raum, erfüllt von schlechter Laune. »Profil!«, rief Dietrich. »Wenn ich so was schon höre! Das ist musischer Faschismus!«

Tonia verzog sich an diesem Abend früh ins Bett und ließ die Gedanken kreisen. Sie bekam keine Ordnung hinein. Wieder suchte sie Trost bei einem Gedicht. Diesmal bei einem Minnesänger:

Ich zog mir einen Falken,
mere danne ein Jahr,
do ich ihn gezammete,
als ich ihn wollte han,
er huob sich auf viel hohe,
flog in ein anderes Land.

Und wieder musste Tonia eine Dichtung, die sie sehr liebte, für sich zurückweisen, weil sie so gar nicht zu ihrer Situation passte. Es war ja nicht sie, die sich einen Falken gezogen hatte, sondern die Alte. Die Geigerin mit den gelben Zähnen und dem musikalischen Magnetismus.

Am Morgen des siebten Tages hatte Tonia sehr hohes Fieber. Zum ersten Mal in ihrem Leben war es Fieber ohne Erkältung, ohne eine Spur von grippalem Infekt. Sie entschuldigte sich für diesen Tag und für alle Aufgaben, die sie übernommen hatte. Die Verse für das Theaterspiel waren zum Glück fertig. Die Soli im Brandenburgischen gut geübt. Und der

Chor konnte inzwischen alles auswendig. Übermorgen zum Abschlussfest wollte sie unbedingt wieder dabei sein.

Mittags betrat Frau Vandenbrink mit einem Tablett und einer besorgten Miene den Schlafraum. Sie war ganz in ihrer Rolle. Schließlich war sie extra zur Betreuung der jungen Menschen, die ihr Mann dirigierte, mitgereist. »Kindchen«, sagte sie zu Tonias Verwunderung, »Sie haben sich verliebt und Sie beide sind auch ein hübsches Paar und so geht es ja vielen in Ihrem Alter. Aber ob es immer der Richtige ist, in den man sich verguckt hat, das ist ein anderes Kapitel.« Dann fühlte sie Tonias Stirn. »Und warum haben Sie nun dieses starke Fieber entwickelt?«, wollte die gütige Dame noch wissen.

Tonia zögerte. Sie konnte ihr doch wirklich nicht erzählen, dass sie ihren Mondspaziergang verpennt hatte, dass Hertha Valkenberg für Ricardo faszinierender war als sie selbst, dass er vielleicht mit Swantje ... Da nahm sie wieder einmal ein Gedicht zu Hilfe. Und dieses, von Heinrich Heine, passte genauso schlecht zu ihrer Situation wie die anderen: »... *und mein Stamm sind jene Asra*«, flüsterte Tonia, »*welche sterben, wenn sie lieben.*«

Nun gab es Bewegung im rundlichen Gesicht der Frau Vandenbrink. Sie hob die Augenbrauen und bekam erst einmal überhaupt keine Luft. »Kind Gottes in der Hutschachtel«, rief sie. »Das ist doch nun wirklich übertrieben! Was soll ich denn Ihrem Vater sagen, wenn er Sie abholt?«

»Bitte gar nichts«, sagte Tonia matt. »Zu meinem Vater bitte kein Wort!« Und schon sank sie wieder heiß und fiebrig in ihr Kissen.

Am Nachmittag klopfte es erneut an ihrer Tür. Herein schritt Ricardo.

»Das ist ein Mädchenflur«, rief Annmarei sofort, aber Ricardo ließ sich nicht beirren. »Ich komme als Delegation«, sagte er frech. Da verschwand die Zimmermitbewohnerin schnell in den Flur.

Nun saß also wirklich Ricardo auf Tonias Bettkante. Er dämpfte seine Stimme und blickte ganz lieb und rücksichtsvoll. Schauspieler!, dachte Tonia aufgebracht.

»Sprich normal!«, sagte sie. »Das ist hier kein Begräbnis!«

Da verwandelte er sich in Sekundenschnelle wieder in den geschmeidigen jungen Mann. Seine Botschaft: Hertha wolle eine dauerhaft bestehende Improvisationsgruppe gründen und Tonia möge bitte teilnehmen. Er selbst würde mitmachen, auch Swantje und sogar der stämmige Dietrich. Im nächsten Jahr würden sie dann bei einem internationalen Fest der Jugend in Berlin auftreten. Tonia erbat sich Bedenkzeit. Das Fieber!

»Ich wollte dich auch immer schon fragen«, sagte Ricardo, »wie es so ist, in einer musischen Familie aufzuwachsen.«

Das wollte er sie fragen? Tonia wurde jetzt richtig wütend. Familienszenen blitzten vor ihr auf. Der wunderbare Idealismus, der so gar nichts einbrachte, der chronische Geldmangel, die Tränen ihrer Mutter ... Und dieser privilegierte Jurastudent wollte unbedingt musisch werden. Schnell verabschiedete sie ihren Besuch. Was konnte sie schon erzählen?

Am neunten Tag fühlte Tonia sich wieder gesund genug, um das anstrengende Schlussprogramm der Tagung mitzugestalten. Der Rittersaal hatte sich mit Besuchern gefüllt, bestehend aus Honoratioren, Nachbarn und Eltern. Man kam kaum zur Besinnung: Tanzen, Spielen, Singen, Improvisieren, alles begleitet von viel Beifall und Wohlwollen.

Später am Tag trat Hertha Valkenberg auf Tonia zu. Würde ihr »Herr Vater« seitens des Vorstands wohl zustimmen, dass sich die Improvisationsgruppe auf dem Musenhof etabliert? Man könne die Räume nutzen und sie könne ihr Zimmer behalten. Ach so, dachte Tonia. Wieder eine Musische, die nicht genug verdient ... Und war sie, Tonia, überhaupt persönlich gemeint, wenn es um die Teilnahme ging?

Am zehnten Tag stieg Tonia, etwas blasser und dünner als auf der Hinfahrt, wieder in den braunen VW-Käfer ihres Vaters. Es ging heimwärts. Am Burgtor standen heftig winkend Hertha und Ricardo. Tonia winkte zurück und wusste in diesem Moment, dass sie zusagen würde und dass das eigentlich keine gute Entscheidung war. Diese beiden, die sie da durch das Rückfenster entschwinden sah, würden ihr bestimmt noch manchen Kummer bereiten.

Schlag nach bei Simone!

Tonias zweites Semester an der Pädagogischen Hochschule in Göttingen begann mit einem Buchdiebstahl. Es geschah nachmittags, kurz nach fünf Uhr. Im Raum befanden sich zunächst nur vier weibliche Wesen: Zwei über ihre Bücher gebeugte Studentinnen, die Dame von der Aufsicht und Tonia, die suchend und mit gedämpften Schritten an den Regalen entlangstrich. Da wurde es plötzlich laut. Dr. Oberhelder, der junge, umschwärmte Philosophiedozent, betrat den Raum, unter Missachtung aller Ruheregeln.

»Wer hat das Buch von der Beauvoir angeschafft?« Dabei zeigte er mit der Hand in die Ecke, wo in einem Glasschrank die Neuanschaffungen ausgestellt waren.

»Das geschah auf Wunsch von Frau Professor Andersson.« Frau Trost antwortete leise und bestimmt. Gleichzeitig ordnete sie gelassen den Tisch der Bücherausgabe.

»Hätte ich mir denken können«, tönte Oberhelder so laut und so raumgreifend, dass nun alle Aufmerksamkeit ihm gehörte. Dann fiel ihm noch etwas ein. Er senkte den Kopf und flüsterte Frau Trost ins Ohr: »Meinen Segen hat sie nicht! Sie wissen ja wahrscheinlich, was das Buch damals für einen Wirbel ausgelöst hat. Als es erschien, haben Frauen die Seminare an der Sorbonne gesprengt. Die halbe Universität war auf den Beinen. Mit solchen Werken tun wir unseren jungen Damen hier keinen Gefallen.«

»Ist mir bekannt. Das Buch ist ja auch noch nicht eingestellt.« Frau Trost klimperte mit dem Schlüsselbund. Für sie war jetzt gleich Dienstschluss.

Tonia hatte alles erlauscht und war jetzt hellwach. Dieses Buch wollte sie unbedingt lesen!

Als sich der Raum geleert hatte und nur noch die Handtasche der Aufsicht verriet, dass gleich Schluss sein würde, sauste sie zu dem Glaskasten mit den Neuerwerbungen. Da lag es. Das verheißungsvollste Werk, das sie bisher hier gesehen hatte: Simone de Beauvoir: *Das andere Geschlecht, Sitte und Sexus der Frau.*

Jetzt ging alles ganz schnell. Der Glasschrank ließ sich problemlos öffnen, das Buch greifen und durch ein gekipptes Fenster in die Grünanlage werfen. Locker und zu ihrem Erstaunen ganz ohne Skrupel verließ Tonia den Raum. Im Türrahmen begegnete sie Frau Trost, die nur noch schnell das Licht ausmachte und abschloss. Das Buch hing unbeschädigt in einem Busch.

Noch am gleichen Abend vertiefte sich Tonia in den Text. Allein die Überschriften! Sie hatte den Eindruck, dass ihr dieses Werk viele der brennenden Fragen beantworten würde, die sie schon lange umtrieben. Warum hieß es zum Beispiel »mankind«, wenn die ganze Menschheit gemeint war. Auch »l'homme« war der Mensch schlechthin. »Er« verkörperte das Subjekt, das Absolute. »Sie« hingegen etwas Anderes, Zweites, das gar nicht speziell benannt wurde. Je mehr sich Tonia mit den wortreichen und unwiderlegbaren Argumenten der Beauvoir auseinandersetzte, um so wütender und frustrierter wurde sie. Mit Interesse und Schmerz zugleich folgte sie ihrem neuen Idol über viele Buchseiten bei der Klärung der Frage, wie es zur Unterwerfung der Frau hatte kommen können: In der Geschichte, der Biologie, der Gesellschaft, in der Kirche, bei Sigmund Freud, bei Karl Marx, in Mythen, in Märchen und in der Literatur. Und von nun an blieb es nicht aus, dass sie ihren Beauvoir-geschärften Blick auf die sie umgebende Welt richtete.

Gleich in der ersten Semesterwoche machte sie ein paar interessante Beobachtungen: Ein Aushang am Schwarzen Brett richtete sich an »kreative Menschen zwecks Gründung einer Theatergruppe«. Tonia fühlte sich angesprochen. In der Aula stieß sie dann auf eine seltsame Schar. Ein dünner, blonder Student mit Regie-Ambitionen testete etwa zwanzig junge Frauen, ob sie seinen künstlerischen Ansprüchen genügen würden. Sein »Assistent« verfolgte die Textgenauigkeit in einer alten Kladde. Nach jedem Vorsprechen steckten die beiden jungen Männer die Köpfe zusammen. Sie hatten anscheinend noch nicht die richtige Smeraldina für Goldonis *Diener zweier Herren* gefunden. »Leider nein!«, riefen sie. Oder: »Das geht wirklich gar nicht! Sorry!«

Tonia kam ins Grübeln. Ging es hier um das Thema Unterwerfung der Frau? Eigentlich ja eher um Spiel, um Freizeitspaß. Unmissverständlich aber auch um Zweitrangigkeit von Frauen. Die hatten hier nichts zu melden beziehungsweise mitzugestalten. Sie bildeten über achtzig Prozent der Studentenschaft an dieser Hochschule und wer dominierte? Und wie musste man sein, um hier eine Rolle zu bekommen? Beim Hinausgehen hörte sie tatsächlich noch ein Lob: »Genau! So kess musst du die Rolle anlegen!« Jedoch war sie da schon entschlossen, lieber etwas mit Musik zu machen.

Am Wochenende begab sie sich mit leichtem Gepäck und Flöte zu einer Freizeit des Universitätsorchesters. Dort probte man die *Symphonie mit dem Paukenschlag* von Joseph Haydn. Es herrschte ein zackiger Arbeitsstil und an den Instrumenten saßen überwiegend Männer. Der junge Dirigent fuchtelte auffallend viel mit dem Taktstock herum und klopfte bei jeder Gelegenheit nervös ab. Es kam nicht so richtig zum Klingen, trotzdem schien er es zu genießen. Zögernd hatte er Tonia die Stimme der »zweiten

Flöte« herausgesucht und dabei bedenklich die Stirn in Falten gelegt. – Ganz hinten im Saal saß ein hübsches blondes Mädchen, das einfach nur zuhörte. Tonia traf sie später im Vorraum der Toilette. Sie schminkte sich, toupierte die Haare und beschwerte sich über das kalte Wasser im Freizeitheim. Da hatten sie ein gemeinsames Thema. Yvette, wie die Schöne hieß, war die Begleitung des Dirigenten. Er habe darauf bestanden, dass sie mitkommt. Als seine Muse.

Muse? Die Rollen von Yvette und ihrem Dirigenten und auch die des selbst ernannten Theaterregisseurs, der aus der Situation, Frauen bewerten zu dürfen, Macht und Großartigkeit für sich zu gewinnen schien, wollte Tonia gerne besser verstehen und fand in ihrem neuen Buch frappierende Erklärungen.

Die Muse sei wie ein Spiegel, schrieb die Beauvoir, in dem der männliche Narziss sich bewundern könne. Sie sei das Andere, das weder begrenze noch verneine. Das Andere, das sich annektieren lasse und doch das Andere bleibe. Und dadurch sei sie unerlässlich für das Glück des Mannes und seinen Triumph. Wenn sie nicht schon existierte, hätten die Männer sie immer wieder erfinden müssen.

Ach, Simone, wie konnte man aus diesem Spiel denn jemals herausfinden, dachte Tonia bedrückt. Was würde passieren, wenn sie sich einfallen ließe, zu dirigieren oder Regie zu führen? In wem könnte sie sich spiegeln?

Leider war Simones Buch in diesem Punkt nicht ermutigend. Im Gegenteil! Die Vorstellung der Welt als Welt, teilte sie mit, sei ein Produkt der Männer. Und diese würden sie seit Jahrtausenden von ihrem Standpunkt aus bewerten, den sie leider mit der absoluten Wahrheit verwechselten.

Wenn die Frau jetzt an der Gestaltung der Welt teilzunehmen beginne, begebe sie sich unweigerlich in die Hände der bisherigen »Lehnsherren«.

Und jetzt? Tonia sah ihre Zukunft plötzlich nur noch als schmalen Pfad, der durch eingeengtes Gelände führte. Sie hätte jetzt jemanden zum Mutmachen gebraucht.

Am Morgen nach dem erkenntnisreichen Wochenende besuchte Tonia zum ersten Mal die Psychologievorlesung von Frau Professor Andersson. Vor der Aula traf sie auf Cleo Umbach, eine frühere Klassenkameradin und jetzige Kommilitonin. Sie war wieder einmal bester Laune und voller Pläne und Ideen. Sie rauchte Kette, als sei das Nikotin der Stoff, um Lebensträume auf den Weg zu bringen. Cleo hatte in den ersten Jahren am Gymnasium ein so breites Kasseländisch gesprochen, dass sie belacht und nachgeäfft wurde. Dann hatte sie es geschafft. Beim Abitur drückte sie sich bereits in schönstem Hochdeutsch aus, erkor Thomas Mann zu ihrem Lieblingsautor und quälte den Deutschlehrer mit präzisen Fragen zum *Zauberberg*. Cleo strebte nach »oben«, was auch immer das bedeutete. Sie schien eine ganz klare Vorstellung davon zu haben.

Tonia war immer ein kleines bisschen neidisch

und gleichzeitig perplex, wenn sie mit Cleo sprach. In ihrer Familie wollte niemand nach »oben«, man war ja schon »musisch«, entwickelte sich idealerweise in konzentrischen Kreisen und verachtete zudem Reichtum und den schnöden Konsum. Cleo konnte nicht fassen, dass es bei Tonia zu Hause weder Kühlschrank noch Fernsehgerät gab. Umso interessanter war ihr gegenseitiger Austausch. Cleo verriet, dass sie mit Herrn Leander, der gerade in Jura promoviere, gut vorankomme. »Du weißt ja«, sagte sie augenzwinkernd, »im dritten Semester muss man seinen Doktor haben, oder man muss ihn selber machen.« Dann fragte sie: »Wie steht's eigentlich mit deinem Freund, diesem Ricardo?«

Tonia fühlte sich ertappt. Sie wusste es ja selbst nicht. Insgeheim nannte sie ihn ihren Deus ex Machina, denn er tauchte manchmal unangemeldet auf, blieb ein paar Stunden und verschwand wieder. Zwischendurch verfasste er lange, engagierte, flüssig geschriebene Briefe, deren Inhalt leider überhaupt nichts mit ihr zu tun hatte.

»Das ist doch keine Beziehung!«, rief Cleo kopfschüttelnd. »Wenn man einen Freund hat, spaziert man Hand in Hand um das Gänseliesel auf dem Marktplatz, damit es jeder sieht. Es muss einem doch auch was bringen!«

Die so praktisch und real urteilende Cleo hatte bei Tonia einen wunden Punkt getroffen. Ja, dachte sie, Schluss machen! Dieses Hangen und Bangen rund um Ricardo muss ein Ende haben!

Frau Professor Andersson las zum Thema »Soziale Herkunft und Erziehungsstil«. Das passte jedoch so gar nicht zu Tonias gegenwärtiger Interessenlage, denn die Situation der Frau wurde mit keinem Wort berührt. Da entwarf sie lieber einen Abschiedsbrief an Ricardo. Sie schrieb, dass sie zu oft und zu lange auf ihn habe warten müssen, dass sie sich in ihrer Beziehung nicht weiterentwickeln könne und dass er sie eigentlich gar nicht richtig kenne …

Ricardos Brief folgte postwendend. Er sei fassungslos, schrieb er. Nach wie vor nehme sie in seinem Herzen den ersten Platz ein. Und eins sei sowieso klar: An den ersten Mann im Leben bleibe eine Frau für immer gebunden …

Wie gut, dass Simone genau dieser Frage mehrere Seiten widmete. Tonia hatte hinter Ricardos Worten bereits einen »Mythos« gewittert und wurde nun bestätigt: Einer der Träume des Mannwesens sei es, schrieb Frau Beauvoir, die Frau in der Weise zu »zeichnen«, dass sie für immer die Seine bleibe. Doch selbst der »Anmaßlichste« wüsste im Grunde sehr wohl, dass er ihr niemals mehr als Erinnerungen zurücklasse.

Nach der Trennung von ihrem Freund fühlte sich Tonia zu ihrem eigenen Erstaunen nicht leicht und befreit, sondern leer, traurig und verlassen. Sollte sie jetzt vielleicht Cleo nacheifern? Sich bei höheren Semestern an der Uni umsehen? Sie stieß in Simones klugem Buch auf einen Satz, der sie in dieser Frage zusätzlich verunsicherte: Wenn die Frauen sich weigern, das Andere zu sein, »verzichten sie auf alle Vorteile der Verbindung mit der herrschenden Kaste«.

Also eine unentrinnbare Falle? Nicht für mich!, dachte Tonia, wusste aber noch nicht genau, wie sie ihr entgehen konnte.

Am Wochenende trampte sie nach Hause, um in der Familie Wärme und Trost zu finden. Als ihr erster »Chauffeur« an diesem Samstag entpuppte sich ein übergewichtiger Forstbesitzer in grünem Loden, der vom Handel mit Weihnachtsbäumen lebte. Tonia, die bei ihren Tramptouren vorsichtshalber immer tugendhaft wirkende Studienfächer angab, hatte sich heute für »Theologie« entschieden. Das führte zunächst zu einer lebhaften Diskussion über Gott, die Welt, die Weihnachtszeit, das Weihnachtsbaumgeschäft. Und dann landete die große Pranke des Fahrers doch auf Tonias Knie. Du triebgesteuerter Fettwanst!, dachte sie und blieb nach außen dennoch kühl und freundlich. Sie liebte das Risiko dieser Fahrten und war immer ein bisschen stolz, jede brenzlige Situation nach ihrem Willen steuern zu können. An der ersten Straßenbahnhaltestelle ihrer Heimatstadt gab sie dem freundlichen Dicken noch schnell eine falsche Telefonnummer und entschwand heimwärts.

Zu Hause herrschte reger Betrieb. Tonias Brüdern war es gelungen, zwei uralte DKWs zu einem funktionierenden zusammenzuschrauben. Heute stand die erste Ausfahrt mit ihren Freundinnen auf dem

Programm. Die schönen langbeinigen Geschöpfe, eine blond und eine dunkel, saßen bereits am Kaffeetisch und verbreiteten eine ausgelassene Stimmung. Tonia staunte über die begeisterten Blicke, die sie ihren Brüdern zuwarfen, die hin- und hergehenden Schmeicheleien und den ganzen erotischen Zirkus, den die vier veranstalteten.

Da bin ich draußen, dachte sie plötzlich erschrocken. So könnte ich mit dem anderen Geschlecht ja gar nicht mehr umgehen! Ihre neue Beauvoir-basierte Weltsicht lastete schwer auf ihren Schultern und auf ihrem Gemüt. Als der DKW endlich losknatterte, verzog sich Tonia in ihr altes Kinderzimmer und vergoss ein paar dicke Tränen.

Dann nahm sie sich doch wieder Simones Werk vor und las zum wiederholten Mal das Kapitel »Liebe«: Alles verführe die Frau dazu, den bequemsten Weg zu wählen, schrieb die Autorin. Statt sie dazu zu ermuntern, um sich selbst zu kämpfen, sage man ihr, dass sie nur um sich werben zu lassen brauche, um in ein herrliches Paradies zu gelangen … Jetzt betrat Tonias Mutter den Raum und es musste eine Erklärung für die rot geweinten Augen der Tochter gefunden werden. Es liege an Ricardo, an der Trennung von ihm, gab Tonia schnell vor. Das schien momentan das Plausibelste.

»Wie schade«, rief da ihre Mutter. »Ich hatte mich schon so auf schwarzhaarige Enkelkinder gefreut!«

Ihre für dieses Thema wenig aufgeschlossene Tochter Tonia spürte plötzlich den enormen Erwartungsdruck, der auf sie, auf alle Frauen seitens der Familien, der Generationen, der Gesellschaft ausgeübt wurde.

»Meinst du, ich will so ein Leben haben wie du?«, rief sie aufgebracht. »Die Kinder, das Haus, den Garten und einen Ehemann, der regelmäßig herumbrüllt!« Sie wusste, dass sie gerade ein bisschen ungerecht war. Ihre Mutter war keine pingelige Hausfrau. Sie lebte vor allem für die Musik, liebte ihren Chor und das Musizieren mit anderen.

»Ach Kind«, sagte sie, »es geht ja auch um das Miteinander in der Familie. Um das Schöne. Willst du das alles zerstören?«

Ich konnte mich überhaupt nicht verständlich machen, grübelte Tonia auf dem Rückweg nach Göttingen. In der Straßenbahn traf sie eine Nachbarin ihrer Mutter, »Frau Müllerchen«, wie diese ihrer Naivität und Kindlichkeit wegen immer nachsichtig genannt wurde. Ihr Gatte, der »große Herr Müller«, spielte eine wichtige Rolle im Kasseler Kulturleben. Und Frau Müller führte Tonia nun gleich wieder auf die richtige Denkspur. Ihr Mann sei auf Dienstreise, erzählte die Gattin, und da habe sie gestern sechs Stunden an seinem Schreibtisch gesessen und mal richtig gründlich »Goethe« gearbeitet.

Dir hat Simone einen ganzen Abschnitt gewidmet, dachte Tonia. Als »Müllerchen« ausstieg, las sie unter der Überschrift »SIE IST ER« folgende Sätze:

Die Frau versucht, mit seinen Augen zu sehen. Sie

liest die Bücher, die er liest, schätzt die Gemälde und die Musik, die er schätzt, sie interessiert sich nur für die Landschaften, die sie mit ihm sieht, für die Ideen, die von ihm stammen.

Dass sie sein Prestige teile und mit ihm über die übrige Welt herrsche, sei jedoch selten von Dauer, warnt Simone, denn schließlich sei kein Mann ein Gott.

Tonia beschloss sogleich, niemals in eine solche Rolle zu schlüpfen. Für Frau Müllers Entwicklung sah sie allerdings schwarz.

An der Autobahnauffahrt hatte sie sofort Glück. Es hielt ein großer grün-silbern glänzender Chevrolet mit ausländischem Kennzeichen. Der Fahrer öffnete höflich die Beifahrertür. »Lift wohin?«, fragte er, nickte dann zustimmend und brauste los. Er war jung, schwarzhaarig und elegant gekleidet. Seine Heimat war Caracas in Venezuela. Die Unterhaltung, halb Englisch, halb Deutsch, wurde immer lebhafter und lustiger. Tonia genoss das lebendige Gespräch, ohne Vorgeschichte, ohne Alltagslasten. Ihr Chauffeur war anscheinend im Ölgeschäft und bereiste Deutschland im Auftrag seiner Company.

Er steuerte seinen Chevrolet mit erstaunlicher Geschwindigkeit. Schneller als gedacht würden sie gleich in Göttingen sein. »Übernächste Abfahrt«, sagte Tonia. Doch da hatte er bereits die nächste genommen, fuhr ein Stück Bundesstraße und dann direkt in den Wald. Sie witterte die Gefahr, sprang schnell aus dem Wagen und rannte zwischen Bäumen zurück zur Straße. Ihre Tasche lag noch im Chevrolet, aber das konnte sie verkraften. Jetzt wurde hinter ihr scharf gebremst. Der Venezolaner hatte das Fenster geöffnet und schrie sie wütend an: »Was bist du? Ein Hur oder ein Heilig?«

»Ein Heilig!«, rief Tonia ebenso wütend zurück.

Da öffnete er kurz die Tür, warf ihre Tasche auf den Waldboden und rauschte davon.

Tonia schüttelte sich. Warum hatte sie ihr guter Instinkt verlassen? Sie war ja viel zu nett gewesen! Konnte sie wirklich davon ausgehen, dass es einfach nur normal und unschuldig wirkt, wenn eine Tramperin und ein Ausländer sich etwas über ihre Heimatländer erzählen? Und da war noch etwas, was sie benebelt haben musste: Der Duft der großen weiten Welt.

Wieso hatte dieser Typ eigentlich von Hur und Heilig gesprochen? Diesem Begriffspaar hatte ja auch Simone de Beauvoir längere Abschnitte gewidmet. Handelte es sich um so etwas wie »Weltwissen«, mit Gültigkeit bis ins ferne Mittelamerika, dass nämlich eine Frau in den Augen der Männer nur das eine oder das andere sein konnte?

Auch nach diesem Schreckenstag hatte Tonia das Bedürfnis, bei Simone nachzuschlagen. Wieder einmal, schreibt die Autorin, habe man es hier mit einem verbreiteten Mythos zu tun. Der Mann lege in das weibliche Wesen das, was er fürchte und wünsche, was er liebe und hasse. Weil er in ihr Alles finden wolle, sei sie, die Andere, Ziel seiner Projektionen. Dabei bediene er sich fertiger Bilder und Symbole aus dem kollektiven Unbewussten. Mit Wahrheit habe das nichts zu tun. Auch nichts mit dem konkreten Erleben der Frau.

Tonia bedankte sich still für diese Worte. Nun ging es ihr schon etwas besser.

An diesem Abend zog sie ein Resümee. Sie war durch Simones Buch aufgeklärter und wissender geworden. Sie hatte eine Idee davon bekommen, wie Männer und Frauen ticken, wie die Welt tickt. Aber bedeutete das Glück? Nein, wirklich nicht! Sie konnte sich mit ihren Gedanken, ihrem Wissen, das total quer zum Mainstream lag, ja kaum verständlich machen. Sie war einsamer geworden, zynischer und misstrauischer. Hinzu kam, dass Simone de Beauvoir über sechshundert Seiten Analyse bot, jedoch nur wenige Hinweise, wie die Frau ihren Pfad aus der Abhängigkeit in die Unabhängigkeit finden könnte. Begriffe des Glücks spielten hierbei keine Rolle, teilte die Autorin mit, wohl aber Begriffe der Freiheit.

Ein paar Wegweiser für sich selbst, für die Zukunft der Frauen fand Tonia dann doch: Die Menschheit sei mehr als eine Gattung, schrieb Simone. Sie sei ein geschichtliches Werden, in dem sich die Frau wandeln werde, wie die Geschichte selbst. Sie trage kein unabwendbares Schicksal, müsse sich aber nun häuten und ihre eigenen Kleider zurechtschneidern. Die moderne Frau werde eben erst geboren.

Tonia blickte auf die Verlagshinweise. Dieses Buch war 1949 in Paris erschienen! Seit über zehn Jahren also war Simones Aufforderung an die Frauen, sich »neue Kleider« zu schneidern, schon auf dem Markt. Und? Hatte die Geburt der modernen Frau überhaupt schon angefangen? Immerhin hatte Frau Professor Andersson Simones Buch für die Hochschulbibliothek angeschafft. Dozent Oberhelder jedoch hätte es am liebsten wieder verschwinden lassen. Tonia hatte es geklaut und so wahrscheinlich gerettet. Seit sie es las, wusste sie nun, wie sie in der Welt positioniert war. Wovor sie sich hüten und worum sie kämpfen musste.

Die Anregung, die eigenen Kleider zu schneidern, nahm Tonia zunächst einmal ganz wörtlich. Zum Hochschulkarneval nähte sie sich ein rasantes Kostüm. Es stellte die »Lustige Witwe« dar. Sie verpasste einem eng anliegenden schwarzen Satinunterrock einen tiefen Rückenausschnitt, dekoriert mit weißen Spitzen am Saum. Spitzenhandschuhe und ein großer Hut mit blickdichtem schwarzem Schleier vervollständigten das Ensemble.

Als sie die geschmückte Halle betrat, merkte sie, dass ihre Erscheinung Aufsehen erregte und die Anwesenden zugleich auf Distanz hielt. Sie bewegte sich solo auf die Tanzfläche und spielte ein wenig die Figur, die sie darstellte: In Trauer, aber sexy. Da löste sich plötzlich Herr Oberhelder aus der Menge, führte sie zum Tanz und ließ sie nicht mehr los. Tonia blieb bei ihrer Pantomime und bewahrte ihr Geheimnis. Am Ende des Abends küsste er ihre spitzenbedeckte Hand und schlug einen Ortswechsel vor. Jetzt bekam sie Panik. Sie nutzte die nächste Gelegenheit, um durch den Fahrradkeller zu verschwinden. Oberhelder würde sie bald in Philosophie prüfen und Tonia wollte dann durch ihr Wissen glänzen. Durch sonst nichts.

Während sie mit dem Fahrrad durch die Dunkelheit floh, gingen ihr ein paar Gedanken durch den Kopf. Ausgerechnet der Oberhelder! Der hätte sich normalerweise nicht nach ihr umgedreht. Und was hat er von ihr gesehen? Ihren Rücken, ihre Figur unter schwarzem Satingewebe.

Mehr braucht man anscheinend nicht zu zeigen, um auf Männer attraktiv zu wirken, dachte Tonia. In was für einer seltsamen Welt sie doch lebte!

Kleine Fluchten, große Fluchten

Beglückend, bedeutsam und gerne auch herausfordernd. So hatte sich Tonia ihr Leben immer vorgestellt. Als sie 1964 ein Schreiben des Landes Niedersachsen erhielt, mit der Aufforderung, sich um eine Stelle im Schuldienst zu bewerben, fühlte sie sich von der Realität fast erschlagen. Besonders entmutigend empfand sie die Zeilen, dass unverheiratete Lehrkräfte keinen Anspruch auf eine Anstellung in Städten oder stadtnahen Gebieten hätten. Das hieß Landschule und Landleben. Gerüchte, dass genau das passieren würde, hatte es an der Hochschule ja auch genug gegeben. »Aurich ist schaurig«, flüsterten sich die Studierenden zu und vor Tonias Augen hatte sich dann immer eine Welt voller Kühe aufgetan, eine Minischule in einem reetgedeckten Backsteingebäude, Kartenspiel mit dem Landarzt oder dem Pfarrer als Höhepunkt der Kommunikation …

Kurz, sie beachtete dieses Schreiben einfach gar nicht und beschäftigte sich stattdessen mit Alternativen der Lebensgestaltung. Ihren Lebensunterhalt deckte sie in den nächsten Monaten, indem sie an einer Schule aushalf und Flötenkinder unterrichtete.

Dieser Fluchtversuch hätte sie fast bis nach Amerika getragen. Sie hatte Kontakt zum Deutsch-Amerikanischen Freundschaftsclub in Kassel aufgenommen, der hin und wieder Stipendien für Collegeaufenthalte in den USA vergab. Das ist es!, hatte Tonia gedacht und nun versucht, Schritt für Schritt allen damit verbundenen Anforderungen zu genügen. Sie verschaffte sich Referenzen von früheren Professoren, bewarb sich bei einer amerikanischen Organisation und bereitete für die nächste Clubsitzung eine kleine Rede in Englisch vor. Als alles erfolgreich absolviert war, erhielt sie eine bittere, schwer zu verschmerzende Absage. Der Grund war einzig und allein, dass sie das Normalter amerikanischer Collegestudenten bereits überschritten hatte.

Zu alt also? Zum ersten Mal dämmerte es Tonia, dass das Leben unaufhaltsam fortschreitet, dass sich Zeitfenster öffnen und schließen und dass man dranbleiben muss, wenn man etwas erreichen will. Amerika, so war ihre Hoffnung gewesen, hätte eine Atempause bedeutet, um sich neu zu erfinden und zu erproben. Nun fiel ihr alles wieder auf die Füße. Quälende Gedanken wegen vorzeitiger Festlegung und Begrenzung, unfertiger Lebensplanung und Lebenssicherung, Auseinandersetzung mit »Blütenträumen«, die nicht gereift waren, zum Beispiel etwas mit Theater? Mit Sprache? Mit Literatur? Und immer wieder die innere Beschäftigung mit den Thesen von Simone de Beauvoir: die moderne Frau, die angeblich gerade erst geboren wird, sich nun häuten und ihre eigenen Kleider zurechtschneidern muss. Wie schwer war das doch alles im eigenen Leben umzusetzen!

Es gab Fesseln, unsichtbare, verinnerlichte, die Tonia nicht so leicht abzustreifen vermochte. Die musischen Ideale ihrer Eltern hatten ihren bisherigen Lebensweg vorgezeichnet. Sie sei praktisch mit der Blockflöte im Mund auf die Welt gekommen, gab sie gerne ironisch zum Besten. Und letztlich lagen ihre Fähigkeiten durchaus im musischen Bereich. Tonia konnte singen, musizieren, dichten … Aber zufrieden machte sie das alles nicht. Sie brauchte größere Herausforderungen. Wo sollte sie suchen?

Tonias Freundin Cleo war nach dem Studium tatsächlich in einer Landschule gelandet, die allen negativen Klischees dieser Orte voll entsprach. Da hatte sie sich schnell zur Ehe mit ihrem inzwischen promovierten Herrn Leander entschlossen und erwartete ihr erstes Kind. Kein Modell für Tonia!

Von ihrer Schulfreundin Raissi hörte sie, dass diese ihr Medizinstudium fast beendet hatte. Schneller ging es wirklich nicht. Doch wer konnte sich schon mit Raissi messen?

Blieb noch ihre Freundin Bylla. Die hatte erst im Teenageralter angefangen, Geigenunterricht zu nehmen, und so gute Fortschritte gemacht, dass sie nach dem Abitur die Aufnahmeprüfung für die Frankfurter Musikhochschule geschafft hatte. Sie lieferte seitdem die beneidenswertesten Berichte und Anekdoten aus dem Hochschulleben. Von schrägen Klavierpädagoginnen, eitlen Tenören und schrulligen Stimmbildnerinnen.

Tonia war von Byllas Erzählungen so fasziniert, dass sie einen Umzug nach Frankfurt und ein Studium an der Musikhochschule ernsthaft in Erwägung zog. Dabei spielte die Vorstellung einer pochenden Großstadt, von Aufführungen moderner Theaterstücke und von bravourösen Konzerten eine nicht unerhebliche Rolle. – Sie könnte dort ein Flötenstudium aufnehmen, Künstlerin werden und hätte damit erst einmal ihren Wirkungsort gefunden. Flöte spielte sie ja schließlich schon seit Kinderjahren.

Hätte Tonia länger nachgedacht, wäre sie ein bisschen besser beraten gewesen, hätte sie mehr Mut gehabt, mehr Geld, hätte sie wahrscheinlich früher herausgefunden, dass auch die Ausbildung zur Flötenlehrerin nicht das war, was sie eigentlich wollte oder erträumte. Die Entscheidung, an der Frankfurter Musikhochschule zu studieren, war also wieder eine Flucht.

Mitte der Sechzigerjahre war Frankfurt eine besonders laute und schmutzige Stadt. Die U-Bahn wurde gebaut. Man lief in der Innenstadt jahrelang über schwankende Bretter und die großen Rammen machten den Unterricht in Hörbildung und Harmonielehre oft völlig unmöglich. Mit ihrem Hauptinstrument Flöte kam Tonia gut voran, ihr Studium empfand sie jedoch zunehmend als viel zu einengend. Die Entscheidung, abzubrechen und noch einmal etwas Neues zu beginnen, schob sie allerdings Monat um Monat hinaus, denn die Hochschule hatte ihr ein kleines Stipendium zugesprochen. Zusammen mit Honoraren für FlötenschülerInnen kam sie gut über die Runden.

Freundin Bylla hatte sich mittlerweile in einen ungarischen Geiger verliebt und so verbrachten die Freundinnen weniger Zeit miteinander, als sie früher einmal geplant hatten. Aber war nicht trotzdem alles besser als eine Landschule? Wie fabelhaft war zum Beispiel das Kulturangebot! Tonia erlebte 1966 die Uraufführung von Peter Handkes legendärer *Publikumsbeschimpfung* und war begeistert vom Neuen, Frechen, Unkonventionellen dieses Stücks.

Dann begann die Studentenbewegung. Tonia bekam sie hautnah mit, denn sie wohnte mittlerweile in einem Studenten-Hochhaus, in dem sich die Prominenz der linken Bewegung die Klinke in die Hand gab. Einmal war sogar Gudrun Ensslin gesichtet worden. Das war vor dem Kaufhausbrand. Abends in den Gemeinschaftsküchen qualmten die Köpfe bei hitzigen politischen Diskussionen.

Im Keller des Studentenheims befanden sich zwei karge, schlecht beleuchtete Mehrzweckräume. Wer wollte, konnte hier ein Instrument üben. Aber wer tat das schon in diesen Zeiten? Tonia hatte schnell mitbekommen, dass ihre Kommilitonen auf eine bestimmte, nachsichtige Art die Mundwinkel kräuselten oder die Brauen hoben, wenn sie von ihrem Studium sprach. Musik studieren, Triller üben, Passagen hundertmal wiederholen, das war nun wirklich nicht ganz zeitgemäß!

Tonia war verunsichert. Sie war wohlgelitten, doch mitdiskutieren ließ man sie nicht. Dazu hätte sie andere Gewichte in die Waagschale werfen müssen, zum Beispiel ein Soziologiestudium bei Adorno, die Betreuung ausgerissener Heimkinder oder zumindest vertiefte Kenntnisse von Marx und Engels.

Eines Tages, als sie im Keller für ihr Abschlusskonzert übte, hörte sie aus dem benachbarten Raum den Anfang einer Cello-Solosonate von Bach. Wer war das? Wer spielte da so ausgezeichnet? Und wer wagte das in diesem linken Laden? Durch einen Türspalt erkannte sie einen der Anführer der Studentenbewegung. Er und sein Bruder rockten zurzeit die Frankfurter APO, die außerparlamentarische Opposition. Hatte er denn kein Imageproblem mit Bach? Nahm er denn heute nicht an der großen Demo durch die Innenstadt teil? Oder hatte er sich gezielt dieses kleine Zeitfenster ausgesucht, um unangefochten Cello zu üben?

Ein paar Wochen später sah sie sein Bild im *Spiegel*. In einem Interview tat er kund, dass man nach Auschwitz kein Cello mehr spielen könne. Anscheinend machte er aber manchmal eine Ausnahme. Es war alles so verwirrend! Nicht mehr lange und sie würde ihr Musikexamen in der Tasche haben, wie es dann jedoch weitergehen sollte, hätte sie nicht sagen können. Sie ahnte, dass vielleicht bald wieder eine Flucht anstehen könnte.

Rosen und Disteln

»Heiraten? Wie bitte, du willst heiraten?« So tönte es Tonia entgegen, als sie an diesem Abend eine der Gemeinschaftsküchen des Frankfurter Studentenheims betrat. Da hat also wieder mal jemand gelauscht, dachte sie gereizt. Höchste Zeit, hier auszuziehen, wo jedes Telefonat auf dem Flur mitgehört und dann auch noch kommentiert werden konnte.

»Quatsch«, sagte sie erst einmal. »Wie kommt ihr denn da drauf?« Sie wusste schließlich, wie ungeheuer unpopulär es 1968 war, von Heirat zu sprechen, zumindest in diesem Umfeld.

Tatsache war, dass das Wort »heiraten« in einem Telefonat mit ihrem Freund Karl wirklich eine Rolle gespielt hatte. Karl hatte Frankfurt und seine Studentenbude vor ein paar Wochen verlassen, um sein Volontariat in einer Stuttgarter Tageszeitung anzufangen. Nun hatte er eine schöne Wohnung gefunden, jedoch nur für den Fall, dass er in gesitteten Umständen leben würde, also anständig verheiratet.

Auch Tonia stand vor einer Veränderung, nämlich dem Absprung aus dem Studentenheim und der Konfrontation mit dem sogenannten »Ernst des Lebens«. Und nun dieser Anruf von Karl mit der dringenden Bitte, sich die Sache mit dem Heiraten doch mal zu überlegen. Tonia wollte Karl nicht verlieren, aber gleich heiraten?

Sie grübelte. Was wollte sie denn eigentlich? Auf keinen Fall das Schicksal ihrer Mutter: ein dominanter Ehemann, Tränen über einem leeren Portemonnaie und dann das ständige Leugnen eigener Bedürfnisse um des lieben Friedens willen. Heirat schien mit diesen Zielen nicht sonderlich gut vereinbar. Tonia strebte Eigenständigkeit und finanzielle Unabhängigkeit an. Ließ sich das in einer Ehe überhaupt realisieren?

Ob es nun das Ergebnis langen Grübelns oder der Schub des Aufbruchs war, konnte Tonia später nicht mehr genau entschlüsseln. Sicher ist, ihre Entscheidung, mit Sack und Pack nach Stuttgart zu ziehen, enthielt eine dicke Portion Irrationalität. Am Tag ihrer Abfahrt auf dem Frankfurter Hauptbahnhof ertönte aus den Plattenläden der Hit des Jahres: Mary Hopkins »Those Were the Days My Friend«. In ihrer Aufbruchsstimmung erschien Tonia der Song wie der neue Soundtrack ihres Lebens und sie kaufte zum ersten Mal eine Pop-Platte. Später im Zug las sie den Text der deutschen Cover-Version:

An jenem Tag mein Freund, da haben wir gemeint,
die Zeit bleibt steh'n allein nur für uns zwei.
Doch eh wir nachgedacht und alles wahr gemacht,
da war der Tag für uns schon längst vorbei.

Du liebe Zeit! Und alles in Moll! Ein Menetekel?

Tonia fand während der Bahnfahrt ein wenig Muße, um tiefer über ihre Beziehung zu Karl nachzudenken. Wie waren sie und er, die von unterschiedlichen Planeten zu stammen schienen, eigentlich zueinandergekommen? Für Tonia hatte alles im Fahrstuhl angefangen. Als Musikstudentin wurde sie bei politischen Diskussionen nicht ernst genommen und deshalb war ihr schon länger der Gedanke gekommen, dass sie einen wohlgesinnten Mentor brauchte, der ihr die Geisteshaltung der verschiedenen revolutionären Gruppen erklären konnte. Da war sie eines Tages auf einen neuen Aushang im Fahrstuhl gestoßen: Treffen des marxistisch-leninistischen Arbeitskreises, von/bis/Raum/Karl. Jetzt wusste sie, wer diesen Kreis leitete.

Sie traf Karl am nächsten Tag bei der sogenannten Flurkonferenz, einer ganz unpolitischen organisatorischen Besprechung. Er war ein schon etwas älterer Student, freundlich und beim Sprechen leicht näselnd. Im ersten Moment blitzte bei Tonia der Gedanke auf, dass er dem geliebten Önkelchen ihrer Kindheit glich. Doch dann wischte sie diesen Eindruck schnell wieder weg, richtete ihre Aufmerksamkeit auf ihn und erkannte den eigentlich ansehnlichen Mann unter der abgerissenen Gesamterscheinung dieses überfälligen Dauerstudiosus. Sie betrachtete ihn durch ihre ästhetische Brille und dachte: Dich könnte man hinkriegen. Man müsste die Zähne richten, einen Friseur bemühen, neue Klamotten kaufen. Die gelben Nikotinfinger, na ja ...

Kurze Zeit später war Karl eine feste Größe in Tonias Leben geworden. Leicht hatten sie es jedoch nicht miteinander. Tonia verabscheute den Konsum von Zigaretten, überhaupt von Suchtmitteln. So war sie aufgewachsen und da stießen sie auf unvereinbare Positionen. Genauso erging es ihnen mit dem Erleben von Natur und Bewegung. Tonia blühte auf bei einem Parkspaziergang und Karl hielt sich lieber in irgendeiner Ecke an seiner Zigarette fest. Einmal war ihre Beziehung auch schon so gut wie beendet. Karl hatte für einen Kurzurlaub die kleine rote Mao-Bibel eingepackt, die damals jeder Linke mit sich herumtrug, um sie abends mit Tonia zu diskutieren. Die streikte vehement, denn so hatte sie sich diese Reise nun wirklich nicht vorgestellt! Dann hatte sie ihm eine Brücke gebaut: Man könne abwechselnd die Mao-Bibel und *Das andere Geschlecht* von Simone de Beauvoir diskutieren, aber tagsüber, beim Wandern. Damit starb das Projekt, noch ehe es begonnen hatte.

Am Gesamtprojekt »Karl« hatte Tonia hingegen festgehalten. Der veränderte sich jetzt schneller als je gedacht. Er machte seinen Studienabschluss als Volkswirt, zog sich passender an und ging auf Arbeitssuche. Und schon geriet sein Schifflein wieder ins Stocken. Wo konnte ein Mann wie er im sogenannten goldenen Westen eine passende Berufstätigkeit finden, die nicht dem Kapitalismus verpflichtet war? Volkswirte schienen sogar prädestiniert, um für die Gewinnmaximierung zu sorgen. Schließlich die zündende Idee. Man konnte ja gegen den Kapitalismus anschreiben! Als Journalist.

Die ersten Wochen des ungewohnten Zusammenlebens von Tonia und Karl verliefen erfreulich. Es gab noch keine Möbel in der Wohnung und so improvisierten sie mit viel Humor und in lebhaftem Austausch ihren Alltag. Karl musste das Zeitungswesen von der Pike auf erlernen und schüttete Tonia abends sein Herz aus, wenn er wieder einmal wegen eines sogenannten »Zahlenfriedhofs« auf der Wirtschaftsseite gerügt worden war. Der Kapitalismus fand in diesen Schilderungen keine Erwähnung mehr. Tonia spielte Karl wiederum ihre Erlebnisse vor, mit denen sie in den ersten Tagen an einer schwäbischen Landschule konfrontiert worden war. Die rundliche Kollegin Becker hatte sich noch vor dem ersten Klingeln im Lehrerzimmer erschöpft Luft zugewedelt und geschnauft: »I hab heut Morge schon wieder zehn Hemde von meim Mann gbiegelt!« Eine Hausfrau, die auch Lehrerin ist?, hatte sich Tonia da erstaunt gefragt. In ihrem Weltbild etwas Ungereimtes, Widersinniges.

Bald konnten Karl und Tonia ihrer bereits drängend wartenden Wohnungsvermieterin ihre Eheurkunde vorweisen. Tonia arbeitete jetzt in einem Beruf, den sie schon vor mehr als drei Jahren hätte ausüben können, wäre sie nicht damals der unguten Vorstellung ausgewichen, in einem grauen Fischerort an der Nordsee unterrichten zu müssen. Jetzt war sie freiwillig Lehrerin und das war hochwillkommen, denn Karl verdiente derzeit fast nichts. Über eine aparte Verbindung ihrer beiden Studienabschlüsse, Musik und Pädagogik, würde sie später nachdenken.

Nachdem ihrer beider Berufstätigkeit und das Zusammenleben Fahrt aufgenommen hatte, blieb es Tonia nicht lange verborgen, dass ohne sie eigentlich nichts lief, weder finanziell noch organisatorisch noch zwischenmenschlich, und dass sie trotzdem jeden Tag ein Stückchen mehr in eine Nebenrolle gedrängt wurde. Wenn die Wohnungsvermieterin klingelte, fragte sie zunächst einmal nach Karl, dem sogenannten Herrn des Hauses. Außerdem geriet die Paarbalance, das zarte Gleichgewicht von Geben und Nehmen, das Agieren auf Augenhöhe langsam, aber sicher in Schieflage. Tonias scharf gestellte Wahrnehmungsantennen sendeten erste Warnsignale. Nur: wo sollte sie ansetzen? Karl wurde von seiner Redaktionstätigkeit geradezu absorbiert, oft auch am Wochenende. War er mal da, zeigte sich schnell, dass er zu den Männern gehörte, die die berühmten »zehn Daumen« haben. Er fiel für handwerkliche Tätigkeiten aus. Kein Problem, hatte Tonia zunächst noch hoffnungsfroh gedacht, dann lerne ich eben, wie man tapeziert, dübelt, Steckdosen repariert.

Bald schon hatte sie einfach alles am Hals: Termine, Handwerker, Neuanschaffungen. So habe ich mir das nicht vorgestellt!, dachte sie wieder einmal. Die Situation verschärfte sich, als Karl einen Karrieresprung machte. Er bekam eine feste Anstellung, verdiente besser als Tonia und hatte noch weniger Zeit für ein ausgewogenes Zusammenleben.

Tonia vertiefte unterdessen ihre Erfahrungen mit einem ersten Schuljahr. Das Unterrichten selbst machte ihr Freude. Die Kinder liebten sie und hingen in den Pausen in Trauben an ihren Händen. Lähmend war dagegen das ganze Rahmenwerk: Erlasse, Konferenzen, Elternabende, die schwerblütige Kommunikation im Lehrerzimmer und die hundertprozentige Abstimmung mit dem Unterricht in der Parallelklasse. Niemand sollte nach dem Willen von Rektor Hertrich die Nase vorne haben. Er wollte keinen Ärger mit seinen Bauern.

In dieser Phase gelangte eines Tages ein roter Werbezettel der SPD in den Briefkasten von Karl und Tonia. Das gab dem bereits etwas mutlosen Paar einen neuen Anstoß für die gemeinsame Zukunftsgestaltung. Es ging dabei um nichts Geringeres als den Aufstieg von Willy Brandt als Spitzenpolitiker der SPD und späterem Kanzlerkandidaten. Willy Brandt erschien Tonia und Karl so attraktiv und wichtig für Deutschland, dass sie bereit waren, alle bisherigen Vorbehalte gegen Parteipolitik über den Haufen zu werfen. Sie suchten nach einer Aufgabe, die größer war als ihr bisheriger Berufsalltag, und meldeten sich im lokalen Ortsverein an.

Tonia stieg voll in die Parteiarbeit ein. Vor einer Kommunalwahl schob sie Ängste und Bedenken beiseite und meldete sich für die Aufgabe, mit dem orangen SPD-Bus durch die Dörfer zu fahren und über den Lautsprecher Wahlwerbung zu verbreiten. Es bereitete ihr Spaß und sie genoss die Wirkung. Eine Frauenstimme, die im konservativen, pietistischen Württemberg Wahlparolen kundgab? Das war ein Aufreger! Und Tonia fand das vollkommen angemessen. Frauen gehörten schließlich in die Politik. Je mehr, desto besser! Noch wusste sie nicht, dass Neulinge in Ortsvereinen und insbesondere Frauen zunächst die sogenannten »Mühen der Ebene« zu spüren bekamen, sich langsam hochdienen mussten. Eines Tages teilte ihr der Vorsitzende mit, dass das »Wahlvolk« unangenehm berührt sei, wenn eine Frau in dieser Weise für die Partei wirbt. Wieso? Das blieb unerklärt.

Bei der nächsten Kommunalwahl wurde Karl Ortsvereinsvorsitzender. Einfach so. Er stand für Presse und Kommunikation. Tatsächlich gab es auch keinen besseren Kandidaten. Tonias Rolle wurde jetzt die der Gattin des Vorsitzenden. Die hatte sie sich nicht ausgesucht und spielte sie duldend, zum Beispiel wenn die Genossen am Sonntagvormittag zum Frühschoppen aufschlugen, um später volle Aschenbecher zu hinterlassen. Einmal tauchte unerwartet ein FDP-Vertreter im Dreiteiler auf, um mit

Karl zu politisieren. Er könne so lange bleiben, bis zu Hause die Kartoffeln gar seien, wandte er sich an Tonia. »Sie können mir sicher einen Tipp geben, gnädige Frau?«

Da riss Tonia der Geduldsfaden. »Fragen Sie meinen Mann«, sagte sie unwirsch. »Der hat schon mal gekocht.«

Im zweiten Jahr ihrer Landschultätigkeit begann Tonia erneut mit einem ersten Schuljahr. Es war unvermeidbar, denn eine Kollegin war schwer erkrankt. Tonia wollte diesmal eigene Wege gehen, aber Rektor Hertrich pfiff sie zurück. Die Bauern. Der Dorftratsch. Also wieder die Fibelseite für den Buchstaben H. Michael erzählt von seinen Häschen. »Wer von euch hat denn ein Haustier?« Vom Erzählen zum Lesen zum Schreiben ... Obwohl es ihr wieder einmal gelang, die Kinder zu begeistern, schlummerte irgendwo in ihr der Gedanke, dass das Wiederholen elementarer Inhalte für immer und ewig nicht so ganz ihr Ding war. Ein Leben lang konnte man das nicht machen, oder?

An einem schönen Sommermorgen legte ihr der kleine Paul einen dicken Strauß aus Rosen und Disteln aufs Pult. »Silberdischtele«, sagte er. »Die stehet unter Naturschutz. Die derf ma net verrupfe.« Und dabei wendete er sein blondes Köpfchen ganz ernsthaft hin und her.

Jetzt war Tonia in einer Zwickmühle. Gleich zurückweisen? Gleich die Silberdistel durchnehmen? Erst einmal bedankte sie sich und stellte den Strauß ins Wasser. In diesem Moment betrat der korpulente, griesgrämige Rektor Hertrich die Klasse, sah den Strauß und nahm ihn unter Vorwürfen und Belehrungen an sich. Ja, ja, Rosen und Disteln, dachte Tonia, die schon immer einen Sinn für Symbolik hatte. Mit dem dicken Hertrich musste sie wohl später mal das Gespräch suchen.

Aber es gab größere Aufreger in der Schule. Im letzten Jahr war der heiß umkämpfte Sexualkunde-Atlas der Bundesregierung auf den Markt gekommen und hatte nun auch in Württemberg seinen Weg in Tonias Kollegium gefunden. Die Stimmung war gereizt. Niemand unter den KollegInnen war dazu bereit, damit zu arbeiten. Während der Pausenaufsicht erzählte der Konrektor Tonia flüsternd, dass er jahrelang von bigotten Dorfbewohnern geächtet worden sei, zum Beispiel im Gasthaus kein Bier bekommen habe, weil er im Sachkundeunterricht erklärt habe, der Mensch stamme vom Affen ab. Tonia brachte Verständnis auf. In der nächsten Pause bewegte sich Rektor Hertrich mit zerfurchtem Gesicht auf sie zu, das prekäre Druckwerk unter dem Arm, und bat sie, über Unterrichtsansätze nachzudenken. Er wisse sonst nicht, an wen er sich wenden könne.

Tonia überlegte kurz und stimmte dann zu. Sie könne ja damit eine Unterrichtseinheit für das neunte Schuljahr anlässlich ihrer zweiten Dienstprüfung gestalten. Da bemerkte sie, dass Hertrich wieder auf Abstand ging. Es arbeitete hinter seiner Stirn. Sexualkunde? Vor einem offiziellen Prüfungsgremium? An seiner Schule? Er behielt das Werk erst einmal bei sich und murmelte im Weggehen etwas von anhängigen Klagen. Besonders seitens der Kirchen.

Am Anfang der Herbstferien kamen für ein paar Tage Karls Eltern vom Niederrhein zu Besuch. Für Tonia eine mühsame Zeit. Sie stand unter Beobachtung und fast ständig in der Küche. Ihre Schwiegermutter fragte trotzdem ganz habituell alle dreißig Minuten: »Wollt ihr ein Schnittchen?« Morgens schmierte sie ihrem Mann die Brötchen und rasierte ihn. Dieser saß den ganzen Tag im Sessel und rauchte Zigarren. Seine Hände, weiß und steif aussehend, waren nicht etwa gelähmt, sondern einfach total ungeübt. Außer dem dicken Bleistift des Bahnbeamten und seinen Zigarren hatte er wohl lange nichts mehr berührt.

Einmal wurde Tonia von der Schwiegermutter zur Seite genommen. Wie es mit Kindern aussehe, wollte sie wissen. Tonia durchfuhr ein tiefer Schreck. Dann hätte ich ja zwei Babys, erkannte sie spontan. Laut wies sie auf ihr anstehendes Examen hin. Da müsse man noch warten.

Der Besuch beschäftigte ihre Gedanken noch mehrere Wochen. Das waren also die Menschen, an denen Karl seine Rollenmodelle, vor allem sein Frauenbild entwickelt hatte? Umarmte er sie nicht immer gerade dann besonders zärtlich, wenn sie mal am Herd stand und etwas in der Pfanne briet? Diese ganzen Thesen der Studentenbewegung, der sogenannte neue Mensch, der Nebenwiderspruch (Ungerechtigkeiten im Frauenleben), der sich angeblich von alleine löst, wenn der Hauptwiderspruch (Ungerechtigkeit überhaupt) überwunden ist, alles nur Gefasel, ein dünner Firnis! Die fest eingebrannten Bilder und Gewohnheiten unter der Oberfläche würde man in einer einzigen Generation wohl kaum verändern können. Da war sich Tonia ziemlich sicher.

Bei Karl liefen die beruflichen Angelegenheiten inzwischen außerordentlich gut. Er hatte in einem seiner Vorgesetzten eine Art Mentor gefunden, den er voll akzeptierte. Dieser hatte wiederum erkannt, dass Karl mit seinem scharfen Verstand wirtschaftspolitische Themen schnell durchdringen und allgemein verständlich darstellen konnte. Hin und wieder übernahm er nun auch Redebeiträge vor Fachgremien oder vertrat dabei seinen Chef. Sein Zeitbudget für Freizeit- und Paaraktivitäten war weiter geschrumpft.

Zu einem wichtigen Jubiläum hatte Karls Redaktionschef alle Kollegen und deren Ehefrauen in sein Haus eingeladen. Seine Frau Greta und er gestalteten das Fest zu einem Gipfel der Gastfreundschaft, der Perfektion und der Aufmerksamkeit gegenüber ihren Gästen. Greta führte das Geschehen mit leichter Hand, blieb im Hintergrund, vermittelte Gespräche, ließ ihren Mann gut aussehen und schenkte allen das Gefühl, hundertprozentig willkommen zu sein. So müssen Gattinnen sein, dachte Tonia nicht ohne Ehrfurcht und Anerkennung. Karl und sie standen irgendwann neben einem Redaktionskollegen, der alleine gekommen war. Er war vor einigen Jahren Witwer geworden und hatte länger nach einer zweiten Frau und Mutter für seine Kinder gesucht. Jetzt schien er sie gefunden zu haben, doch sie war seiner Meinung nach nur zweite Wahl. »Ist total reizlos«, tat er kund. »Aber für die Kinder ...« Lieber hätte er »so was« gefunden. Bei diesem Wort machte er eine eckige Bewegung mit dem Kinn in Tonias Richtung und meinte es wahrscheinlich als Kompliment.

Tonia platzte auf einmal der Kragen. »Sie! Sie haben überhaupt keine Frau verdient«, konterte sie in einer gewissen Lautstärke. »Vor allem dann nicht, wenn Sie eine Frau anscheinend nur als Rahmen für Ihre Persönlichkeit beanspruchen, falls Sie überhaupt eine haben!«

Um sie herum schwieg man jetzt. »Sorry«, sagte sie leise und verzog sich mit einem Glas in die Ecke eines schwarzen Ledersofas. Sie hatte wieder einmal ihre Rolle nicht gespielt, ihren Mann bloßgestellt und die Gastgeber düpiert. Wie sollte sie das je in Ordnung bringen?

In diesem Moment setzte sich eine große, schlanke und schon etwas ältere Dame neben die immer noch zerknirschte Tonia. Es war Birgitta Velsen, die Chefredakteurin eines Hochglanzmagazins für Bauen, Wohnen und Leben. Sie war ihr schon vorher aufgefallen, wegen ihrer souveränen und selbstbewussten Ausstrahlung.

»Das war gut eben«, sagte Birgitta. »Hat natürlich nicht allen gefallen, aber es muss ja mal jemand anfangen, der fehlgeleiteten Selbsteinschätzung gewisser männlicher Wesen etwas entgegenzusetzen. Ich danke Ihnen.«

Tonia richtete sich auf und atmete durch. Sie fühlte sich zum ersten Mal seit langer Zeit verstanden.

Das weitere Gespräch mit Birgitta Velsen verlief lebhaft und angenehm. Zuallererst wollte Tonia wissen, wie Birgitta es geschafft hatte, Chefredakteurin ihres namhaften Magazins zu werden. Sie erfuhr, dass Frau Velsens Berufsweg in einer Sparkasse begonnen hatte. Dort seien damals Aufstiegschancen für Frauen noch geringer gewesen als im Journalismus. Da habe sie gelernt, umzudenken. Es sei ja so, dass Gewohnheiten oft wie Notwendigkeiten aussehen, nur weil sie weit verbreitet sind. Wer sich davon einfangen lasse, werde gerne in weibliche Klischeerollen gedrängt. Frauen verzichteten aber oft auch ihrerseits auf Souveränität, würden ihren Anspruch auf eigene Lebensvisionen und eigene Projekte gerne einmal aus den Augen verlieren, um nicht als unweiblich und unsympathisch wahrgenommen zu werden. Ihr vorrangiges Ziel sei es demgegenüber immer gewesen, ihrem Leben Gestalt zu geben.

Tonia nickte. Unwillkürlich tauchte gerade ein oranger SPD-Bus in ihren Gedanken auf.

Man dürfe sich niemals einschüchtern lassen, fuhr Birgitta fort. Das sei für sie damals eine wirkliche Lebensentscheidung gewesen und folglich müsse man dem Patriarchat manchmal die Maske abreißen. So wie Tonia das vorhin getan hätte.

Tonia war bewegt. Diese Konsequenz! Diese Unbeirrbarkeit! In rasender Geschwindigkeit spulte sich in ihrem Inneren ein Film ab. Lehrberuf? Eigentlich der unerfüllte Berufstraum ihrer Mutter. Das Musische? Der Mythos ihrer Familie als die einzig wahre Daseinsform. Ehe? Das musste noch zu Ende gedacht werden. Was sie jetzt brauchte, war etwas Eigenes, Ehrgeiziges.

»Ich sehe Sie nicht mehr lange in Ihrer Dorfschule«, sagte jetzt Birgitta Velsen und verabschiedete sich. Dann drehte sie sich noch einmal um. »Bleiben Sie rebellisch!«, rief sie und kniepte ein Auge.

Freiheit und Fröste

So ging es nun schon den dritten Tag. Tonia wachte irgendwann auf, falls sie überhaupt geschlafen hatte, und durchnässte ihre Taschentücher mit nicht enden wollenden Tränenströmen. Ihre Augenlider sahen aus wie kleine rote Schläuche, ihr Kopf fühlte sich leer an. Einmal brachte sie so viel Energie auf, in einem der noch nicht ausgepackten Bücherkartons nach ihrem Psychologielexikon zu suchen. Unter »Depressionen« fand sie die »Umzugsdepression«. Das gab es also wirklich. Aber war das tatsächlich der Grund für diese andauernde Trostlosigkeit?

Sie blätterte weiter und geriet ins Grübeln. Litt sie etwa an einer Midlife-Crisis? Diese, so teilte ihr das Lexikon mit, tritt oft auch schon bei Dreißigjährigen auf, wenn sie zum ersten Mal begriffen haben, dass sie sich dem Tod nähern und dass viele Träume unwiederbringlich begraben werden müssen. Ach,

Unsinn! Sie doch nicht! Tonia hatte erst kürzlich ein neues Studium begonnen. Ein Drittstudium. Mit einem kleinen Trick hatte sie ihren Mann überzeugt, dass sie diesen Weg unbedingt einschlagen wollte und auch konnte, ohne ihre häuslichen Pflichten zu vernachlässigen. Er müsse nie wieder einen einzigen Handschlag im Haushalt tun. Mit ein wenig Haushaltsgeld würde sie den »Laden schmeißen« und mit Flötenstunden und Vertretungsunterricht für eine ausreichende finanzielle Basis sorgen. Sie hatte ein bisschen gepokert, insgeheim jedoch gewusst, dass er darauf eingehen würde. Kein Nörgeln mehr, keine Vorwürfe. Dann hatte sie sich mit vollem Elan in ihr Soziologiestudium gestürzt.

Das war in der schönen Stadt Tübingen, in die sie mehrmals in der Woche pendelte. Sie liebte die Gemächlichkeit dort, die Altehrwürdigkeit der Uni und das Honoratiorenschwäbisch der Professoren. Nach wenigen Semestern hielt sie ihr Vordiplom in der Hand. So hätte es weitergehen können. Aber es kam anders. Karl hatte sich nach einem anspruchsvolleren und besser bezahlten Arbeitsfeld umgesehen, sich bei einem Hamburger Pressemagazin beworben und war genommen worden. Da war es mit Tonias Tübinger Vorhaben erst einmal vorbei gewesen.

An diesem Abend trafen sich zwei tieftraurige, deprimierte Menschen in der neuen Hamburger Wohnung. Das hier war noch kein Heim, sondern einfach nur Chaos.

»Hast du dich immatrikuliert?«, wollte Karl wissen. Tonia schüttelte den Kopf und sofort flossen wieder die Tränen.

»Und bei dir?«, brachte sie heraus.

»Geht so«, sagte er. »Will jetzt nicht drüber reden.«

Sie konnten einander nicht helfen. Jetzt nicht und leider auch in den folgenden Tagen und Wochen nicht, denn Karl verharrte in Schweigen. Eines Morgens rief die Ehefrau eines Kollegen aus Karls Magazin an. Es sei unmöglich, wie er dort behandelt werde. Der Ressortleiter, ein harscher, arroganter Typ, hätte schon immer die Angewohnheit gehabt, Leute, die nicht in den »Club« passten, rauszuekeln. Sie und ihr Mann jedoch seien Karl gegenüber total loyal. Darauf könne man sich verlassen. Jetzt ahnte Tonia, was ihren Ehemann zurzeit so bedrückte.

Am nächsten Morgen raffte sie sich auf und fuhr mit der S-Bahn Richtung Uni, die Augen unter einer dunklen Sonnenbrille verborgen. Auf dem kurzen Fußweg zum Immatrikulationsbüro entdeckte sie ein Schild im Fenster: *Sorgen? Probleme? Wir helfen gerne!* Praxis für psychologische Beratung. – Das war ja wie für sie gemacht! Sie gab sich einen Ruck und drückte auf den Klingelknopf.

Die Tür wurde von einer jungen Frau geöffnet. Sie nehme die Gespräche auf Tonband auf für ihre Doktorarbeit, teilte sie mit. Ob Tonia sich darauf einlassen wolle? Die fühlte sich plötzlich unbehaglich und wollte eigentlich sofort wieder gehen. Dennoch trat sie in den kleinen, karg eingerichteten Raum.

Als das Aufnahmegerät eingeschaltet war, wurde sie aufgefordert, sich alles von der Seele zu reden, was ihr wichtig schien und in den Sinn kam. Weit kam sie nicht. Schon beim ersten Satz flossen die Tränen.

Sie habe wahrscheinlich eine Umzugsdepression, schluchzte sie, sie wisse nicht, ob sie mit ihrem Studium auf dem richtigen Weg sei, und sie verliere jeden Tag ein Stückchen mehr den Kontakt zu ihrem Ehemann. An dieser Stelle verstärkte sich der Tränenfluss, sodass Tonia nicht mehr weitersprechen konnte.

Die junge Psychologin, die ihr die ganze Zeit mit unbewegtem Gesicht gegenübergesessen hatte, beendete nun schnell das Gespräch, verlangte fünfundvierzig Mark und fragte, ob Tonia eine Quittung brauche. Die kramte verwirrt in ihrem Portemonnaie und brachte nur vierzig Mark zusammen. Fluchtartig verließ sie das Gebäude.

»Fragen Sie sich, was Ihre Tränen Ihnen sagen wollen«, rief die junge Frau noch hinter ihr her, dann stand Tonia auf der Straße. Ihr erstes Gefühl war Wut. Schreckliche Wut! Die vierzig Mark waren ihre letzten gewesen. Und diese unfertige Psychologin hatte sie nicht verdient! Einfach nur da sitzen und vor sich hin glotzen! Keinen Pfennig würde die mehr von ihr bekommen!

Der Zorn auf diese »sogenannte« Beratung gab ihr plötzlich richtig Auftrieb. Sie erinnerte sich daran, dass sie vor ein paar Tagen das goldene Armband der verstorbenen Tante Lotte eingesteckt hatte. Sie mochte und brauchte es nicht. Heute würde sie es verscherbeln. Also fuhr Tonia wieder nicht zur Uni, sondern direkt zum Gänsemarkt. Dort bot sie in einem kleinen Juwelierladen ihr goldenes Erbstück an. Die Frau hinter der Ladentheke legte es auf die Waage und nickte zufrieden. »Alles in Ordnung damit?«, fragte sie.

Da lüftete Tonia kurz ihre Sonnenbrille und zeigte ihre rot geweinten Augen. »Ein Notfall«, sagte sie.

An diesem Tag versiegten Tonias Tränen. Morgen würde sie in die Uni gehen, sich einschreiben und glücklichstenfalls auf Menschen treffen, die …? Ach, irgendwas! Mit ihr reden, sie verstehen, mit ihr arbeiten konnten und wollten.

Auf dem Rückweg drängte sich immer wieder der Gedanke ins Bewusstsein, was ihre Tränen ihr eigentlich haben sagen wollen. Das einzig Schlaue, was der jungen Frau für vierzig Mark eingefallen ist, dachte Tonia bissig, verfolgte dann aber während der dreißig Minuten Fahrzeit doch diese Spur. Soziologie! War das überhaupt das richtige Fach für sie?

In Tübingen hatte sich Tonia ausgiebig den Fragen männlicher und weiblicher Sozialisation gewidmet, einem Thema mit Potenzial, mit vielen Berührungspunkten für gesellschaftliche Bewegungen und Veränderungen, das an dieser Uni noch ganz unterbelichtet war. Mit einem Referat über eine These von Simone de Beauvoir, dass nämlich die Zweitrangigkeit der Frau vor allem durch jahrhundertealte gesellschaftliche Zuschreibungen zu erklären ist, hatte sie richtig Furore gemacht. Da fühlte sie sich in ihrem Fach voll bestätigt. Die richtige Frau am richtigen Platz. War das nicht ein Pfund? Ein Erfolg, an den sie anknüpfen konnte? Wenigstens auf diesem Feld entwickelte Tonia jetzt mehr Zuversicht.

Der nächste Tag war der letztmögliche, um sich für die Fortsetzung des Studiums einzuschreiben. Tonia durchschritt eilig die Halle und atmete dabei diesen typischen Uni-Geruch ein. Er stammte von unzähligen Gauloises, Rothändles und Selbstgedrehten, ausgedrückt in Plastikbechern, wobei sich die Kippen mit den Kaffeeresten und dem schmelzenden Plastikmaterial vermischten. Die Studenten saßen vorzugsweise auf dem Fußboden zwischen verstreuter Asche und kleineren Müllbergen. »Müllsüchtig!«, dachte Tonia, als sie sich zum Büro durchlavierte. An den Wänden hingen in ungefähr zehnfachen Schichten Aufrufe vor allem linker Studentenvereinigungen, Plakate, Transparente und Suchanzeigen. Das alles im unverdrossenen Vertrauen darauf, dass es irgendjemand einmal lesen würde. Tonia beschlichen schon wieder Zweifel, ob sie hier richtig war oder doch zu alt und zu bürgerlich für diese linke Riesen-Uni? Dann meldete sie sich zügig an.

Anschließend nahm sie an einem Einführungskurs für höhere Semester teil. Beim Verlassen des Raumes streifte sie zwei ebenfalls schon etwas ältere Studenten, einen Mann und eine Frau, die sich über verschiedene Termine nicht einig wurden. Tonia konnte helfen und man beschloss, noch gemeinsam in die Mensa zu gehen. Die sind es!, dachte Tonia plötzlich voller Freude. Mit denen gründe ich eine Arbeitsgruppe!

Tonias neue Freunde hießen Micky und Maike. Sie waren kein Paar, wohnten allerdings schon länger in derselben Wohngemeinschaft. Beide hatten auch bereits Zickzackwege der Berufsfindung hinter sich. Als sie sich zum ersten Mal in der Barmbeker WG trafen, kam auch noch Hedda dazu, eine indisch gewandete dunkelhaarige Schönheit, die mit ihrer respektgebietenden deutschen Dogge auftrat. Micky hatte einen großen Schäferhund, der mit blutigen Fleischstücken gefüttert wurde. Für Tonia war das nicht leicht, denn sie litt seit Kindertagen an einer Hundephobie. Aber der Wunsch, jetzt mit der Gruppe loszulegen, war stärker.

Zum Auftakt stellte Micky eine Literflasche Pfälzer Wein auf den Tisch. Das war keine Ausnahme, sondern gehörte zum Lebensstil der WG-Bewohner, die nebenberuflich auch mit Wein handelten. Es empfahl sich von nun an, kompliziertere Themen möglichst in den ersten zwei Stunden zu behandeln, wenn alle Gehirne noch voll aufnahmefähig waren.

Die stille, unscheinbare Maike mit ihrem introvertierten Blick aus grauen Augen war für Überraschungen gut. Sie konnte zum Beispiel mit der ersten Generation von Computern im Rechenzentrum umgehen und Statistiken erarbeiten. Zugleich erstellte und verkaufte sie Horoskope und plante, dieses Geschäft bald per Computer zu erweitern.

Micky, ein stark berlinernder und dies stolz praktizierender junger Mann aus dem Arbeitermilieu, genoss im studentischen Umfeld mehr Anerkennung als jedes Akademiker- oder Beamtenkind. Viele Soziologiestudenten hatten damals diesen Hintergrund.

Hedda gehörte zum Hamburger Uradel des Feminismus. Sie hatte 1971 die von Alice Schwarzer initiierte Kampagne »Wir haben abgetrieben« unterschrieben, war, weiß geschminkt und gekleidet, als Abtreibungsleiche durch Hamburg gezogen und hatte als Statistin im Abtreibungsdrama *Cyankali* von Friedrich Wolf mitgewirkt.

Das war also Tonias neue kleine »Familie«, mit der sie zukünftig viele Stunden verbringen würde. Beim ersten Treffen wurde Lesestoff aufgeteilt, Pflichtlektüre, die bis zum Examen bewältigt werden musste. Tonia entschied sich für das Thema »Die gesellschaftliche Konstruktion der Wirklichkeit«, welches ihr zunächst noch nicht viel sagte. Nach wenigen Seiten wurde ihr jedoch klar, dass sie hier ein befreiendes Erklärungssystem für sich, für die Gesellschaft, vor allem auch für Frauen in der Hand hielt. Es erinnerte sie an ihr Gespräch mit Birgitta Velsen: Gewohnheiten sehen wie Notwendigkeiten aus, nur weil sie weit verbreitet sind. Und genau davon sollten sich Frauen in ihren Entscheidungen nicht abhängig machen!

Das Thema war aber noch viel umfassender. Immer, wenn von der sogenannten »Natur der Dinge« gesprochen wird, handelt es sich eigentlich um die Vorspiegelung von Tatsachen, um ein Bündel von Zufällen, die einen Menschen prägen, je nachdem, wohin ihn das Leben gestellt hat. Tonia, die sich schon länger mit dem Entlarven verkrusteter gesellschaftlicher Festlegungen beschäftigt hatte, hatte jetzt ihr Thema gefunden, das sie bis zum Ende ihres Studiums begleiten würde.

Man konnte mit dem Denkansatz, dass die Wirklichkeit eine gesellschaftliche Konstruktion ist, auch Gefahren aufdecken und analysieren. Wenn etwa alte und neue Wirklichkeitserfahrungen miteinander in Konkurrenz treten, können Identität und Balance, die man glaubt, fest erworben zu haben, ins Schwanken geraten.

Tonia hatte sich in den letzten Tagen immer wieder mit den offensichtlichen Schwierigkeiten von Karl auseinandergesetzt, der nach wie vor schwieg und niemanden in seine Probleme einzuweihen gedachte. Jetzt versuchte sie, seinen Fall mithilfe der Theorie aufzudröseln. Da gab es also diesen hellen Kopf vom Niederrhein, der bisher alle Hürden des sozialen Aufstiegs bravourös gemeistert hatte: den zweiten Bildungsweg, das Studium der Volkswirtschaft, den Sprung in ein bekanntes Hamburger Magazin. Und dort stimmte plötzlich der Code nicht. Alte Gewissheiten, Fleiß und Aufstiegswillen? Alles umsonst! Die großen, publikumsrelevanten Storys wurden unter der Hand verteilt, wie das Goldene Vlies. Ihm blieben nur die kleinen Krämerthemen. Seine narzisstische Kränkung musste ungeheuer sein.

Oder Tonia selbst. Wie viel Flöte sie doch geübt hatte in ihrem Leben! Sehr früh hatte sie verinnerlicht, dass sie in ihrer Familie nur über die Musik Anerkennung und Akzeptanz würde gewinnen können. Da übte sie halt und gelangte zu einer beachtlichen Fingerfertigkeit auf ihrem Instrument, ohne eigentlich Musikerin werden zu wollen. Der späte Bruch mit dem so begonnenen Lebensweg hatte sie schließlich zu einem Drittstudium und zur Soziologie gebracht. Dass das nicht ohne Identitätskrise zu schaffen war, hatte ihr das Leben gezeigt.

Als sich Tonias Studium dem Ende näherte, machte Karl erste Anstrengungen, Hamburg wieder zu verlassen, um in Köln zu arbeiten. Tonia konnte sich inzwischen vorstellen, in Hamburg zu bleiben, denn an Karls mangelnder Gesprächsbereitschaft hatte sich nicht viel geändert. Aber dann schaltete sie doch um und absolvierte 1976 ihr Examen so schnell wie möglich, getragen von der Hoffnung auf ein besseres gemeinsames Leben. Entschieden machte sie einen Strich unter das ganze Uni- und Studentenleben. Sie fühlte sich jetzt reif für die richtige Welt, für den realen Markt der Berufe. Sie wollte einen Schreibtisch, ein Telefon und ein neues Wirkungsfeld. Das ließ sich auch im Rheinland verwirklichen.

Ihre Berufswünsche konnte sich Tonia allmählich erfüllen und erkämpfen, ihre Hoffnung auf ein harmonisches Zusammenleben mit Karl zerschlug sich hingegen nach kurzer Zeit in Köln. Sie trennten sich freundschaftlich und respektvoll, weil sie erkannt hatten, dass ihre Lebenspläne einfach nicht zusammenpassten.

Tonia setzte sich von nun an intensiv mit der Situation von Singles in der modernen Gesellschaft auseinander und erteilte sogar Kurse zum Thema »Alleine leben«. Für sich hatte sie erkannt, dass sie nicht besonders gut für den »Paarlauf« geeignet war, und sie begab sich deshalb auch nicht wieder in entsprechende »Jagdreviere«, nicht ahnend, dass das Leben dennoch eine Überraschung für sie bereithielt.

Wanderpfade

Der Gast, den Tonia im Auftrag ihres Arbeitgebers einen Tag lang begleiten sollte, stammte aus England. Sie würde ihn im Hotel abholen, ihm eine Bildungseinrichtung zeigen und zudem sprachlich vermitteln. Der kurze »Steckbrief« in ihrer Mappe beschrieb Mr. George T. Morrison als einen Mann Ende fünfzig, Studium der Ingenieurswissenschaften, Leiter eines Colleges in der Provinz, verheiratet, zwei Kinder. Auf dem Schwarz-Weiß-Foto war ein hagerer, freundlicher Graukopf zu sehen.

Im Frühstückszimmer des Hotels stellte Tonia fest, dass Mr. Morrison außerordentlich höflich wirkte. Während er aufmerksam zuhörte, neigte er den Kopf leicht zur Seite und lächelte. Er besaß die rötlich-frische Gesichtsfarbe des englischen Outdoor-Mannes und blickte aus zwei klaren blauen Augen.

Auf der Fahrt zur Besichtigung der Fachhochschule floss das Gespräch mühelos und unterhaltsam. Tonia atmete innerlich auf. Das konnte ein guter Tag werden. Dreißig Minuten später jedoch, als sie mit ihrem Gast und zwei leitenden Professoren die Werkräume für die Ausbildung junger Ingenieure betrat, wurde es kritisch. Was hieß um Gottes willen »Antriebswelle« oder »Materialermüdung« auf Englisch? Panik! Aber noch bevor dies offensichtlich wurde, hatte bereits Mr. Morrison das Wort ergriffen, die richtigen Ausdrücke in die Diskussion geworfen und die Situation gerettet. Wie empathisch!, dachte Tonia und verlieh ihm einen Punkt auf ihrer geheimen Bewertungsskala.

Ab jetzt nahmen ihr die beiden Profs alle weiteren Übersetzungsbemühungen aus der Hand. Sie überboten sich in ihren Englischkenntnissen, ihrer Fachkompetenz und der Beschreibung ihres Aufgabenkomplexes. Leider fielen sie sich dabei immer wieder ins Wort. Das schmälerte den Gesamteindruck.

»Well«, sagte Mr. Morrison folgerichtig, als sie wieder im Auto saßen. »Very important men we met today. Didn't we?«

Dabei drehten sie sich zueinander um, sahen sich kurz an und grinsten. Er hat Humor, dachte Tonia. Und er bleibt ganz unbeeindruckt von Machtgehabe. Sie verlieh ihm jetzt schon den zweiten Pluspunkt an diesem Vormittag.

Später im Café führten sie ihr lebhaftes Gespräch weiter. Mr. Morrison wollte so viel wissen! Wollte Deutschland den Puls fühlen, hatte Fragen zur Politik, zur Gesellschaft, zu den Menschen. Als sie über ihre Ämter, ihre »authorities« redeten, stellten sie eine unübersehbare Ähnlichkeit der Wahrnehmung und leider auch der Ämter fest. Diese glichen großen, schwer zu manövrierenden Öltankern, die auf starke Winde des Ozeans nicht oder nicht rechtzeitig zu reagieren vermochten. Da gäbe es nur eins, meinte Mr. Morrison: cool bleiben, Mensch bleiben und sich auf Dienstreisen ins Ausland schicken lassen. Tonia schmunzelte. Genau so machte sie es auch. Dann erweiterte sie das Thema. Vorgesetzte ihrer »authority« hätten es oft schwer mit selbstbewussten Frauen … Das war ein kleiner Versuchsballon, doch Mr. Morrison reagierte ganz offen. Seinen Töchtern gebe er immer folgenden Rat fürs Leben: Die Faust in der Tasche, die Zunge in der Backe, aber das Ziel nicht aus den Augen verlieren! Aha, Töchter, aha, Förderung und Empowerment derselben, blitzte es in Tonias Gedanken kurz auf, und schon verlieh sie Mr. Morrison noch einen Punkt.

Es war inzwischen früher Nachmittag geworden, als sie ihre Visitenkarten tauschten und sich herzlich voneinander verabschiedeten. Im Verlauf der folgenden Woche kamen noch zwei freundlich lobende Briefe. Einer an Tonia, einer an ihren Vorgesetzten. Genau im richtigen Ton, wie sie fand. Und sie vergab einen weiteren Punkt an Mr. Morrison. Vielleicht bin ich ja einem echten Gentleman begegnet, schoss es ihr kurz durch den Sinn.

Monate nach dieser Begegnung folgte 1980 der regenreichste Sommer seit Jahrzehnten. Es gab wochenlang überhaupt keine Sonne zu sehen. Die Regengüsse machten so gut wie keine Pause. Die Blumen hingen mit schweren Köpfen über dem durchweichten Boden. An so einem dunklen Regentag kam Tonia spät von einer Dienstreise nach Hause. Die Füße nass, die Stimmung im Keller. Da klingelte das Telefon. Ein sehr aufgeregter, fast schon stotternder Mr. Morrison war in der Leitung. Er brauche Hilfe. Er käme sprachlich nicht weiter. Er parke mit seinem defekten Auto auf dem Seitenstreifen der A3, zu erkennen an der Warnblinkleuchte. Er befinde sich ungefähr dreißig Kilometer südlich von Köln, Richtung Frankfurt.

Voller Zweifel, ob sie den unglücklichen Mr. Morrison finden würde, machte sich Tonia mit ihrem Auto auf den Weg durch Regen und Dunkelheit. Es war mühsam, überhaupt etwas zu erkennen, doch dann entdeckte sie endlich das Warnlicht und das englische Kennzeichen. Mr. Morrison war es zuvor gelungen, durch die schmale Tür einer Lärmschutzwand zu schlüpfen und sich auf das nächste beleuchtete Gebäude zuzubewegen. Erst beim dritten Versuch hatte man ihn in eine Wohnung eintreten lassen, um zu telefonieren. Aber die alten Bewohner wussten wohl keinen Rat, was jetzt zu tun war, zumal sie ihn nicht verstanden. Da war ihm beim hektischen Durchsuchen deutscher Kontaktadressen plötzlich Tonias Visitenkarte in die Hände gefallen.

Ungefähr eine Stunde später hatte Tonia alles

Notwendige veranlasst. Ein Abschleppdienst hatte das beschädigte englische Fahrzeug abtransportiert und der Seitenstreifen musste nun schnell geräumt werden. Da lud sie den völlig durchnässten und durchfrorenen Mr. Morrison kurz entschlossen in ihr Auto und nahm ihn mit nach Hause. Und das wurde der Beginn einer wunderbaren Freundschaft.

Diese Engländer!, dachte Tonia ein paar Tage später kopfschüttelnd, als sie ihren Gast im inzwischen reparierten Fahrzeug wegwinkte. Er war ursprünglich auf dem Weg zu einem Camping- und Wanderurlaub in der Eifel gewesen, den er nun fortsetzen wollte, trotz Regen, trotz schlechter Wetterprognose. Brauchen diese Inselbewohner eigentlich das Unbehagliche oder wollen sie es einfach nur bestehen?, überlegte Tonia.

»I will now be concerned about you«, hatte George Morrison zum Abschied gesagt und Tonia damit fast zu Tränen gerührt. Bald würden sie sich wiedersehen, und zwar bei einem ausgedehnten Wanderurlaub.

Der Gentleman und die Feministin auf Wanderschaft? Konnte das gut gehen? Meistens ja! Die Wanderurlaube, auf die sich George Morrison und Tonia von nun an mehrmals im Jahr begaben, wurden sogar zu einem beglückenden und fesselnden Teil ihres Lebens, auch wenn der Brite jedes Mal umständlich den Ärmelkanal überqueren musste.

George hatte in frühen Jahren eine unvergängliche Liebe zu Deutschland entwickelt. Sie war geprägt durch sein erstes Schulbuch im Deutschunterricht. Dort waren weiße Häuschen mit roten Dächern und gestrichenen Zäunen, idyllische Bauernhöfe mit Nutzvieh und Bäume mit rotbackigen Äpfeln abgebildet. Dazu enthielt es lustige Geschichten und Gedichte. Nach diesem Land hatte er sich immer gesehnt. Auch der Krieg hatte dieser Sehnsucht nichts anhaben können. Nun wollte er Deutschland erwandern und nach Bildern suchen, die er in seinem Herzen bewahrt hatte.

Tonia hatte in den letzten Jahren immer nur Fernreisen für sich gebucht. Je ferner, desto besser. Deutschland erwandern? Ach, das wäre ja wie bei ihren Wandervogeleltern und das wollte sie lieber vermeiden. Aber nun war alles anders und neu. Deutschland war schön, voller unbekannter Schätze und sie lernte, es Stück für Stück mit den Augen von George zu sehen, als wäre sein Traumland auch ihres. Es gab sie ja wirklich, die alten Städtchen mit dem Brunnen auf dem Marktplatz, die schiefen Fachwerkhäuser, die Burgen auf ihren Felsen, die grandiosen Ausblicke von den Bergen. Und sie war Deutsche! Es war ihr Land und sie konnte es George in allen Facetten erklären.

Sie fielen auf. Wenn sie den Frühstücksraum eines Dorfgasthofes betraten, trafen sie auf unverhohlen neugierige Blicke. Das englische Kennzeichen, die englische Sprache, der große Altersunterschied bewegte anscheinend die Gemüter. Bemerkenswert war wohl auch das andauernde lebhafte Gespräch zwischen den beiden Wanderern, worin sie sich von anderen unterschieden.

Da gab es zum Beispiel den unerschöpflichen Bereich der Politik. Besonders das Thema Maggie Thatcher führte bei George zu geradezu allergisch wirkenden Reaktionen. »That Woman with that brick!«, rief er aufgebracht und meinte damit ihre rechteckige Handtasche, hart wie ein Backstein. Und hart wie der Sozialabbau, den sie seiner Ansicht nach in England betrieb. Verglichen damit, erschienen ihm die Deutschen wie verwöhnte Nutznießer der Sozialpolitik, die ihnen sogar Kuraufenthalte finanzierte. »It's your country«, beendete er dann gerne die Diskussion, wenn Tonia ihn beim besten Willen nicht vom Sinn solcher Maßnahmen überzeugen konnte.

Sie sprachen auch über Beziehungen, wobei sie die Zukunft ihrer eigenen Beziehung ganz außen vor ließen. Tonia fand das entlastend. Sie fühlte sich frei, mit George im Hier und Jetzt zu wandern und das Leben zu genießen. Auch George fühlte sich nicht gebunden. Seine Ehefrau lebte seit Jahren in den USA. »Too much ›wedlocked‹«, erwähnte er eines Tages und so, wie er dieses veraltete Wort benutzte, sah und hörte man förmlich, wie der Riegel hinter einem Ehepaar einrastete. Wed-»locked« eben. Sehr gerne sprach er mit Tonia über die Beziehung zu seinen verstorbenen Eltern, über seine Schulzeit, seine Lehrer und seinen unfreiwillig frühen Eintritt in die Army.

Allmählich begriff sie, wie die spezifisch englische Erziehung dieser Jahre sich auf die Bevölkerung, speziell auf junge Männer, ausgewirkt haben musste. Im Internat lag man auf harten Betten, im Unterricht wurde man knapp mit dem Nachnamen aufgerufen, die »stiff upper lip«, ein Synonym für Selbstbeherrschung und Kraft angesichts von Unglück und Bedrohung, wurde quasi mit der Muttermilch eingesogen. Manche dieser Eigenschaften umschwebten George noch immer. Zum Beispiel, wenn er dem Wetter die kalte Schulter zeigte, mit dem Essen so lange wartete, bis der Appetit wirklich groß genug war, und immer einen schweren Rucksack voller Notfallutensilien mitschleppte, allen Bequemlichkeitsvorstellungen zuwiderlaufend.

Diese Gewohnheiten hatten in Georges Armyzeit sicher durchaus ihre Berechtigung. Er hatte als blutjunger Soldat monatelang und ganz allein in der somalischen Wüste ein englisches Fort gegen den Angriff von Mussolinis Soldaten bewacht, nur beschützt durch ein Funkgerät. Wenig später hatte er an der Eroberung der Bretagne teilgenommen. Er erzählte von großen Gefahren und dann aber auch von wahren Cidre-Orgien nach dem Sieg.

Ich bin mit einem Geschichtsbuch unterwegs, sagte sich Tonia manchmal und löcherte ihren Wanderfreund, noch mehr zu erzählen. Was sie hier erfuhr, konnte sie nirgendwo so nachlesen. Einmal verglichen sie ihre Erinnerungen an den Mai 1945. Tonia hatte am Zaun ihrer Flüchtlingsunterkunft gestanden, als baumlange amerikanische Soldaten die Dorfstraße heraufzogen und Schokoriegel an Kinder verteilten.

»That could have been me«, sagte George nachdenklich, der zur gleichen Zeit irgendwo in Niedersachsen eingerückt war.

George lag offensichtlich mehr an Europa als vielen seiner Landsleute. »It's all happening here!«, rief er manchmal leidenschaftlich, wenn er sich durch eine deutsche Zeitung kämpfte. Bestärkt wurde er in seinen Ansichten, als er 1989 hautnah die Öffnung der Grenze zur DDR mitbekam. Bei einer Novemberwanderung durch die Rhön begegnete Tonia und George plötzlich eine Wandergruppe von »drüben«. Die vier blieben stehen, schauten sich misstrauisch um wie soeben gestrandete Aliens und fragten in stark sächsisch gefärbtem Dialekt, ob die Wanderwege weiterführten, ob sie auch ausgezeichnet seien, wie bei ihnen drüben, ob es irgendwo auch Bier gäbe?

»Ham wir ooch«, sagte Tonia, die gerne einmal ihr Sächsisch ausprobieren wollte, und wies in Richtung des Klosters, wo man riesengroße Humpen mit bayrischem Bier bekam. Nach dieser Begebenheit gab es kein Halten mehr. Schon der nächste Ausflug ging in die sich gerade auflösende DDR. Sie steuerten direkt die Stadt Suhl an, die noch so aussah wie die Nachkriegsstädte, die George aus den Vierzigern in Erinnerung hatte. Dazu kam ein erheblicher Gestank von Auspuffgasen und Kohleöfen. Auf dem Rückweg bestiegen sie einen erst kürzlich verlassenen Wachturm, in dem man noch den Zigarettenrauch der ehemaligen Republikschützer zu schnuppern meinte. George war glücklich, den Atem der Geschichte so nah zu spüren. An der Grenze zog er eine Zange aus dem Kofferraum und schnitt ein großes Stück des »eisernen Vorhanges« ab, der jetzt unbewacht und niedergerissen einfach so auf der Wiese lag. »Wenn ich das in meinem Club erzähle …«, murmelte er.

Manchmal, wenn ihr Pfad müheloses Ausschreiten erlaubte, begannen die beiden Wanderer zu singen. Am liebsten Opernarien. George, zu Hause Vorsitzender eines ländlichen Kulturvereins und Teilnehmer an unzähligen Laienaufführungen, kannte alle gängigen Melodien und liebte vor allem die schmissigen aus der Oper *Carmen*. Außerdem unterhielten sie sich auch gerne mit dem in England so beliebten Wortspiel: »… said the bishop to the actress«, oder »… said the actress to the bishop«, das zu unzähligen lustigen und pikanten Variationen führen konnte oder zu Beispielen tiefschwarzen englischen Humors. Beliebt war auch das Spiel »Berufe-Raten«, bei dem sie die Nachbarn am Nebentisch oder an der Theke ins Visier nahmen. Hier ließ George meistens Tonias Analyse gelten, doch dann fragte er eines Tages: »Am I another species under your microscope?«

Tonia zögerte. War sie zu kritisch, zu bestimmt? Wirkte sie zu deutsch? Glich sie jenen unsympathischen Deutschen, die mit schnarrendem Naziton englische Fernsehserien bevölkerten? Verunsichert lenkte sie das Gespräch jetzt lieber ins Scherzhafte.

George blieb beim englischen Understatement und Tonia nahm sich vor, mehr von ihm zu lernen. Manchmal jubelte sie sogar im Stillen: Ein Erwachsener, ein erwachsener Mann, der es überhaupt nicht nötig hatte, aufzutrumpfen. Gäbe es da vielleicht irgendeine Möglichkeit des Transfers, bezogen zum Beispiel auf ihre Chefs zu Hause?

Je länger sie miteinander wanderten, desto kühner wurden ihre Ziele. Georges neues Projekt hieß »high level walking«. Tonia ließ sich darauf ein und erklomm tapfer manche Strecke, die sie sich normalerweise niemals zugetraut hätte. Manchmal schaute sie ungläubig zurück, verfolgte noch einmal mit den Augen den schmalen Pfad, der sich in engen Haarnadelkurven den Fels hinabwand. Niemand außer George hätte sie je davon überzeugen können, dass dies ein großartiges Erlebnis war!

Eines Tages entdeckten sie auf ihrer Wanderkarte eine feine gepunktete Linie namens »Jägerpfad«, die anscheinend eine schlaue Abkürzung von nur einer Stunde zu einer bewirtschafteten Hütte war, die man sonst erst in vier Stunden hätte erreichen können. Auf der Hälfte der Strecke stellte Tonia fest, dass sie sich vollkommen übernommen hatte. Der Pfad erwies sich als so steil, dass Abbruch und Rückweg die größere Gefahr darstellten, als sich voran zu kämpfen. Um nicht ins Tal zu stürzen, musste man sich von Baum zu Baum hangeln. Sie atmete schwer, bekam aber nicht genug Luft. Dann kam auch noch Angst hinzu, ob sie jemals den Gipfel würde erreichen können. Auch George hatte schwer zu kämpfen. Oben angekommen, schlug die Hüttenwirtin die Hände zusammen. »Den Jägerpfad sans komme?« Das hätte schon lange niemand mehr riskiert. Tonia legte sich auf eine Holzbank und war nicht mehr ansprechbar. Da rückte der Hüttenwirt mit einem Vorschlag raus. Man könne sie ausnahms- und geheimerweise mit dem Materiallift ins Tal bringen. Tonia war noch immer so erschöpft, dass sie sich auf alles einließ. Als sie während der Abfahrt einmal kurz die Augen öffnete, sah sie den Draht. Er fegte über die schwankende Lore, und nur weil George und sie blitzartig den Kopf einzogen, kamen sie unbeschädigt im Tal an.

Diese Höllenfahrt beschäftigte Tonia noch lange Zeit. In Albträumen und Tagträumen erlebte sie wiederkehrend den denkbar katastrophalsten Ausgang der Geschichte: Zwei kopflose Wanderer würden im Tal landen, man würde ihre Rucksäcke durchsuchen, um sie zu identifizieren, ihre Köpfe würde man in den tiefen Schluchten des Gebirges zunächst nicht finden können …

Den Abend, an dem sich Tonia nach und nach ein wenig erholte, verbrachten sie auf der Terrasse eines Berghotels mit spektakulärem Blick ins Tal. George wirkte nachdenklich.

»Wenn man mich fragen würde, wo ich im Moment am liebsten wäre«, sagte er schließlich, »dann wäre es hier und jetzt mit dir.« Er schwieg eine Weile und ein Schatten huschte über sein Gesicht. »When I'm dead once, nobody will tell you …«

Auch Tonia kämpfte gerade mit dunklen Gedanken. War das normal heute? Die Luftnot? Das schwere Keuchen? Die noch immer schmerzenden Gelenke? Noch ahnte sie nicht, dass dies der Anfang einer schweren chronischen Krankheit war, die ihr Leben verändern würde. »Was machen wir morgen?«, fragte sie dann aufgeräumt.

»Alles, aber nicht den Jägerpfad«, antwortete George lächelnd.

Donnerschlag

Drei Tage vor Tonias fünfzigstem Geburtstag wachte sie morgens gegen vier Uhr auf. Sie war bei klarem Verstand, aber ihr Körper war fast bewegungsunfähig. Sie wollte ihre Bettdecke hochziehen, doch die Finger hatten nicht genug Kraft, zuzupacken. Sie rappelte sich auf und betrachtete bei Licht ihre heißen, rot geschwollenen Hände. Sie ging ein paar Schritte und hatte das Gefühl, ihr Körper sei mit Blei ausgegossen. Was war das? Eine Vergiftung? Ein Fieberanfall? Irgendwie gelang es ihr, ein paar Kleidungsstücke überzuwerfen und per Taxi als erste Patientin in der Praxis ihres Naturheilarztes, Dr. Bröckerhoff, aufzukreuzen. Der handelte schnell. Er sägte eine Reihe Ampullen auf, zog sie auf eine Spritze und bereitete außerdem eine Infusion vor. »Das ist aber heftig«, sagte er. So etwas Akutes hätte er noch nie gesehen. Er werde sie jetzt unter anderem mit Schlangengift behandeln. Das wirke bei rheumatischen Anfällen dieser Art meistens gut. Die Alternative sei nur Kortison. Das wolle man ja nicht, nicht wahr? Der Verlust von Knochensubstanz, aufgeschwemmte Gesichter und Körper ... Das sei ja bekannt.

Rheuma also, dachte Tonia dumpf vor Schmerzen. Rheumatische Arthritis, wie ihr Vater, wie ihre beiden Großmütter. In den nächsten Stunden fühlte sie eine leichte Verbesserung des Schmerzzustandes und entschied sich, ihren Geburtstagsgästen nicht abzusagen. Ein Fehler, wie sich zeigte. Beim Begrüßen und Verabschieden konnte sie niemandem die Hand geben. In der Nacht nach der Feier kamen in Schüben die Schmerzen zurück.

Bis zu ihrer unverzüglich beantragten Rheumakur ließ sich Tonia weiterhin »Schlangengift« spritzen, oder was immer es war. Das Präparat unterdrückte den Schmerz für ein bis zwei Tage, ohne wirklich zu helfen. Mit abfälligen Bemerkungen übergab ihr Dr. Bröckerhoff einen Arztbrief für die Rheumaklinik »Sonnenstrahl« in Bad Nenndorf. Was konnten die schon machen, diese Schulmediziner!

Ausgerüstet mit mehreren Rheuma- und Gesundheitsbüchern, trat Tonia ihre Kur an. Gleich beim ersten Frühstück der Schock: Am Büfett, aufgefüllt mit unzähligen Varianten von rosa Fleischwaren, bei Rheuma keinesfalls gesundheitsfördernd, stand eine junge Frau mit extrem aufgedunsenem Gesicht, einem Stiernacken, unförmigen roten Händen und Beinen, die in ein damals noch neues Kleidungsstück namens »Leggings« gezwängt waren. Der ursprünglich wohl als Rosenmuster gedachte Aufdruck war in die Breite gezogen, zu einem undefinierbaren Dekor. – Das passiert mir nicht!, dachte Tonia sofort.

Den nächsten Schock verursachte Tonia den Ärzten. »Schlangengift?«, sagten die kopfschüttelnd. Damit einen so schweren Fall entzündlichen Rheumas behandeln?

Widerwillig, aber folgsam schluckte sie ab jetzt die verordnete Dosis Kortison und ließ sich eine Weile davon verführen, wieder schmerzfrei und beweglich zu sein. In der Ergotherapie traf sie dann allerdings auf MitpatientInnen, deren Dosis Milligramm um Milligramm erhöht worden war, ohne die Rheumaschübe wirklich besiegen zu können. Hilflos tauchten die Kranken ihre Hände in kühlende Substanzen, spielten mit Knete und im Körnerbad und stellten letztlich fest, dass man ihnen nicht entscheidend helfen konnte. Umso mehr fühlte sich Tonia nun herausgefordert, alles über ihre Krankheit in Erfahrung zu bringen. Bald reifte in ihr der Entschluss, der Schulmedizin den Rücken zu kehren und auf eigene Faust nach alternativen Wegen zu suchen.

In den Neunzigerjahren war viel die Rede vom Zusammenhang zwischen Krankheit und Persönlichkeitsstruktur. Die sogenannte »Krebspersönlichkeit« war in aller Munde. Protagonist war unter anderen der Schriftsteller Thorwald Dethlefsen mit seinem Buch *Krankheit als Weg*. Hier weiterzuforschen, erschien Tonia lohnend. War dieser Weg vielleicht auch krankheitsüberwindend? Bei Rheuma griff der Körper im Zuge einer überschießenden Immunabwehr das eigene Gewebe an. Er verhielt sich im höchsten Maße autoaggressiv. Da lag es nahe, sich die Bedeutung dieser Krankheit auf seelisch-geistiger Ebene näher vor Augen zu führen. Was hatte das Autoaggressive mit ihr zu tun? Die Diagnose von Dethlefsen könnte man so zusammenfassen: Hyperaktivität, um innere Starrheit und Unbeweglichkeit zu kaschieren, was dann im Äußeren manifest wird, zum Beispiel durch fortschreitende Versteifung der Gelenke.

Ach so? Also auch noch selbst schuld?, fragte sich Tonia wütend und empört.

Unsicher und ungetröstet verließ sie die Klinik und versuchte, sich wieder in ihr altes Leben einzufädeln. Dazu gehörten ab jetzt regelmäßige Spritzen bei Dr. Bröckerhoff, Gespräche mit der Behindertenvetretung ihres Arbeitgebers, ein neuer Zuschnitt ihrer Aufgaben ohne Tagungen und Händeschütteln und eine freie Zeitwahl der Arbeitsstunden. Das gestattete ihr, die besonders schmerzbelasteten Morgenstunden zu Hause zu bleiben und manchmal ihre Arbeitszeit bis in die Nacht auszudehnen. Der Nachtportier wurde jetzt ihr Freund. Er durfte ihr zur späten Stunde keinen Fahrstuhl mehr in den sechsten Stock schicken, aber er organisierte eine Beleuchtungsspur bis zum Lastenaufzug, den er auf eigene Verantwortung betrieb. Die Gespräche mit dem bleichen, freundlichen Mann über Politik, Gesundheit und wie man sich nachts die Zeit vertreibt, verbanden sie, so gut es ging, mit der kleiner gewordenen Welt.

Wenn Tonia schwierige Bewegungen ausführen, eine Treppe hochgehen oder etwas über Kopfhöhe erreichen musste, sang sie kleine selbst gedichtete Mut-Lieder auf Melodien aus ihrer Kindheit: *Du schaffst es gleich, du schaffst es gut, du bist ganz toll und hast viel Mut ...* Dann gelangen körperliche Herausforderungen oft leichter und besser. Gleichzeitig begann nun eine Zeit, in der sie auf diverse Heilsversprechen aus der alternativen Szene einging und meistens hereinfiel. Immer unter der Maßgabe und der Hoffnung: Wer heilt, hat recht.

Da wären unter anderem zu nennen: Fasten (hilfreich), Hypnotherapie (nicht hilfreich), Qigong (nicht hilfreich), Bachblüten (nicht hilfreich), Hildegard-Medizin (nicht hilfreich), Ayurveda-Kur (hilfreich), tibetanische Medizin (nicht hilfreich) und vieles mehr.

In diesem Zeitabschnitt fiel Tonia auch drei ausgemachten Scharlatanen in die Hände. Einer, ein Promi-Arzt, wurde in den Zeitschriften gefeiert, weil er einer bekannten Eiskunstläuferin, die sich aus unerfindlichen Gründen kaum noch zu bewegen vermochte, wieder auf die Kufen geholfen hatte. Tonia konnte er leider nicht helfen, dafür schickte er hohe Rechnungen. Ein Heilpraktiker aus Baden-Baden, ebenfalls durch eine seriöse Zeitung empfohlen, wurde von Tonia schnell als Betrüger entlarvt. Sein sogenanntes Institut zur Blutaufbereitung erwies sich als ein schmuddeliges Hinterzimmer. Ein weiterer Arzt, der sich durch zwei Diätbücher einen Namen gemacht hatte, propagierte im Fernsehen Rheumaheilungen ohne Kortison. Hierzu gehörten auch homöopathische Hochpotenzen. Es zeigte sich, dass eine entsäuernde Diät zwar gute Effekte, Homöopathie aber überhaupt keine hatte. Auch dieser Arzt schickte völlig überzogene Rechnungen.

Tonias private Hauptbeschäftigung bestand inzwischen darin, ihrer Krankenkasse klarzumachen, dass ihre alternativen Heilmaßnahmen wichtig und richtig waren, auch wenn sie selbst immer wieder daran zweifelte. Als die Zahlungen der Kasse ausblieben, kamen Rechtsanwälte, Gutachter und Verbandsvertreter ins Spiel. Die Schulden wurden größer, der Ton rauer. Bald erwies sich ihr alter Naturheilarzt, Dr. Bröckerhoff, als die größte Enttäuschung. Er führte ungeheure Kosten auf, die nachweislich unberechtigt waren und von keiner Kasse übernommen werden konnten. Bei der Sichtung aller Vorgänge entdeckte Tonia etwas, das nicht für ihre Augen bestimmt war: Auch Dr. Bröckerhoff hatte von Anfang an mit Kortison behandelt, getarnt als »Schlangengift«. Sie war entrüstet über den Betrug und gleichzeitig peinlich berührt von ihrer eigenen Naivität. Ihre Rechtsanwältin riet ihr, keinen Pfennig mehr zu überweisen, denn es liefen bei diesem Arzt ohnehin mehrere Verfahren wegen Betrug.

Im Zuge der ganzen Bürokratie, die Tonia durch ihren Fall angezettelt hatte, vergaß sie manchmal, dass sie ja eigentlich verzweifelt nach Heilung suchte. Ihre Hände, einst die schlanken, beweglichen Hände einer Musikerin, hatten sich zu verkrüppelten, verkürzten Gebilden verformt, die nicht mehr zu übersehen waren. Sie war jetzt im wahrsten Sinne des Wortes »handicapped« und wurde von ihren Mitmenschen auch so wahrgenommen. Das schmerzte.

In dieser seelisch und körperlich sehr kritischen Zeit fiel ihr in einem Reformhaus der Flyer eines Instituts in die Hand. »Fortbildungskurs: Psychosomatik – Körper, Seele, Geist; ganzheitliche Heilung und Bewusstseinsentwicklung«. Tonia überlegte zögernd. War das die Richtung, die sie suchte? Die Tagungsreihe, die sich vor allem an Menschen in Heilberufen richtete, kreiste um die evolutionäre Sicht von Krankheit, um ihre Symbolsprache, um Körperweisheit, um heilende Fantasien und würde auch auf akute und chronische Krankheiten eingehen. Nach einem Einführungsabend meldete sich Tonia an. Obwohl sie noch nicht wusste, wie sie die Kurswochenenden bezahlen sollte, war sie sicher, dass man ihr hier zumindest zuhören und sie beim Umgang mit ihrer Krankheit unterstützen würde.

Wie sah Tonias Leben aus, bevor die Krankheit so heftig zum Ausbruch kam? Gab es Anlässe oder Hinweise? Um diesen Fragen näher zu kommen, wurde in ihrem Kurs sehr kreativ mit Übungen, Meditationen, Zweiergesprächen und so weiter gearbeitet.

Während einer dieser Übungen, bei denen es viel um innere Bilder ging, hatte Tonia sich gleich an eine Situation im Beruf erinnert. Sie hatte an einer Neukonzeption ihres Aufgabenbereiches mitgewirkt. Die Darstellung nach außen sollte verbessert, lieb gewordene Gewohnheiten abgeschafft, schriftliche Prägnanz gefordert werden. Dadurch hatte sie sich keine Freunde gemacht, auch wenn das Ergebnis hinterher gut war. Vorerst trafen sie jedoch Blicke wie vergiftete Pfeile. Im Kopierraum verstummten einfach die Gespräche.

In dieser Phase bekam Tonia Besuch von ihrer Mutter. Die kam direkt vom Bahnhof und stand plötzlich in ihrem Büro. Dort entdeckte sie ihre Tochter zwischen riesigen Bergen grüner Laufmappen und roter Eilmappen.

»Kind«, sagte sie irritiert, »musst du das alles lesen?«

Tonia zögerte mit der Antwort. Wie sollte sie diese Papierberge erklären? Musisch sah das bestimmt nicht aus und beglückend schon gar nicht.

»Und dafür das lange Studieren …?«, hörte sie ihre Mutter laut denken.

Auch eine Bewerbung fiel in diese Zeit. Tonia hatte darin eine echte Chance gesehen, denn es wurde gerade eine Frau gesucht und sie hatte die richtige Ausbildung. Nach Ausbruch der Krankheit geriet sie automatisch in die zweite Reihe und war plötzlich ganz froh, dass ihr der Wind nicht mehr direkt ins Gesicht wehte.

Nach dem Psychosomatik-Kurs schloss Tonia weitere Fortbildungen in diesem Institut an. Schließlich absolvierte sie sogar eine Ausbildung zur Therapeutin. Ihre Hoffnung auf Heilung oder Linderung erfüllte sich in all diesen Jahren jedoch leider nicht. Innenschau, Meditation, Selbstanalyse erwiesen sich als ungeeignete Instrumente, diese Krankheit zu besiegen. Gegen die schwere genetische Belastung, die in ihrer Familie ja doppelt und dreifach vorlag, konnte man so wohl nicht angehen.

Dann bewegte sich doch noch etwas Entscheidendes. Tonias Krankenkasse zitierte sie in die Universitätsklinik. Ein Professor sollte zunächst einmal feststellen, ob sie überhaupt Rheuma hatte, und sie dann in eine schulmedizinische Bahn lenken. Andernfalls hätte sogar eine Vertragsaufkündigung gedroht. Auf diese Weise kam Tonia in Kontakt mit der aktuellen Rheumaforschung. Es gab bereits Forschungsprogramme für ein neues Medikament aus den USA, ein sogenanntes »Biological«. Das Präparat versprach, aggressive Moleküle zu blockieren, bevor sie das eigene Gewebe angreifen konnten. Das bedeutete Licht am Ende des Tunnels für viele Rheumakranke, denen man jetzt möglicherweise zum ersten Mal wirklich helfen konnte.

»Jammerschade, dass Sie nicht früher zu mir gekommen sind!«, rief der Professor mit Blick auf Tonias verformte Rheumahände. »Wir hätten Sie schon vor zwei Jahren in ein Forschungsprogramm hineinnehmen können.«

Tonia geriet ins Grübeln. Wie anders ihr Leben dann verlaufen wäre! Viel zu lange hatte sie falschen Heilsversprechen vertraut! Jetzt zeichnete sich eine neue Lebensphase ab. Der Prozess zunehmender Gelenkdeformationen konnte eventuell gestoppt werden und jetzt war sie bereit, diesen schulmedizinischen Weg zu versuchen.

Nachdem Tonia um die Jahrtausendwende vorzeitig aus dem Beruf ausgeschieden war und ihr neues Medikament den Prozess fortschreitender Verkrüppelung gestoppt hatte, nahm ihr Leben wieder Fahrt auf. Krumme Gelenke konnte die Medizin nicht wieder gerade machen, aber ein ganz und gar verkrümmtes Leben wies sie für sich entschieden zurück. Sie gehörte, wie schon ihre Großmutter Veronika, zu den Menschen, die sich niemals langweilen. Sie fing an zu schreiben, beschäftigte sich mit Literatur und Musik, erwarb Abonnements für die Philharmonie und förderte lernschwache Schüler einer Grundschule. Mit dem »Alleine leben« hatte sie also umzugehen gelernt. Oft sagte sie sich sogar, dass wohl kein Partner die schwierigsten Phasen ihrer Erkrankung, die Bewegungsunfähigkeit, die Hoffnungslosigkeit mit ihr durchgestanden hätte.

Das Musische in ihr, das nie ganz verschüttet war, suchte sich jetzt manchmal merkwürdige Kanäle. Ein paar Jahre lang ließ sie sich von griechischer Musik, von Mikis Theodorakis und seiner kongenialen Sängerin Maria Farantouri durch den Alltag tragen.

Ein unaufhörlicher Soundtrack in Moll, voller Sehnsucht und auch Kampfgeist, ersetzte eigenes Singen und Spielen.

Ausklänge

Das Trauergespräch

Als Tonia eintraf, saß der engste Familienkreis bereits beieinander: Ihre Mutter Astrid, die Witwe des in der Nacht verstorbenen Burkhard Dederichs, und ihre Geschwister Arno, Harry und Eva. Sie warteten auf den Pfarrer, der ein Trauergespräch mit ihnen führen wollte. Burkhard hätte im kommenden Jahr, 1999, seinen 94. Geburtstag gefeiert. Alter und Krankheit hatten dazu geführt, dass seine Familie heute von »Erlösung« sprach. Dem konnte sich auch seine zweitälteste Tochter Tonia anschließen. Als der Pfarrer eintraf, stieß er auf eine gedämpfte, keinesfalls tränenreiche oder verzweifelte Stimmung.

Der Geistliche war Burkhard in vorangegangenen Jahren bereits mehrfach bei runden Geburtstagen, Jubiläen und sonstigen Ehrungen begegnet. Er ließ durchblicken, dass er den Verstorbenen geschätzt und verehrt hatte.

Astrid hatte einige von Burkhards Schriften bereitgelegt, aber der Pfarrer, ein kleiner, überarbeitet wirkender Mann mit leiser Stimme, wehrte ab. Das könne er unmöglich bis zur Beerdigung lesen. Also bitte doch alles im Gespräch.

Es würde nicht leicht werden, ein so langes und tätiges Leben wie das von Burkhard Dederichs so darzustellen, dass es ihm gerecht wurde und für die Trauergemeinde auch verständlich blieb. Astrid machte den Anfang:

»Das Leben meines Mannes war ganz und gar vom Wandervogel geprägt. Schon als Neunjähriger ist er damals auf dem Schulhof seines Berliner Gymnasiums von Mitgliedern einer Wandervogelgruppe dafür begeistert worden. Nach dem Ersten Weltkrieg hat er zunächst Führungsaufgaben in der sogenannten Bündischen Jugend übernommen. Er war dort unter anderem Geschäftsführer und Organisator. Seine kaufmännische Ausbildung und Tätigkeit ist diesen Aufgaben gegenüber eigentlich völlig in den Hintergrund getreten. 1922 begegnete er einer besonders markanten Gruppe der Jugendbewegung, nämlich der Jugendmusikbewegung, und dort ihrem Anführer, Georg Götsch. Damit nahm sein Leben dann einen anderen Verlauf.

Ja, wer war Götsch? Ein sehr charismatischer, ganzheitlich denkender und lehrender Volksschullehrer. In den schwierigen Jahren nach dem Ersten Weltkrieg hatte er begonnen, Mädchenklassen aus Berliner Proletarierviertein zur sogenannten Märkischen Spielgemeinde zusammenzuschließen. Hier ging es natürlich auch um die Ideale der Jugendbewegung, nämlich Selbsterziehung, Erleben und Reifen in der Gruppe, aber das über musische Zugänge, wie zum Beispiel Singen, Tanzen, Malen, Spielen. Die so geförderten Gruppen haben sich dadurch so selbstbewusst entwickelt, dass die Spielgemeinde auf große Fahrt durch Deutschland und verschiedene europäische Länder ging, um ihre Lebensart und ihr Können in die Welt zu tragen. Reisemarschall, Organisator und Geschäftsführer war immer mein Mann Burkhard. Zurück in Berlin, gelang es dann des Öfteren, Mädchen der Spielgemeinde in weiterführende Bildungseinrichtungen zu vermitteln. Aus ihnen wurden Lehrerinnen, Künstlerinnen und so weiter.

Schließlich wurde die preußische Staatsregierung auf den ideenreichen Volksschullehrer Götsch und seinen musischen Ansatz aufmerksam. Unterstützt von Würdenträgern verschiedener Fachrichtungen, Staatssekretären, Philosophen, Reformpädagogen, begann man dann mit dem Bau der Fortbildungsstätte »Musikheim« in Frankfurt an der Oder und mit der »musischen Bildung«. Das war damals ein neuer Zweig fortschrittlicher Pädagogik und ist es ja bis heute.«

Tonia schaute sich im Kreis um. Wie immer bei diesem Thema zeigten sich schnell Ermüdungserscheinungen. Die Ideale der Vorkriegsgeneration lagen so fern. Das Avantgardistische, Revolutionäre der Jugendbewegung konnte schwer vermittelt werden.

Arno und Harry, aber auch der Pfarrer hatten zwischendurch mal abgeschaltet.

»Über seine persönliche Lebenssituation sprechen!«, raunte jetzt Tonia ihrer Mutter zu.

»Als das Musikheim stand«, fuhr Astrid fort, »war Burkhard Anfang dreißig. Bescheiden, bedürfnislos, immer der Sache dienend, hat er sich zunächst als Tanzlehrer am Unterricht im Musikheim beteiligt. Da er kein Instrument spielte, hat er die Melodien der Kontratänze perfekt gepfiffen. Von seinem minimalen Stundenhonorar konnte er allerdings kaum leben und so reifte allmählich der Plan, ein eigenes Geschäft zu gründen. In dieser Zeit sind wir uns im Musikheim begegnet.« Jetzt noch klang in Astrids Stimme Bewunderung durch, mit wie viel Umsicht, Geschick und Wagemut Burkhard seinen Lebenstraum verwirklicht hatte. Und zwar ohne Kapital und Vorbild. »In seinem Geschäft hat er beispielhafte Stücke deutscher Handwerkskunst und deutschen Kunstgewerbes angeboten. Der Verkauf selbst war natürlich wichtig, doch mit seinen Waren wollte er auch das Gute, das Echte in die Welt tragen. Er verstand sich als künstlerischer Erzieher und Betreuer seiner Kunden. Die haben es ihm gedankt. Das Geschäft lief ein paar Jahre lang ausgezeichnet. Bis dann leider der Krieg kam.«

Da der Pfarrer inzwischen schon ein paarmal auf die Uhr gesehen hatte, wurden Burkhards wichtigste Lebensstationen während der Nachkriegszeit nur kurz gestreift: Das Herumziehen mit einer Handpuppenbühne durch hessische Kleinstädte und Dörfer, wobei den kulturell ausgehungerten Menschen ein anspruchsvolles Programm geboten wurde, zum Beispiel *Dr. Faustus*. Das Managen eines Streichquartetts, das oft bei Kerzenschein in dunklen, kalten Sälen spielte, aber immer ausverkauft war. Vor allem jedoch die Gründung der Gesellschaft für musisches Leben, die 1946 bereits eine erste musische Tagung durchführte. Wieder war Burkhard der verlängerte Arm seines inzwischen schwer erkrankten Freundes Georg Götsch, als dessen zuverlässiger Macher, Organisator und Ideengeber.

Nach der Währungsreform wurde es ernst. Burkhard hatte inzwischen eine Familie mit vier Kindern, die ernährt werden wollte. Er konnte sich nicht mehr nur auf Tätigkeiten konzentrieren, die seinen Idealen, seinem Wertekanon entsprachen. Immer wieder drohte ihm Arbeitslosigkeit. Schließlich fand er eine Anstellung beim deutschen Jugendherbergswerk, baute das Herbergswerk in Hessen aus, gründete neue Herbergen, verfasste Wanderführer und schrieb Aufsätze über die Notwendigkeit des Fußwanderns für die Jugend. Es war ein Beruf nach seinem Herzen.

Gleichzeitig wurde er der Motor einer Neugründung nach dem Muster des Frankfurter Musikheims. Eine alte hessische Burg wurde zu einer musischen Fortbildungsstätte ausgebaut. Ein weiteres Feld für den unermüdlichen Burkhard. Hier fanden jetzt die »musischen Wochen« statt. Organisation, Briefwechsel, Finanzen, alles lag in Burkhards bewährter

Hand. Nacht für Nacht hörte Astrid seine Schreibmaschine.

Gegen Ende seines Lebens erfüllte Burkhard ein letztes Versprechen, das er seinem inzwischen verstorbenen Freund Georg Götsch gegeben hatte: Er schrieb ein Buch über ihn und eins über das Frankfurter Musikheim.

»Erzählen Sie noch ein bisschen aus seinem Privatleben«, bat jetzt der kleine Pastor.

»Weihnachten war ihm immer sehr wichtig«, erwähnte Astrid und sah Interesse in den Augen ihres Gegenübers aufleuchten. Aber weiter kam sie nicht.

»Weihnachten!«, rief Arno empört. »Wenn ich das schon höre!«

In den letzten fünfzehn Minuten hatten sich seine Mundwinkel immer weiter nach unten gezogen, war sein Gesichtsausdruck immer grimmiger geworden. Jetzt sprang er auf und stürzte raus auf den Balkon, gefolgt von seinem Bruder Harry. Der Pfarrer begriff, dass sich bei diesem Thema eine Menge Dampf im Kessel der Familie Dederichs angesammelt hatte. Er schloss sein Notizbuch und verabschiedete sich leise. Er glaube, er habe das Wichtigste erfasst, rief er über die Schulter und verschwand.

Astrid holte ihre Söhne zurück. »Was war denn mit Weihnachten?«, wollte sie wissen. Da merkte Tonia, dass ihre Mutter bereits den Hebel umgelegt hatte. Wie viele andere Witwen auch würde sie ab jetzt fast immer die unvergleichlich hochstehenden Charakterzüge ihres verstorbenen Mannes hervorheben.

»Erinnerst du dich an ein einziges Weihnachtsfest in unserer Kindheit, an dem wir nicht gezittert haben, ob vielleicht gleich wieder die Bombe hochgeht? Vaters lautes Schreien? Deine Tränen?«, fragte Arno aufgebracht.

Tonia erinnerte sich nur zu gut. Nach der Vorstellung ihres eigentlich wenig religiösen Vaters musste Weihnachten zu einem Fest volkstümlicher Schlichtheit und Schönheit gestaltet werden, zu Burkhards idealer Kinderweihnacht. Mit bebenden Händen hatte die kleine Tonia die rotwangigen Äpfel poliert, die Plätzchen mit Fäden an den Zweigen befestigt, die selbst gebastelten Strohsterne aufgehängt. Immer gewärtig, dass das Nervenkostüm ihres Vaters den Anforderungen nicht standhalten würde. Den Anforderungen nämlich, familiäre Bedürfnisse mit jugendbewegten Idealen überein zu bringen. Damit es doch noch ein schönes Fest würde, ging die Familie schon am Vormittag des Heiligen Abends wie auf Eiern. Später, vor der Bescherung, sangen sie ohne Murren alle zwölf Strophen des Liedes »Vom Himmel hoch, da komm ich her«. Manchmal wurde, sozusagen als Puffer, ein alleinstehender Freund der Eltern eingeladen. Dann konnten alle ein bisschen entspannen.

Nun drängte es jedes der vier Geschwister, etwas Entsprechendes zu erzählen. Harry hatte immer eine Art Beklemmung empfunden, wenn sich der Schlüssel des Vaters im Schloss drehte. Vorsichtshalber hatte er ab dann einfach den Mund gehalten und sich so mit der Zeit den Titel des »großen Schweigers« erworben.

In Tonias Erinnerung tauchten die schrecklichen Sonntagmorgen auf. Das Frühstück musste mit einem vierstimmigen Lied beginnen, wie früher im Musikheim. Immer wieder passierte es, dass ihrer Mutter nach zwei Zeilen die Stimme brach. Zu viel Spannung, zu viele unerfüllbare Ideale, zu wenig Unterstützung im täglichen Leben. Schluchzend hastete sie dann aus dem Raum, gefolgt von Burkhard, der nun wieder einmal das Haus verließ und mit langen wütenden Schritten in den Wald strebte.

Arno berichtete mit belegter Stimme von einer besonders peinlichen Szene aus seiner Pubertätszeit. Er hatte zu seiner ersten Gartenparty eingeladen. Alles sollte total locker sein, formlos und fröhlich. Aber da machte sein Vater nicht mit. Wenn schon, dann müsse das Fest mit einer gemeinsamen Polonaise durch den Garten beginnen. Er selbst werde sie anführen. – Tonia hatte damals aus der Ferne beobachtet, dass es auch ihrem Vater sehr peinlich war, sich zwischen dieser weder bündisch organisierten noch von Idealen geleiteten neuen Jugend zu bewegen. Irgendwie war dieser ungewöhnliche Partyeinstieg schließlich zu Ende gebracht worden. Danach hatte Arno die Verstärker aufgedreht.

Eva war die Letzte gewesen, die das elterliche Haus verließ. Auch sie sprach jetzt zögernd von der Unruhe, die sie jedes Mal erfasst hatte, wenn sich der Schlüssel ihres Vaters im Schloss drehte. Die Gemütlichkeit war mit einem Schlag weg. Immer wieder hatte sie ihn als Fremdkörper empfunden. Wenn sie morgens zum Frühstückstisch kam, hielt Burkhard gerne einen Kindervers für sie bereit, mit dem sie überhaupt nichts anfangen konnte: *Eva, Beva, Maienkäfa*. Es war wohl seine Art, Zärtlichkeit auszudrücken.

Dazu fiel auch Arno noch etwas ein. Man hörte Wut und Fassungslosigkeit heraus, während er sprach. Er hatte als Siebenjähriger eine selbst gemalte kleine Landkarte von seinem Vater geschenkt bekommen. Eingezeichnet waren alle Stellen rund um den Wohnort, wo Falläpfel zu finden waren, damals eine der Hauptnahrungsquellen der Familie. Auf Spruchbändern stand in deutscher Schrift, die er nicht lesen konnte, ein Lob des Apfels und eine Verhaltensanweisung: *Den Geist voll auf das Grüne, Runde richten!* Dann sei man erfolgreich.

»Er hätte mich lieber mal mitnehmen sollen!«, schimpfte Arno in einer Weise, als hätte er seit dieser Zeit innerlich nie aufgehört, mit dem Kopf zu schütteln.

Die Kluft zwischen Vater und Kindern hatte sich mit der Zeit vergrößert. Sie hatten sich immer weniger zu sagen gehabt und Burkhard konnte ihnen immer weniger wehtun. Dennoch hatte die heranwachsende Tonia betroffen reagiert, als sie erkannte, wie inadäquat ihr Vater sie einschätzte. Bei einem der seltenen Familienausflüge hatte sie die Plastikstrohhalme aus den Gläsern in farbige Blüten umgewandelt. Da blickte ihr Vater auf: »Du bist geschickt. Du kannst Kunstgewerblerin werden.« Tonia hatte zu diesem Zeitpunkt bereits die ganze Gemeindebibliothek ausgelesen. Das war ja wohl nicht ihr Weg! Gekränkt musste sie sich eingestehen, dass sie von diesem Elternteil keine realistische Wahrnehmung zu erwarten hatte.

Astrid hatte alles stumm verfolgt. So schnell wollte sie sich ihren Traum einer musikalischen, musisch lebenden Familie nicht ausreden lassen.

»Ihr spielt doch alle ein Instrument, ihr macht alle Musik! Weihnachten sind doch die Verwandten angereist, um uns singen zu hören!«, betonte sie mit schmerzlich bewegter Stimme. Da mussten ihr ihre Kinder recht geben. Natürlich hatten sie in dieser Familie auch profitiert. Keine Frage! Ein paar Minuten saßen sie nun schweigend und nachdenklich zusammen um den großen, ovalen Familientisch.

Arno war der Erste, der wieder das Wort ergriff. Leise sprach er Dinge aus, die er wohl schon lange mit sich herumschleppte. »Er hat uns immer wieder bis ins Mark erschreckt mit seinem lauten Geschrei. Wir fühlten uns schuldig und wussten nicht, warum.« Er stieß seinen Stuhl zurück und verließ wieder den Raum Richtung Balkon.

»Er hätte seine Probleme erst mal für sich klären müssen, bevor er alles auf uns abgeladen hat«, ergriff nun auch der stille Harry das Wort. »Mein unschuldiges Kindergemüt hat er nämlich auch ständig durcheinandergebracht.«

Nun flossen ein paar Tränen. Eva berührte tröstend die Hand ihrer Mutter. »Er hätte uns allen tatsächlich viel ersparen können«, flüsterte sie leise. »Aber vielleicht konnte er nicht anders. Irgendetwas lag quer bei ihm und er fand da nicht heraus.«

In Tonias Erinnerung tauchte ein etwas altersmilderer Burkhard auf. Nachdenklicher und gesprächsbereiter. Bei ihren seltener gewordenen Begegnungen hatte er in letzter Zeit manchmal ein persönliches Thema oder Problem in den Raum gestellt, um eine Rückmeldung von ihr zu bekommen. Es waren späte Suchbewegungen. Tonia war manchmal sogar gerührt über das Vertrauen, das er ihr schenkte. Dennoch fühlte sie, dass sie bei diesem uralten Mann das wackelige Kartenhaus seines Selbstbildes besser nicht ins Wanken bringen sollte.

Kurz vor seinem Tod im Jahr 1998 muss sich dann etwas Entscheidendes in ihm verändert haben. Astrid, die ihren Kindern außergewöhnlich gefasst vorgekommen war, berichtete von einem letzten Gespräch mit ihrem Mann. Sie habe an seinem Kopfende gesessen. Sie habe gefragt, warum er ihre Liebe, die immer da gewesen sei, nicht habe annehmen und würdigen können. Da sei Burkhard in Tränen ausgebrochen. »War ich wirklich so ein Esel? So ein Dummkopf?« Er habe sich entschuldigt. Sie hätten in Frieden und in Liebe voneinander Abschied genommen.

Nach diesem Bekenntnis war der Raum wieder von beredtem Schweigen erfüllt. Alle suchten wohl nach Anknüpfungspunkten im eigenen Leben. Musste man wirklich sechzig Jahre warten, um sich eine Liebe zu gestehen?

Hörst du uns, dachte Tonia und sah ihren Vater plötzlich ganz deutlich vor sich. Nimm es mit!

Die Letzten ihrer Art

An diesem Weihnachtsfest, dem ersten im neuen Jahrtausend, war alles anders. Astrid, das geistig-musische Herz der Sippe, hatte alle Vorbereitungen an ihren in der Nähe wohnenden Sohn abgegeben, wohl wissend, dass es weder Plätzchen noch Stollen noch Bienenwachskerzen geben würde. Eventuell einen Baum und sicher auch ein paar Weihnachtslieder. Zu mehr konnte sich Arno, ihr inzwischen allein lebender Ältester, wahrscheinlich nicht aufraffen. Voll banger Hoffnung schaute sie der Ankunft der entfernt lebenden Kinder, Enkel und Urenkel entgegen und dem Sorgenkind Tonia. Diese wollte sich zum ersten Mal wieder auf die Autobahn trauen. Ihre Augenprobleme nach der letzten Operation waren hoffentlich überwunden.

Als Tonia eintraf, erzählte sie nichts von Anspannung und Gefahr während der Fahrt. Bei Kurven hatte sie tatsächlich noch immer ein Auge schließen müssen, um Spur zu halten. Das musste besser werden!

Dann sah sie Astrid, umringt von Kindern, und merkte sofort, dass etwas nicht stimmte. Die Haare klebten am Kopf, die Strickjacke war schief geknöpft, die Schuhe passten nicht zur Jahreszeit. Später, in Astrids Wohnung, fiel ihr der leere Kühlschrank, der Stapel ungeöffneter Briefe und die völlig falsch eingestellte Heizung auf. Offensichtlich war Astrid mit ihren fünfundachtzig Jahren in einer Lebensphase angekommen, in der sie sich nicht mehr alleine versorgen konnte. Noch zwei Jahre zuvor hatte sie voller Stärke und Umsicht ihren zehn Jahre älteren Ehemann bis zu dessen Tod gepflegt. Jetzt brauchte sie selbst Hilfe.

Tonia spürte plötzlich den Anspruch, den das Leben gerade an sie stellte. Sie war von Astrids vier Kindern dasjenige, das beruflich nicht mehr gebunden war, aber leider auch die Tochter, die sich Astrid niemals freiwillig zu ihrer Betreuung ausgesucht hätte.

Zwischen Astrid und Tonia grummelten schon seit Tonias Kindheit zwiespältige Gefühle. Sie hatte ihre Mutter zu oft weinen sehen, wenn ihr Vater aufbrauste, und sich immer gefragt, warum Astrid nicht einfach abhaute, einen harten Schnitt machte. Schon früh hatte Tonia ihre Mutter zu diesem Schritt drängen wollen. Als nichts geschah, schwor sie sich, es später einmal ganz anders zu machen. – Für Astrid war Tonia das unbequeme Mädchen mit den Röntgenaugen, dem nichts entging, das Beschönigungen durchschaute und aufspießte und immer auf Konfrontationskurs war.

Jetzt näherten sie sich langsam an, erst gedanklich, dann folgten Taten. Ein Pflegedienst und Essen auf Rädern würden die Grundversorgung übernehmen, Tonia würde wegen ihrer Ärzte zwischen Köln und Kassel pendeln und alles sonst im Haushalt Anfallende erledigen. Ihr Bruder Arno würde mittags mit der Mutter essen.

Astrid war nicht dement. Ihr Gedächtnis sprudelte nur so und Tonia liebte ihre Geschichten. Sie fragte und hakte nach. Sie interviewte ihre Mutter und nahm alles auf Tonband auf. Das Mutter-Tochter-Experiment knirschte manchmal, gelang aber jeden Tag ein bisschen besser.

Eines Tages riefen alte Freunde aus der Jugendbewegung an. Ein Pastorenehepaar war aus Württemberg in das christliche Kasseler Seniorenheim gezogen, das auch Astrids Pflegedienst betrieb. Schwester Edith hatte bereits geschwärmt. Da wohne jetzt außer Pastor Fritz Keller und seiner Frau Gertrud auch ein Professor August Mangold, schon neunzig Jahre alt. Der bringe das ganze Heim zum Singen und zum Schwingen. Die Seniorinnen und Senioren würden Malwettbewerbe veranstalten, mit Ton arbeiten und sie sängen mehrstimmig, wenn der alte Pastor in die Tasten greife. Da zögerte Astrid nicht lange. Sie bat Tonia, ein Kaffeetrinken mit ihren alten Freunden vorzubereiten, und regte an, den musischen Professor gleich mitzubringen.

»Ah«, riefen die alten Herrschaften wohlig gestimmt, als sie den schön gedeckten Tisch, den selbst gebackenen Apfelkuchen und den Blick in den blühenden Garten wahrnahmen. »So etwas haben wir nicht in unserem Heim. Ja, und eine Tochter, die alles erledigt«, sagte der alte Pastor anerkennend. Ihm war so schwindelig, dass er sich ständig an irgendetwas oder irgendjemandem festhalten musste. Seine Frau Gertrud trug tatsächlich den handgewebten Bordürenrock der Jugendbewegten, Mittelscheitel und einen tief hängenden Haarknoten. Herr Mangold, mit weiß umkränztem Professorenschädel, entsprach ganz dem Bild eines souveränen, frei denkenden Kunstprofessors.

Bei Gertrud kam Tonia nicht so positiv weg. »Warum hascht du jetzt den Lährberuf aufgäbe«, wollte sie wissen. Tonia kannte solche Fragen und bockte ein wenig. Es war ja auch schon ein paar Jahre her mit dem »Lährberuf«, in Gertruds Augen anscheinend das einzig wahre Betätigungsfeld, um die Welt musisch und damit besser zu machen. Tonia murmelte etwas von neuen Herausforderungen.

»Und wo warscht du zuletzt tätig«, wollte Gertrud noch wissen.

»Büro«, sagte Tonia einsilbig und erzeugte erst einmal Schweigen. Da hörte sie zu ihrer Verblüffung, dass ihre Mutter Astrid sie in Schutz nahm. Das war selten. »Unsere Tochter Tonia hat sehr schön Flöte gespielt und konnte wunderbar dichten. Nur ein paar Hinweise oder Anregungen und schon floss ein Gedicht aus ihrer Feder.«

Tonia fühlte sich, als hätte sie gerade nachträglich einen Ritterschlag für ihr Leben bekommen. Soweit ihre Mutter es übersehen konnte.

Jetzt beteiligte sich auch der Professor am Gespräch. »Aha«, sagte er und schaute Tonia freundlich über den goldenen Rand seiner Brille an, »dann gehören Sie also zu dem einschlägig romantischen Menschentyp: musikalisch, widersprüchlich, sehnsüchtig.«

»Und suchend natürlich«, sagte Tonia amüsiert: »*Und die Welt hebt an zu singen, triffst du nur das Zauberwort.*«

»Ja, so waren wir damals«, nickte Professor Mangold, »geistige ›Morgenlandfahrer‹, wie in Hermann Hesses bekannter Erzählung. Wir wollten keine ›Philister‹ sein, voll im nützlichen Leben verankert, sondern dahin gehen, wo die Schwingungen des Lebens noch möglich waren.«

In Tonias Gedächtnis blitzte kurz auf, dass ihr Vater einen Berg nie einfach hinunterging, sondern hinunterschwang.

»Und dann«, warf sie in die Diskussion, »passten das Singen der Nachtigallen und der Jammer der Welt eines Tages nicht mehr zusammen, jedenfalls laut Heinrich Heine.«

»Alles richtig«, sagte der Professor, »doch wo wären wir heute, wenn nur seelenloser Materialismus unser Denken und unsere Geschichte beherrscht hätten. Jugendbewegtes Leben war immer mehr, nämlich Aufbruch zu neuen Ufern. Nur so konnten sich neue Formen und Farben, Künste, Musikrichtungen, Reformpädagogik und so weiter entwickeln. Mag sein, dass wir auch ein wenig weltfremd waren, dass wir keine tragende politische Kultur entwickelt haben, aber die Jugendbewegung, das Romantische überhaupt war immer ein Mehrwert an Bedeutsamkeit und es öffnete neue Spielräume.«

»Leider haben auch die Nazis zunächst mit diesem Lebensgefühl gespielt«, ließ sich nun Pastor Keller hören. »Sie haben die Vernunft entthront und so etwas wie Reichsromantik geschaffen.«

»Die RAF-Leute waren auch schlimm«, meldete sich jetzt Gertrud. »Sie hatten so eine Romantik der allumfassenden Befreiung, für das Gute und Schöne allerdings keinen Nerv mehr.«

Gertruds noch immer mitschwingende Empörung hatte ganz persönliche Gründe. Während der sogenannten »bleiernen Zeit«, als die Bedrohung und Verfolgung der sogenannten Roten-Armee-Fraktion, der RAF, wie eine dunkle Wolke über Deutschland hing, hatte ihre Familie Leid erfahren. Ihr geliebter Sohn, ein junger, menschenfreundlicher Theologe, hatte eines Nachts dem Drängen von drei unbekannten RAF-Angehörigen nachgegeben und seinen Wohnzimmerfußboden als Schlaffläche zur Verfügung gestellt. Es folgten Verhöre, Gefängnis und schließlich Auswanderung ins ferne Tansania. Als

Vorbestrafter durfte er in Deutschland kein Pfarramt mehr ausüben. Gertrud und Fritz verzehrten sich seither vor Sehnsucht nach ihrem Sohn, ihrer tansanischen Schwiegertochter und ihren in der Ferne geborenen Enkelkindern.

»Für mich hatte das Romantische, das nicht Materielle immer mit Klängen zu tun«, äußerte sich nun auch Astrid. »Beim Singen der alten Lieder, bei Bach- und Schütz-Motetten, bei Weihnachtsmusik alter Meister konnte ich gläubig werden, obwohl ich es sonst gar nicht so entschieden war. Das waren für mich die kleinen Götterfunken, die mich durch alle Untiefen im Leben getragen haben.«

»Apropos alte Meister«, warf jetzt Fritz Keller ein. »Ohne Gesang gehen wir heute nicht auseinander.« Und schon stimmte er ein altbekanntes Lied aus der Renaissancezeit an:

Innsbruck, ich muss dich lassen,
ich fahr dahin mein Straßen ...

Die alten, aber geübten Stimmen wackelten erst ein bisschen, doch dann brachten die fast Neunzigjährigen den vierstimmigen Satz sicher zu Ende. Bevor Wehmut aufkam, denn hier ging es ja um Abschied, forderte der Professor Tonia auf, ihn einmal im Seniorenheim zu besuchen. Er könne ihr dann seine letzten Aquarelle zeigen. Er hätte auch eine sehr gute Flasche Himbeerlikör im Schrank. Das gibt es nicht, dachte Tonia. Der flirtet ja mit mir.

Es sollte das letzte Treffen dieser kleinen Tafelrunde bleiben. Gertrud, weiterhin voller Gram, ihr Lebensende ohne Sohn und Enkelkinder verbringen zu müssen, und auch verängstigt durch eine sich schnell entwickelnde Krebserkrankung, legte sich in Absprache mit Ärzten und ihrem Ehemann einfach ins Bett, aß und trank nichts mehr und wartete auf den Tod. Fritz Keller, nun ganz ohne Halt im Leben, stürzte bald nach Gertruds Tod mit schweren Folgen und stand nicht mehr auf.

Von Professor Mangold erhielt Tonia eines Tages eine Botschaft. Schwester Edith überreichte ihr ein kleines Aquarell, ein Seestück, gemalt in Abstufungen der Sehnsuchts- und Unendlichkeitsfarbe Blau, schon immer Tonias Lieblingsfarbe.

»Und ich muss Ihnen auch noch etwas ausrichten«, sagte Edith. »Sie sollen Novalis lesen. Wer ist das eigentlich?«

»Ein alter Dichter«, antwortete Tonia. »Jung gestorben.«

Sie bat, dem Professor Dank und Grüße zu überbringen. Aber Edith schüttelte den Kopf. »Ich habe heute Nacht Totenwache bei ihm gehalten. Er ist friedlich eingeschlafen.«

In den nächsten Wochen ließ Tonia immer öfter den Gedanken zu, wie sehr sie selbst von romantischen Ideen umfangen und bestimmt worden war. Als junges Mädchen hatte sie jeden Abend ein Eichendorff-Gedicht gelernt.

Ach, wer da mitreisen könnte!
In der prächtigen Sommernacht.

Diese Zeilen erschienen ihr wie für sie gemacht. Man musste nur noch aufbrechen und dem Posthorn folgen. Wenn sie damals in die Zukunft blickte, allerdings nie weiter als bis zur Jahrtausendwende, sah sie sich schreibend beim Ersinnen schöner, sehnsuchtsvoller Romane.

In dieser Zeit hatten sich ihre Brüder bereits die technische Ausstattung erkämpft, die junge Männer ihrer Generation einfach haben mussten: Schallplatten, Plattenspieler, Verstärker und so weiter. Sie hatten Tanzmusik in Kneipen gemacht, Zeitungen verkauft und dann ihre selbst verdiente Technik unter dem Bett verschwinden lassen, um sie den kritischen Augen ihres Vaters zu entziehen. Denn Jugendbewegte wie er lehnten technisch erzeugte Klänge ab, das heißt Musik, die nicht aus dem Herzen, aus der Kehle floss. Dieser Bruch zwischen den Generationen und ihrer unterschiedlichen Weltsicht war früh erkennbar, verstärkte sich über die Jahre und würde sich nie wieder vollständig kitten lassen.

Bei Tonia hatte es länger gedauert, bis sie sich von den Träumen ihrer Eltern hatte lösen können. Die Brüche, das Hinterfragen jugendbewegter Ideale wurden dann vor allem durch die Frauenbewegung und die Studentenbewegung gefördert. Letztere hatte die Musikstudentin Tonia derzeit hart ins Gericht genommen. »Dürfen die Musen sprechen, während die Welt im Argen liegt«, fragten die Kommilitonen. Die Antwort war Nein, höchstens in der Form von Kampfliedern. Alles andere hätte ja zu einer unerwünschten Versöhnung mit der Bürgerlichkeit führen können.

Das alles lag lange zurück. Im gemeinsamen Gespräch beschäftigten sich Tonia und Astrid jetzt viel lieber mit den »kleinen Götterfunken«, die vor allem Astrids Leben bereichert hatten und noch bereicherten. Die fünf Enkelkinder spielten alle ein Instrument, weitgehend gesponsert von ihrer Großmutter. Die jüngste Tochter Eva war zu hundert Prozent das geglückte Ergebnis einer musischen Sozialisation. Sie spielte mehrere Instrumente, lehrte an einem musischen Gymnasium, dirigierte Chöre und Orchester, spielte in einem Streichquartett, sang in einem bekannten Chor und so weiter. Ein Leben ohne Brüche und trotzdem in der Gegenwart angekommen. Für Astrid und Tonia ein beliebtes Gesprächsthema. Daran schlossen sich oft Betrachtungen über künstlerische Begabungen in den letzten drei Generationen ihrer Familie an. Waren sie nicht alle beflügelt vom Schönen, vom Wunderbaren? Hatte das Künstlerische ihrem Leben nicht herrliche Glanzlichter aufgesetzt?

Kurz vor deren Tod im Jahr 2006 schenkte Tonia ihrer Mutter ein Buch in großer Schrift. Es war die Autobiografie *Doppelleben* von Carola Stern. Mit letzter Augenkraft kämpfte sich Astrid durch die Seiten und blieb an denen hängen, auf denen die Autorin beschreibt, dass sie keine schönen deutschen Volkslieder mehr singen und hören kann, seit sie realisiert hat, dass zur gleichen Zeit, als sie dies in ihrer BDM-Gruppe tat, Kinder in Gasöfen verbrannt wurden. Astrid war nachdenklich, aber weit davon entfernt, das Schöne, Musische und Beglückende in ihrem Leben insgesamt infrage zu stellen. Auch der schwere Skiunfall ihres Lieblingsenkels, der zu einer Querschnittlähmung führte, konnte sie in diesem Bewusstsein nicht irre machen.

Astrids Tod war friedlich. Bei der Beerdigung erklang die Händel-Arie, die sie selbst so gerne und so schön gesungen hatte. Als Tonia und Eva die Wohnung leer räumten, die Noten, die Instrumente, die kleinen Kunstgegenstände, die Kinderzeichnungen, brachen sie plötzlich in Tränen aus. Ein ganzer Kosmos an Leben, gespeichertem, musischem Leben, wurde hier gerade verteilt. Die Schwestern mussten sich erst einmal beruhigen. Sie setzten sich auf den Balkon und genossen den Blick ins Grüne, den ihre Mutter immer so geliebt hatte. Da geschah es. Ein großer blauer Schmetterling von einer Art, die seit langer Zeit nicht mehr in der freien Natur lebt, umschwebte sie gemächlich und segelte dann langsam um die Hausecke.

Ein Wiedersehen

Plötzlich stand sie vor dem berühmten Bild der Peggy Sinclair, von dem sie schon so viel gehört hatte. Es traf sie wie ein Schlag, denn die Entstehung dieses Kunstwerks war in der fernen Jugend ihrer Mutter von besonderer Bedeutung gewesen und hing nun da und leuchtete und schillerte in grünblauen Farben und war wie ein langer Korridor in die Vergangenheit.

Die sechsundsiebzigjährige Tonia hatte sich aufgemacht, um noch einmal die documenta zu besuchen, die 14. der weltweit bekannten Kunstaustellung, die seit 1955 in ihrer Heimatstadt Kassel stattfand. An diesem Morgen merkte sie bald die Ermüdung durch Bilder, die sie eher gleichgültig ließen, durch zu viele Besucher und zunehmend verbrauchte Luft. War sie abgestumpft? Konnte Kunst sie nicht mehr mitreißen wie in früheren Jahren? Wie bewegend war doch ihre erste documenta gewesen! Als wäre ein dicker grauer Vorhang gelüftet worden. Und so war es ja auch. Die fünfzehnjährige Tonia hatte damals zum ersten Mal nach dem Krieg Weltkunst zu sehen bekommen, impressionistische Werke und Gegenwartskunst, die in Deutschland so lange verborgen und verboten gewesen waren.

In diesem Jahr, 2017, hatten sich die Ausstellungsmacher anscheinend darauf besonnen, dass Kassel selbst schon immer eine lebendige Kunstszene gehabt hatte. So war ein Raum mit lokalen und regionalen Exponaten aus den Dreißigerjahren bestückt worden und da hing nun an prominenter Stelle das Porträt von Peggy Sinclair, 1931 in expressionistischer Manier von Karl Leyhausen gemalt, einem damals bekannten Kasseler Künstler.

Jetzt war für Tonia erst einmal Pause angesagt, um den ins Gedächtnis drängenden Bildern und Gedanken aus früheren Zeiten Raum zu geben. Sie fand draußen eine Bank im Schatten, legte die Beine hoch und schloss die Augen.

Und schon steckte sie wieder tief in den Erinnerungen ihrer Mutter ... ein weites Feld, denn die waren manchmal bunter und berührender als ihre eigenen. Als Kind hatte Tonia zeitweise die Vorstellung gehabt, dass ihre eigene Kindheit, ihr eigenes Erleben, verglichen mit dem Füllhorn schönster und interessantester Erinnerungen und Erzählungen ihrer Mutter, stark abfiel.

In Astrids Kindheit und Jugend muss die Sonne öfter geschienen haben, waren die Menschen lebendiger und die junge Astrid mit allen aufs Innigste verbunden. Freundschaften waren beständig, Astrids Eltern ein sicherer Hafen an Verständnis und Liebe, die Zukunft ein Paradies voller begabter Menschen und schöner Klänge. All das war von Astrid in lebendigsten Farben geschildert und ständig wiederholt worden. Streckenweise lebte Tonia stärker in der Kindheit ihrer Mutter als in ihrer eigenen und vorhin noch hatte sie vor Peggys Bild plötzlich den Eindruck gehabt, diese selbst gekannt zu haben.

Für Geschichten rund um die Familie Sinclair hatte sich Tonia immer in besonderem Maße interessiert. So wanderte sie quasi mit, als Astrid und ihre Freundin Nancy Sinclair auf einem Schulausflug hinter der Klasse zurückblieben, weil sie zu vertieft gespielt hatten. Würde die Lehrerin schimpfen? Würde es Ärger geben? Da nahm die tapfere Nancy eine große Sicherheitsnadel aus ihrer Umhängetasche und stach sich ein paarmal ins Knie, bis es blutete. Arm in Arm humpelten sie zum Treffpunkt. »Ich bin gefallen und sie musste mich stützen«, erklärte Nancy und damit hatte alles sein Bewenden. Astrid war ihr Leben lang fasziniert von der Frechheit und totalen Schmerzverachtung ihrer Freundin.

Die Sinclairs stammten aus Irland. Nancys Vater, William Sinclair, genannt Boss, hatte in Dublin ein Kunst- und Antiquitätengeschäft aufgebaut, das allerdings schlecht lief. Kaum konnte er davon seine

Frau und seine fünf Kinder ernähren. Boss war mehr Künstler als Geschäftsmann. Schöne Stücke gab er ungern wieder her. Die wirtschaftliche Lage war jedoch nicht der einzige Grund für immer drängendere Auswanderungspläne, sondern auch der wachsende Nationalismus der Iren, die es einem Halbjuden wie ihm zunehmend schwer machten, dort zu leben. 1922 zog die Familie nach Kassel, eine Stadt mit Kunstakademie und aufgeschlossener Szene für verschiedene Kunstrichtungen. William wollte in Deutschland avantgardistische Werke erwerben und in Irland mit Gewinn verkaufen.

Dieser Plan ging zunächst auf, platzte jedoch später durch die Weltwirtschaftskrise und die Entwicklung des Nationalsozialismus. Als Tonias Mutter Astrid bei den Sinclairs ein und aus ging, war von Wohlstand nichts oder schon nichts mehr zu spüren. Astrid selbst kam aus einer Familie mit vier heranwachsenden Brüdern und reformpädagogischen Ansichten. Da spielten Ordnung und Sauberkeit keine dominante Rolle. Was sie bei Sinclairs erlebte, war dann eine andere Welt. Diese wohnten in der dritten Etage eines schäbigen Miethauses, praktisch ohne Möbel, aber mit einem Klavier. Es gab keine Teppiche, kaum Besteck oder Geschirr, Kissen auf dem Fußboden, an den Wänden lehnten jedoch, neben Skiern und Fahrrädern, die schönsten und interessantesten Bilder der Moderne. Die Mahlzeiten waren mehr als einfach und total formlos. – Der naheliegende Gedanke, dass die Armut das Leben der Familie völlig eingeengt und bestimmt hätte, wäre indessen irreführend. Bei den Sinclairs wurde gelacht, getrunken, musiziert und getanzt. Leute kamen und gingen. Die Unterhaltung war oft hitzig, dennoch immer voller Esprit, wie Tonias Mutter sich erinnerte.

An Nancys Mutter Cissie dachte Astrid mit besonderer Sympathie zurück. Diese hatte als junges Mädchen in Paris Kunst studiert und spielte hervorragend Klavier. Sie feierte gerne mit und ließ alles locker laufen. Wie Astrid mitbekam, hatte ihre streng bürgerlich-protestantische Stammfamilie in Irland die verlorene Tochter mehr oder weniger als Bohemienne abgeschrieben und die Tatsache, dass sie mit einem Halbjuden verheiratet war, nötigte ihren Leuten daheim wahrscheinlich zusätzliches Kopfschütteln ab. Dennoch gab es ein irisches Familienmitglied, das Cissie genau wegen all ihrer unbürgerlichen Eigenschaften schätzte und verehrte. Es war ihr Neffe Sam, ein schlaksiger, blonder, hochgewachsener junger Mann, mit tiefgründigen blauen Augen. Er, der spätere Literaturnobelpreisträger Samuel Beckett, besuchte seine aus der Art geschlagene Tante Cissie und ihre Familie in den späten Zwanzigerjahren zu jeder sich bietenden Gelegenheit in Kassel. Sie bot dem schwierigen und begabten Einzelgänger Heimat und Verständnis. Allerdings war auch klar, dass vor allem Cissies interessante, witzige Tochter Peggy das Ziel seines Begehrens war.

Einmal fing Nancy ihre Freundin Astrid an der Haustür ab. Sie könne nicht reinkommen. Oben würden alle durcheinander schreien, Peggy sei in Tränen aufgelöst und Sam säße stumm in einer Ecke. Der Grund war die sich schon länger anbahnende Liebesgeschichte zwischen Sam und Peggy und ihre Heiratspläne. »Sie sind doch Vetter und Kusine, das geht doch nicht, dass sie heiraten!«, rief Nancy. Aber Astrid, ein romantischer Backfisch, hätte es trotzdem toll gefunden. Sie bewunderte Nancys große Schwester, die in Kassel den Ruf einer eigenwilligen, völlig selbstbestimmt lebenden und manchmal etwas launischen Schönheit hatte. Wenn sie gut drauf war, brachte sie Familie und Freunde dazu, Tränen zu lachen; in depressiven Phasen war sie kaum ansprechbar. Vorzugsweise in Grün gekleidet, modebewusst und feierfreudig, bewegte sie sich in der Kasseler Künstlerwelt. Ihr Sprachstil war auffallend. Ein rasend schnell hervorgebrachtes Gemisch aus Englisch und Deutsch. Holprig und komisch zugleich.

Eines Tages hatte Peggys Porträt bei den Sinclairs an der Wand gelehnt. Astrid war begeistert. So war Peggy wirklich! Wie hatte der Maler das nur hinbekommen? Mit so groben Pinselstrichen! Bald verschwand das Bild allerdings wieder. Warum, blieb unklar, aber Astrid hatte es nie vergessen können.

Tonia war dieser Geschichte auf der Spur geblieben. Vieles, was Tonias Mutter nicht in allen Einzelheiten überliefert hatte, konnte man inzwischen in einer Beckett-Biografie nachlesen:

Die Beziehung zwischen Sam und Peggy entwickelte sich damals sehr konfliktreich. 1931, im Entstehungsjahr ihres Porträts, war von Heirat schon keine Rede mehr. Stattdessen hatte Sam begonnen, die Begegnung mit Peggy literarisch zu verarbeiten. Dass er dazu Originalbriefe seiner früheren Angebeteten verwendete, führte zeitweise zu einem Zerwürfnis mit Cissie und William.

Anfang der Dreißigerjahre erkrankte Peggy an Tuberkulose und musste sich in einer hessischen Spezialklinik behandeln lassen. Dadurch kam die Familie nicht aus Deutschland weg, obwohl sich die Lebensverhältnisse hier immer unerfreulicher für sie entwickelt hatten. Boss Sinclair versuchte, seine Lieben mühsam mit Englischstunden über Wasser zu halten. Sie konnten jedoch dem Elend vorerst nicht entfliehen. Erst 1933, nachdem Peggy gestorben war, verließen Sinclairs Deutschland in einer Nacht- und Nebelaktion, niedergedrückt durch die Schulden, die Nazis und die Trauer über Peggys Tod.

Tonia blieb auf ihrer Bank sitzen, blickte ins Grüne und ließ weitere Erinnerungen in sich aufsteigen. Nancy Sinclair und Astrid hatten sich damals aus den Augen verloren. Warum? Sie wusste es nicht so genau. Vielleicht deshalb, weil Astrid die Schule verlassen hatte, um eine Ausbildung als Kindergärtnerin zu beginnen. – Aber es kam dann doch zu einem Wiedersehen, wenn auch viel später und begleitet von Zwiespalt und Disharmonie.

In den Sechzigerjahren entwickelte sich Deutschland zum Wirtschaftswunderland. Die Menschen fingen an zu reisen, die Welt neu zu erkunden. Eine besonders agile Klassenkameradin von Astrid forschte in England, Amerika und Südafrika nach dem Verbleib ehemaliger jüdischer Mitschülerinnen und lud sie zum Klassentreffen nach Kassel ein. Es wurde ein voller Erfolg. Fast alle Ehemaligen lebten noch und kamen gerne. Das Treffen vermittelte den Beteiligten das gute und beruhigende Gefühl, über Krieg und Diktatur hinweg miteinander in Verbindung geblieben zu sein. Nur Nancy Sinclair schien unauffindbar. Dann kam, verspätet, eine Postkarte aus Südfrankreich. Nancy, inzwischen verheiratet und Mutter von drei Kindern, lebte dort mit ihrer Familie in einem kleinen Dorf. Sie sandte allen herzliche Grüße. Dieses Lebenszeichen ließ Astrid keine Ruhe. Sie wollte Nancy unbedingt wiedersehen. Vor den Sommerferien unterstützte sie zunächst einmal den Plan ihres Sohnes Harry, sich per Anhalter auf den Weg nach Südfrankreich zu machen.

Harry berichtete bei seiner Rückkehr interessante Einzelheiten. Nancy und ihre Familie lebten in einem verfallenen Steinhaus, mehr eine Hütte. Morgens um fünf gingen alle auf die Jasminfelder, um Blüten für die Parfümproduktion in Grasse zu ernten. Das war anscheinend der Lebensunterhalt. Harry hatte sich angepasst, hatte mitgeerntet und ansonsten eine gute Zeit mit dem gleichaltrigen Sohn der Familie verbracht. Er war mit seinem ungewöhnlichen Urlaub zufrieden.

1963 bekam endlich auch Astrid die Chance, ein Treffen mit ihrer alten Schulkameradin zu realisieren. Sie begleitete ein befreundetes Ehepaar auf einer Kunstreise durch Frankreich.

Nicht weit von Nancys Wohnhaus ließ sie sich auf einem Feldweg absetzen und ging zu Fuß. Wurde sie erwartet? War ihre Postkarte angekommen? Da entdeckte sie Nancy. Sie war korpulent geworden und sah älter aus, als sie es ihren Jahren nach war. Als Astrid auftauchte, stellte sie die Eisenpfanne zur Seite, in der sie gerade etwas briet, und rieb die Hände an der Schürze ab. »Hello«, rief sie in Englisch, gefolgt von »Allô«, mit französischer Betonung, und schließlich doch ein eindeutig deutsches »Hallo und guten Tag!«. Dann drückten sich die beiden Frauen lange und herzlich die Hand. Nancy war nie eitel gewesen und hatte sich schon immer in spärlich möblierten Räumen bewegt. Deshalb fand sie anscheinend nichts dabei, Astrid in dieser halb verfallenen und mehr als ärmlichen Wohnstätte zu begrüßen. Es gab Rotwein, der in einer großen bauchigen Flasche offen neben dem Herd stand.

Bevor die Unterhaltung in Gang kam, tauchte Nancys Ehemann Ralph auf. Er war Maler und Autor, aber anscheinend erfolg- und glücklos. Er und Nancy rauchten eine Gauloise nach der anderen und schütteten regelmäßig Rotwein nach. Am Nachmittag kehrten Nancys Kinder aus der Schule zurück. Sie begrüßten Astrid höflich auf Französisch und machten einen frischen, gesunden Eindruck.

Nancy wollte anscheinend weder Deutsch sprechen noch über ihre Erlebnisse der letzten dreißig Jahre berichten. Später hörte man Ralphs Schreibmaschine. Die Kinder waren ausgegangen und Astrid konnte endlich Grüße von ehemaligen Klassenkameradinnen ausrichten, die auch gerne einmal hier unten im Süden vorbeischauen wollten. Wenn sie richtig mitgezählt hatte, musste Nancys Alkoholpegel jetzt schon ziemlich hoch sein. Anscheinend hoch genug, um zu reden.

»Ihr wollt also alle herkommen«, sagte Nancy. »Als wäre nichts gewesen? Als hättet ihr nicht Millionen Juden umgebracht? Als könnte man alles wieder unter den Teppich kehren?«

Wie Astrid später zu Hause erzählte, trafen sie diese Sätze wie ein Schlag in die Magengrube. Sie, die in Deutschland geblieben war, hatte auch nur irgendwie überlebt, geliebte Brüder verloren, überhaupt alles verloren. Und nun war sie auf einmal als Mitglied der Täternation, der Tätergeneration gebrandmarkt. Ihr fielen ein paar gefährliche Aktionen ein, die sie trotz Naziüberwachung riskiert hatte, zum Beispiel Kriegsgefangene mit Essen versorgen. Aber Nancys Vorwürfe hatten ihr die Sprache verschlagen.

»Ich habe geholfen, wo ich konnte«, sagte sie schließlich kleinlaut.

»Und was hättest du getan, wenn du gesehen hättest, wie ein Jude an seinem Bart aus seinem Laden gezerrt wird?« Nancy schien eine solche Szene in Erinnerung zu haben. Astrid blieb stumm. Sie hätte wohl nichts getan. Sie hätte an ihre Familie gedacht, an die Unversehrtheit ihrer Kinder.

Beim Abschied am nächsten Tag war Nancy ein wenig zugänglicher. Sie ließ sogar ein bisschen Hoffnung durchschimmern. Bald würde Ralphs Buch erscheinen und bis dahin würde ihr berühmter Vetter Sam, der Frankreich zu seiner Wahlheimat erkoren hatte, ab und zu helfen. »Der war übrigens im Widerstand!«, rief sie. Dann besann sie sich, packte eine kleine Kräutermühle ein, die Astrid bewundert hatte, und trug sie hinterher. Schließlich umarmten sie sich ein wenig und hatten beide Tränen in den Augen.

Tonia wusste noch genau, in welchem Zustand ihre Mutter damals aus Frankreich zurückgekommen war. Immer wieder brach Astrid in Tränen aus und konnte nachts nicht schlafen. Ihr Selbstbild war ins Wanken geraten. Sie hatte erfahren, dass die Deutschen, vom Ausland aus betrachtet, zweifelhafte, minderwertige Gestalten der Geschichte waren. Alle positiven Eigenschaften, die sie immer gerne mit ihrer Person verbunden hatte, die gute Freundin, die gute Mutter, die in ihrer Umgebung so beliebte und geschätzte Zeitgenossin, musste sie sich erst nach und nach zurück erkämpfen.

Damit war für Astrid das Thema Nancy und die Sinclairs noch nicht beendet. 1986, zum 80. Geburtstag von Samuel Beckett, hatte eine Forschungsgruppe der Universität Kassel ein internationales Symposion zum Thema »Samuel Beckett und die Literatur der Gegenwart« veranstaltet. In der Zeitung waren jene Bewohner der Stadt um Teilnahme gebeten worden, die in den Zwanziger- und Dreißigerjahren Kontakt zu Beckett selbst und/oder der Familie Sinclair gehabt hatten.

Da hatte Astrid sich nicht lange bitten lassen. Sie hatte sich zum Veranstaltungsort begeben und das Geschehen zunächst einmal vom oberen Rand der Hörsaalarena aus betrachtet. Wie sich herausstellte, war sie die einzige Bürgerin Kassels, die aus eigenem Erleben etwas über Samuel Beckett und die Sinclairs beitragen konnte. Unter Beifall und bewunderndem Gemurmel war sie, wie sie berichtete, die Treppe hinunter zum Stuhlkreis der Experten und zum Mikrofon geschritten und hatte nach bestem Vermögen die Fragen, die die Forscher ihr stellten, beantwortet. Von besonderem Interesse war wohl für die Veranstalter die Frage, inwieweit die Beziehung zwischen Peggy und Sam in Becketts Literatur Eingang gefunden hat. Dazu konnte Astrid nichts sagen, aber dass sie stattgefunden und die Gemüter bis aufs Äußerste bewegt hatte, schon.

Bereits 1992, nur wenige Jahre nach dem Symposion, war die Forschung ein Stück weiter. In Dublin war der Roman *Dream of Fair to Middling Women* (*Traum von mehr bis minder schönen Frauen*) erschienen, der streckenweise in Kassel spielte und auch um die Beziehung zwischen Sam und Peggy kreiste.

In Astrids vorletztem Lebensjahr, 2004, hatte es wieder einen Aufruf in der Zeitung gegeben. Wieder wurden Zeitzeugen gesucht, die die Sinclairs noch gekannt und Samuel Beckett damals in Kassel erlebt hatten. Dahinter steckte der Plan, in Kassel eine Samuel-Beckett-Gesellschaft zu gründen. Auch diesmal hatte Astrid einen kleinen Beitrag leisten können.

***

Tonia war so in Gedanken versunken, dass ihr die geschichtsträchtige Stelle, an der ihre Bank stand, erst jetzt ins Bewusstsein rückte. Die Straße hieß »Schöne Aussicht«, denn von hier oben blickte man auf die barock gestaltete Karlsaue. Unzählige Fotos aus drei Generationen ihrer Familie waren in dieser Umgebung entstanden. Eins davon liebte Tonia besonders. Es zeigte die Großeltern mit ihren fünf Kindern unter einer alten Eiche. Veronika trug einen langen Rock und einen radähnlichen Hut mit Schleier. Im Haar der etwa sechsjährige Astrid im weißen Kleidchen prangte eine Riesenschleife, die Knaben steckten in Matrosenanzügen. In der Nähe befand sich dereinst die Kunstgewerbeschule, an der Veronika studiert hatte. Und über die »Schöne Aussicht« hatte später Astrids Weg zu ihrem Geigenlehrer geführt. Sichtbar in der Ferne stand noch immer die Kirche, in der Tonias jüngere Schwester Eva ein Orgelkonzert mit dem Schulorchester aufgeführt hatte. Ihr Musiklehrer hatte die zwölfjährige Solistin ab dann immer gerührt »Amadeus« genannt. Die nahe der Karlsaue liegende Karlskirche wiederum war Zeuge von drei Generationen sangesfreudiger Frauen aus Tonias Familie, die an Aufführungen großer Werke der Chorliteratur mitgewirkt hatten.

Die Sehnsucht, dem Leben eine künstlerische Form zu geben, hatte sie geprägt und war ein Leitstern, auch in schweren Zeiten.

Wie würde es weitergehen? Würden zukünftige Generationen ihrer Sehnsucht nach Schönheit und künstlerischer Gestalt nachgehen können oder wollen? Hatten sie noch den Sensor dafür? Oder würden sie lieber zulassen, dass Algorithmen diese Aufgabe übernahmen? Vor Tonia tat sich ein Ozean offener Fragen auf.

Phänomen 40c

Sie lernten sich in einem dieser schnellen und völlig emissionsfreien Interkontinentalflieger kennen. Als Ando Andaluz die Kabine betrat, saß sie bereits vorne auf einem privilegierten Platz. Sie fiel ihm sofort auf. Sie fiel allen Menschen sofort auf, denn sie war der hellblonde, blauäugige Ausnahmetyp, den es im 23. Jahrhundert kaum noch gab. Durch Kriege, Flucht, Vertreibung und Verstrahlung hatten sich die Erdenbürger immer mehr vermischt und einen brünetten Durchschnittstyp ausgebildet. Mit seinen blauschwarzen Haaren und dem dunklen Teint war Ando Andaluz allerdings selbst eine Ausnahmeerscheinung. Wie es der Zufall wollte, und noch glaubte Ando ja an Zufall, hatte er den Platz direkt neben ihr.

Er nickte ihr freundlich zu und versuchte, sich nicht anmerken zu lassen, wie entzückt er von ihrer hellen Haut und ihrem kühlen Blick aus tiefblauen

Augen war. Ab jetzt hatte er nur noch eins im Sinn, er musste sofort herausfinden, wer die Schöne war. Dazu standen ihm mehrere Systeme zur Verfügung. Er setzte Gehirnströme in Gang und überprüfte die Ergebnisse seiner Suche über sein Brillenmodul. Es dauerte nicht lange, bis Ando feststellte, dass seine Bemühungen vollkommen ins Leere gingen. Er hatte es hier anscheinend mit einer Person zu tun, die sich der Pflichtvernetzung jedes Menschen auf dem Globus konsequent entzog und deshalb nicht gefunden werden konnte. Aufgebracht warf er sich in das Polster seines Sitzes und spielte verschiedene Möglichkeiten des Protests durch. Da streckte seine Nachbarin ihre Hand aus und stellte sich vor: Selma Olsen, sagte sie freundlich. Ich glaube, wir haben das gleiche Ziel an der Ostküste.

Ando reagierte verblüfft, fing sich jedoch schnell wieder. Diese Selma konnte unmöglich mitbekommen haben, dass er sie trackte. Aber sie wusste anscheinend ganz genau, wer er war und wo er hinwollte. »World Commission of Art and Entertainment? WCAE?«, hörte er sie gerade noch fragen und nickte eifrig. Da wurde es plötzlich ganz still in der Kabine. Sie flogen jetzt über die riesigen und für Jahrtausende verstrahlten Gebiete des früheren asiatischen Kontinents. Wissen, Kulturen, Sprachen und Bodenschätze waren damals, im 22. Jahrhundert, unwiederbringlich verloren gegangen und hatten zu einer neuen Form der Weltherrschaft geführt. – Erst als sie sich der amerikanischen Ostküste näherten, wurden die Gespräche in der Kabine wieder lebhafter und bezogen sich auf ihre normale, geordnete Welt.

Angekommen im riesigen, hochmodernen Weltkongresszentrum, verlor Ando Selma Olsen erst einmal aus den Augen. Verwundert suchte er nach der Verankerung des Gebäudes, das zu schweben schien, und bewegte sich dann in den Vortragssaal. Da sah er sie wieder. Sie saß in der ersten Reihe an der Seite eines bedeutend aussehenden weißhaarigen Mannes und zog mit ihrer hellen Erscheinung wieder alle Blicke auf sich. Nun erhob sich der Weißhaarige und schritt mit elastischen Schritten zum Rednerpult. Ando traute seinen Augen nicht. Es war Don Murphey-Smith, die rechte Hand der »Vier Weisen«, der vier Führer des Weltgeschehens. Jeder kannte ihre Namen und ihre Bulletins, aber noch niemand hatte sie je zu sehen bekommen.

»Willkommen zum Weltkongress!«, rief Don Murphey-Smith mit ausgebreiteten Armen in das Publikum und in die Kameras hinein. Dieser öffentliche Teil des Kongresses ging sofort um die Welt. Die Menschheit empfing die Bilder und Töne auf verschiedenen digitalen Wegen. Manche setzten bereits den Pupillenscanner ein, der mehr und mehr in Mode kam.

»Unser Thema heißt ›Wunschkonzert‹«, fuhr Don Murphey-Smith fort. »Und wir wollen Ihnen Ihre Musikträume heute und in Zukunft noch besser, noch schneller und noch individueller erfüllen. Sie fühlen sich melancholisch? Setzen Sie Ihre Systeme in Gang! Und schon erklingt Ihre Wunschmelodie so tragisch schön, wie Sie sie niemals pfeifen oder singen könnten. Sie möchten wild in einer Gruppe feiern? Schon werden Ihre Gehirnströme gemessen, gebündelt und in Töne umgesetzt. Die Zufriedenheit von euch, von allen Weltbürgern ist unser Gebot. Ein weiter Weg seit dem 21. Jahrhundert. Damals fing man gerade an, die ersten Fahrzeuge, Autos oder Rollstühle über die Hirnfunktion in Bewegung zu setzen. Heute erfüllen wir auf diesem Weg die kühnsten Wünsche.«

Abschließend wies er darauf hin, dass sich bei diesem Kongress die großartigsten Fachkräfte versammelt haben, um dem großen Thema »Wunschkonzert« weltweit und zu jeder Stunde gerecht zu werden.

Nun wurde, wie immer bei Kongressen dieser Größenordnung, der Film *Rettung der Welt* abgespielt und ebenfalls global verbreitet. Er brachte den Zeitgenossen wieder eindringlich zu Bewusstsein, dass ihre schöne Welt im 22. Jahrhundert schon einmal kurz davor war, ein aufgegebener Planet zu sein. Der Führer eines winzigen asiatischen Landes hatte aus Angst und Geltungssucht die Beherrschung verloren und lebensvernichtende Bomben abwerfen lassen. Der Gegenschlag folgte umgehend. Mit der Folge, dass auch der Aggressor der Vernichtung zum Opfer fiel.

Vier Weise aus den noch verbliebenen vier lebensfähigen Kontinenten, zwei Männer und zwei

Frauen, waren blitzschnell zusammengekommen und hatten ungeachtet aller ökonomischen, kulturellen und religiösen Unterschiede begonnen, die Welt zu retten. Die riesigen digitalen Netzwerke, die weltweit kommerziell arbeiteten, wurden gleichgeschaltet und für das Überleben der Menschheit nutzbar gemacht. Es war die planetarische Wende. Jeder Mensch wurde gezwungen, subkutan einen Chip zu tragen, mit dem Informationen über Nahrungsbeschaffung, Mobilität, Gesundheit und so weiter übermittelt werden konnten. Im Fokus standen die globalen Anforderungen, auch die von »Mutter Erde«, wie man jetzt sagte. Das Leben der Erdbewohner wurde nach und nach transparent und folgte dem Ziel, den Globus nachhaltig vor dem baldigen Untergang zu bewahren. Nach kurzer Anlaufzeit war der Hunger in der Welt bekämpft, verschwand allmählich das soziale Gefälle zwischen den Kontinenten und deren Bewohnern. Aufgrund dieser außerordentlichen Erfolge hatten die vier Weisen nichts dagegen, »Ökodiktatoren« genannt zu werden, und spielten nicht ungerne mit dem Begriff der »guten Tyrannen«.

Am Ende des Films traten die »Vier Weisen« auf, inzwischen die vierte oder fünfte Generation jener »Ur-Weisen«, hier nur als dunkler Schattenriss vor einer gleißenden und in die Zukunft weisenden Lichtspur.

Nach der Filmvorführung waren die Vorträge des Kongresses nicht mehr öffentlich. Der Beitrag, den Ando Andaluz nun als erster Redner lieferte, ging inhaltlich entschieden über bloßes Entertainment hinaus. Es sei ihm, teilte er mit, messbar gelungen, mit Musik das Weltgeschehen zu beeinflussen. Es zu beleben, zu dämpfen oder auch anzustacheln. Alle Vernetzten nähmen automatisch teil.

Vom Rednerpult aus versuchte Ando, in Blickkontakt mit Selma Olsen zu kommen. Sie hielt jedoch den Kopf gesenkt und memorierte anscheinend ihren eigenen Beitrag, der als nächster folgen sollte.

»Musik ist ein Lebenselixier!«, rief Ando nun seinem Publikum zu. Sie begleite das Leben der Menschen seit Urzeiten. Sie belebe und beglücke. Sie drücke ihre Gefühle aus. Sie sei eine Resonanz auf die Welt.

»Aber«, fuhr er fort, »Musik hat auch etwas Unberechenbares, Triebhaftes.« Wo es darum gehe, auf dem Erdball miteinander in Frieden zu leben, gehöre Musik, ihre Produktion und Wiedergabe, ihr zielgerichteter Einsatz in die Hand von Fachleuten. Zu viel Eigenständigkeit des Ausdrucks wirke sich kontraproduktiv auf das globale Zusammenleben aus. Die Wirkung der Musik müsse daher determiniert und voraussagbar gemacht werden. Sie solle einfach für alle leicht konsumierbar und schlicht beglückend sein. Im Weiteren ging Ando auf die technischen Möglichkeiten ein, die der musikalischen Breitensteuerung zur Verfügung steht: die Messbarkeit, die Dosierbarkeit und auch die Massenbeeinflussung.

Als er sich vor dem lebhaft klatschenden Auditorium verbeugte, blickte er verstohlen in Selma Olsens Richtung. Sie klatschte nicht. Im Gegenteil. Er konnte in ihrem Gesicht keine Spur von Zustimmung erkennen.

Selbstbewusst schritt sie nun zum Rednerpult.

»Ich heiße Selma Olsen und ich tracke unsere kulturelle Vergangenheit«, begann sie ihren Beitrag. »Meine Aufgabe besteht darin, wertvolle Schätze zu heben und für die Gegenwart nutzbar zu machen.« So habe sie herausgefunden, dass sich Musik von Urzeiten an bis ins 21. Jahrhundert hinein ständig weiterentwickelt habe. Dann wurde die Kluft zwischen Produzenten und Konsumenten der Musik immer größer, der Durchschnittsgeschmack beherrschender. Schließlich habe alles in einer unseligen Stagnation geendet. »Keine Entwicklung mehr seit ein paar Hundert Jahren!«, rief Selma ins Publikum und erzeugte damit ein aufgebrachtes Raunen. Im 20. Jahrhundert, fuhr sie fort, habe man in sogenannten »Musikantenstadeln« immer noch ein bisschen mitgeklatscht, um wenigstens etwas zu tun. Dann sei die Macht über die Töne mehr und mehr in die Hand von Popstars und kommerziellen Marktführern geraten. »The singer, not the song«, hätte es geheißen. Viele Menschen seien damals dem Trugschluss erlegen, dass persönliche Power und Phonstärke etwas miteinander zu tun hätten.

Gegenwärtig sei Musik eine Droge. Sie werde von außen an den Menschen herangetragen. Sie, Selma Olsen, habe aber herausgefunden, dass Musik in früheren Zeiten aus den Menschen selbst herausdrängte. Sie sei ein natürliches Gattungsmerkmal gewesen, wie die Sprache, wie das Spiel. Der heutige Dauerkonsum zerstöre diese starken Kräfte, die eigentlich für die Kulturentwicklung genutzt werden sollten.

Selma Olsen schloss mit der Verszeile eines uralten Dichters aus dem 19. Jahrhunderts namens Heinrich Heine:

Sie waren längst gestorben
und wussten es selber kaum.

Die jetzt entstehende Unruhe, auch ein paar Pfiffe, hatte Selma anscheinend kalkuliert. Kühl und völlig unbeeindruckt verließ sie den Saal.

Am Abend saß sie plötzlich neben ihm an der Bar. Ando hatte seit ihrem Vortrag ständig an sie gedacht. Woher nahm sie die Kühnheit, das Thema so zu drehen, dass es in eine Kritik der gegenwärtigen Musikgepflogenheiten ausartete?

»Mich interessiert eins«, sagte sie und blickte ihn freundlich forschend an. »Wie war es damals bei deinen Leuten in Andalusien?«

Ando fühlte sich jetzt so geschockt, dass er erst einmal nicht antworten konnte. Wieso wusste sie von seinem Besuch in den Bergen? Er hatte ihn nicht geteilt, nicht transparent gemacht, sondern vor der Welt verborgen gehalten, die ihn, da war er sicher, niemals hätte verstehen können. Er war der Spur seines Namens gefolgt, hatte sich bei der alten spanischen Stadt Ronda in eine Bergschlucht begeben und war auf urtümlich lebende, tanzende und singende Menschen gestoßen. Anscheinend unvernetzt.

»Wieso weißt du davon«, fragte er schließlich entgeistert. Da legte Selma einen Finger über ihre Lippen. Mehr würde sie nicht mitteilen.

»Erzähl mir, wie es für dich war«, drängte sie neugierig.

Ando, der so lange hatte schweigen müsse, ließ nun alles Erlebte aus sich herausfließen: »Sie machen alle Musik, diese Leute. Auch wenn sie tanzen, machen sie Musik, denn sie schlagen den Rhythmus mit ihren Füßen, mit ihren Händen. Sie werden selbst zu einem Instrument und erzählen leidenschaftliche Geschichten mit ihren Körpern ...«

Selma hatte mit großen, sehnsüchtigen Augen zugehört.

»Bring mich hin«, sagte sie dann ganz unvermittelt.

Alles, was nun geschah, konnte der Komapatient Ando Andaluz später nur aus Gesprächsfetzen und verwirrenden Bildern zusammenfügen. Es blieb ein schadhaftes Mosaik. Er war wieder in Andalusien gewesen, so viel war sicher. Selma war an seiner Seite, auch das erinnerte er. Sie hatten sich geliebt. Sie fühlten sich frei und auf urtümliche Weise unvernetzt. Dann hatte es einen Kampf gegeben, aber warum? War da noch jemand? Er sah einen Andalusier vor sich, den drohenden Dolch in der Faust. »No chip!

No chip!«, hatten die anderen wilden Gestalten gerufen. Tief in seinem Körper fühlte er noch immer den brutalen Stich, als sein eigener Chip herausgeschnitten wurde. Er war sich danach vorgekommen wie eine winzige Ameise im Strudel der Zeit. Kein Halt mehr, nirgends. Er fiel und fiel in tiefste Dunkelheit. Bruchstücke einer unbekannten Sprache erreichten sein Ohr, doch er konnte nicht antworten.

Während der schwärzesten und hoffnungslosesten Phase seines Monate währenden Komas hatten sich Gehirnspezialisten aller vier Kontinente um Andos Krankenlager versammelt. Denn die Gehirnforschung, die so gut wie alle Geheimnisse dieses Organs entschlüsselt und für die Allgemeinheit hatte nutzbar machen können, fühlte sich herausgefordert durch ein bisher noch nicht voll analysierbares Phänomen, nämlich das Phänomen 40a. Es ging darum, dass der Patient in einer alten Sprache redete, die niemand den global gängigen Sprachen zuordnen konnte. Dennoch kannte man einen Ausdruck dafür: Xenoglossie.

Wie konnten fremde Sprachbrocken in ein modernes, chip-gepflegtes Gehirn gelangen?, fragten sich die Ärzte und sahen erst einmal davon ab, den Komapatienten neu zu programmieren.

Manchmal hatte Ando klare Minuten, folgte jedoch dem Impuls, sich nichts anmerken zu lassen. Das große Display über seinem Kopf zeigte nur befremdende, unverständliche Eruptionen und Kaskaden seiner Hirnströme. Hinter dieser Tarnung konnte er ungestört träumen. Man müsste den Erdball mit Lehren einer neuen Magie überziehen, dachte er. Eine neue Kultur. Das kulturell Eigene würde gefördert. Lebhafte Kulturtätigkeit würde eine allgemeine Gehirnerweiterung bewirken. Die Menschen könnten Eingebungen folgen, die sie auf mystischen Wegen erreichten, und sie könnten so ein Leben voller Schönheit und Glück gestalten ...

Eines Tages stand Selma Olsen an seinem Bett. An ihrer Seite Don Murphey-Smith, der sie vertraut anlächelte. Ihre Worte richteten sich an den Weggetretenen, Komatösen in der Hoffnung, ihn irgendwie zu erreichen. Ando verstand, dass Selma im Auftrag gehandelt hatte. Bei allem. Bei der Erforschung der Vergangenheit, aber auch beim Auffinden letzter unverfälschter, unvernetzter Lebensäußerungen. Dabei war leider etwas falsch gelaufen. »Alle konnten gerettet werden«, sagte Selma und legte ihre kühle Hand auf seine Stirn.

Auch die Andalusier?, dachte Ando. Ihre Tänze? Ihre Lieder? Dann fiel er wieder in tiefe Träume und sprach in fremder Zunge.

Am nächsten Tag betrat Selma das Krankenzimmer und hatte ein schönes blondes, jedoch leider wütend schreiendes Baby auf dem Arm. »Dein Sohn«, sagte sie und versuchte, ihm einen Baby-Hörknopf mit einem Baby-Beruhigungsprogramm ins Ohr zu schieben. Da wurde das Schreien noch lauter und noch wütender.

Jetzt schien Ando der Zeitpunkt gekommen, sich

von seinem Koma zu verabschieden. »Ist er schon vernetzt?«, flüsterte er. Selma schüttelte den Kopf. »Gib ihn mir«, sagte er und ließ sich das Kind auf den Bauch legen. Er fing nun an zu singen. Alte Klänge in einer alten Sprache. Sein Kind beruhigte sich sofort und schlief friedlich ein.

»Weißt du, was das ist?«, rief Selma plötzlich ganz aufgeregt. »Das Phänomen 40c! Aber eigentlich zeigten es früher nur Mütter! Sie brachten Töne aus sich heraus, die sie niemand gelehrt hatte. Es war wie mit deiner alten Sprache. Es steckte einfach in ihnen.«

»Selma«, sagte Ando nun ganz ernsthaft. »Wir müssen zusammen die Welt verändern. Wir müssen das Menschliche in den Menschen neu beleben!«

Selma nickte. Sie verstand, dass Ando heute ein Gewandelter war. Durch das Koma tief geprägt und just dabei, ein neues Fenster aufzumachen. Sie würde ihm helfen. Sie würde ihre Verbindungen spielen lassen und weiter in der Vergangenheit nach Perlen menschlicher Begabungen und Eingebungen suchen.

»Weißt du eigentlich, dass ich eine Ahnin habe, die Sängerin in einem dieser alten Opernhäuser war?« Selmas Frage verhallte, denn Vater und Sohn waren in einen tiefen Schlaf gesunken.

Dank

Mein Dank gilt …

… meiner hochmotivierenden Schreibgruppenleiterin Liane Dirks, der es immer wieder gelingt, Menschen zum Schreiben zu bringen, die vorher gar nicht wussten, dass sie es können, und den TeilnehmerInnen der Schreibgruppe, die alle Geschichten dieses Buches kritisch-konstruktiv begleitet haben.

… meiner Schwester Anne, die alle Kapitel des Buches gegengelesen und das Entstehen des Textes in jeder Beziehung unterstützt und durch wertvolle Erinnerungsarbeit bereichert hat.

… meinem Bruder Harry dafür, dass er die Briefe unserer Eltern gesichtet, aufbereitet und lesbar gemacht hat.

… meiner Freundin Hilka, die sich mit mir an unsere gemeinsame Schul- und Studienzeit erinnert hat.

… meinen Freunden Brigitte und Peter. Sie haben mein Buchprojekt von Anfang an in jeder Weise unterstützt und es dadurch buchstäblich beflügelt.

… meinem Nachbarn Joachim, der auf unvergleichliche Weise die schwersten Computernüsse zu knacken versteht.

… last, but not least meiner einfühlsamen Lektorin Amelie Soyka, die ebenso wirksam wie professionell den Text bearbeitet hat.

Ohne sie alle wäre das Buch nicht zustande gekommen!

Über die Autorin

Gunthild Schnocks wurde 1940 im Haus ihrer Großeltern in Kassel geboren. Die ersten Lebensjahre verbrachte sie in Frankfurt an der Oder, wo ihre Eltern bis zu Kriegsbeginn ein Geschäft für Kunsthandwerk betrieben. Nach der Flucht lebte sie von 1945 bis zum Abitur wieder in ihrer Geburtsstadt und studierte anschließend in Göttingen, Frankfurt am Main, Tübingen und Hamburg die Fächer Pädagogik, Musik und Soziologie. Sie arbeitete in verschiedenen pädagogischen, musikpädagogischen und soziologischen Arbeitsfeldern und begann spät mit dem Schreiben. Heute wohnt sie in Köln.

Zitat S. 179/180:
Simone de Beauvoir: *Das andere Geschlecht, Sitte und Sexus der Frau.*
Rowohlt Verlag, Hamburg 1968 (TB), S. 616.

Inhalt

  5 Der Auftrag

Veronika 11

  13 Die kleinen Däninnen
  23 Die Reise nach Lausanne
  29 Frischer Wind im Pfarrhaus
  35 Die Nachtigall
  44 Kinder, Kunst und leere Kasse
  57 Als die Kaiserin kam

Astrid 71

  73 Lieder für das Volk
  83 Musische Magier
  95 Singen, bis es dunkel wird
107 1947

Tonia 123

125 Eine kleine Melodie
139 Jahrhundertkind
154 Zehn Tage im Mai
169 Schlag nach bei Simone!
185 Kleine Fluchten, große Fluchten
192 Rosen und Disteln
207 Freiheit und Fröste
218 Wanderpfade
231 Donnerschlag

Ausklänge 243

245 Das Trauergespräch
257 Die Letzten ihrer Art
268 Ein Wiedersehen
282 Phänomen 40c